Della stessa autrice in edizione Garzanti:
Uno splendido disastro
Il mio disastro sei tu
Un disastro è per sempre
Uno splendido sbaglio
Una meravigliosa bugia
Un magnifico equivoco
Un'incredibile follia
L'amore è un disastro
Un indimenticabile disastro
Il disastro siamo noi
Un disastro perfetto
L'ultimo disastro

JAMIE MCGUIRE

IL DISASTRO SIAMO NOI

Traduzione di
ADRIA TISSONI

Garzanti

Prima edizione: novembre 2016
Prima edizione in questa collana: maggio 2018

Per essere informato sulle novità del Gruppo editoriale Mauri Spagnol visita:
www.illibraio.it

Traduzione dall'inglese di
Adria Tissoni

Titolo originale dell'opera:
Beautiful Sacrifice

ISBN 978-88-11-60294-1

Printed in Italy

www.garzanti.it

IL DISASTRO SIAMO NOI

Alle mie ambasciatrici europee:
Jasmin Häner, Kateřina Fojtů e Nina Moore

1.

Nel piccolo locale sovraffollato il rumore era molto simile al crepitio del fuoco: toni bassi e acuti, un brusio costante e intimo che diventava più forte a mano a mano che ci si avvicinava. Nei cinque anni trascorsi a servire clienti affamati e impazienti al Bucksaw Café di Chuck e Phaedra Niles, qualche volta mi era davvero venuta voglia di bruciare tutto. A trattenermi lì non era certo la confusione dell'ora di pranzo, bensì il bisbiglio confortante delle conversazioni, il calore della cucina e la piacevole sensazione di libertà che provavo ancora dopo aver tagliato certi ponti.

«Maledizione!» esclamò Chuck cercando di non far colare il sudore nella zuppa.

La mescolò e io gli lanciai uno straccio pulito.

«Com'è che fa così caldo in Colorado?» si lamentò. «Mi sono trasferito qui perché sono grasso. Ai grassi non piace il caldo.»

«Allora forse per guadagnarti da vivere non dovresti stare ai fornelli», replicai con un sorriso malizioso.

Il vassoio mi sembrò pesante quando lo sollevai, anche se non come un tempo. Adesso all'occorrenza riuscivo a portarne uno con sei piatti pieni. Indietreggiai verso la porta a vento e la spinsi con il sedere.

«Sei licenziata», latrò Chuck asciugandosi la pelata con il canovaccio di cotone bianco, che poi gettò sul tavolo di preparazione.

«Me ne vado subito!» replicai.

«Non è divertente!» Si allontanò dal calore dei fuochi.

Mi voltai verso la sala da pranzo e mi fermai sulla soglia,

da dove potevo vedere tutti e ventidue i tavoli e i dodici sgabelli occupati da professionisti, famiglie, turisti e gente del posto. Secondo Phaedra al tredici erano sedute una scrittrice di bestseller e la sua assistente. Mi chinai in avanti per controbilanciare il peso del vassoio e strizzai l'occhio a Kirby quando aprì il supporto accanto al banco per permettermi di posarlo.

«Grazie, cara», dissi prendendo un piatto.

Lo servii a Don, il mio primo cliente abituale e anche il più generoso con le mance. Lui si sistemò gli occhiali spessi e si mise comodo, togliendosi il cappello floscio che era un po' il suo segno distintivo. La giacca cachi era leggermente lisa, come del resto la camicia e la cravatta che indossava tutti i giorni. Nei pomeriggi fiacchi lo ascoltavo parlare di Gesù e di quanto gli mancasse sua moglie.

Kirby sparecchiò un tavolo accanto alla vetrina, con la lunga coda scura che ondeggiava di qua e di là. Ammiccò mentre mi passava accanto, diretta in cucina con il catino dei piatti sporchi appoggiato al fianco. Il tempo di consegnare a Hector le stoviglie da lavare e tornò alla sua postazione di direttrice di sala. La vidi incurvare le labbra color vinaccia in un sorrisetto quando una leggera brezza entrò dalla porta d'ingresso tenuta aperta da un grosso geode appartenente alla ricca collezione di Chuck.

Un istante dopo salutò i quattro nuovi clienti arrivati mentre servivo Don.

«Controlli tu la cottura della bistecca, tesoro?» gli chiesi.

Don non aveva bisogno del menu perché ordinava sempre gli stessi piatti: insalata della casa con abbondante salsa Ranch, sottaceti fritti, una lombata quasi al sangue e la turtle cheesecake di Phaedra. E voleva tutto insieme.

Accondiscese di buon grado. Si infilò la cravatta nella camicia, poi con le esili mani tremanti affondò il coltello nella carne succosa. Alzò gli occhi e mi fece un rapido cenno di assenso.

Mentre recitava le preghiere, andai a prendere il tè freddo zuccherato dal banco del bar. Quando tornai con la caraffa, la inclinai verso il bicchiere che aveva sollevato in modo da versargli diversi cubetti di ghiaccio assieme al liquido ambrato.

Don bevve un sorso e fece un sospiro soddisfatto. «Il tè freddo di Phaedra è una vera delizia!»

Aveva il collo rugoso e la faccia e le mani ricoperte di macchie di vecchiaia. Dopo la morte della moglie Mary Ann era dimagrito.

«Lo so. Ripasso tra poco», replicai con un mezzo sorriso.

«Perché sei la migliore», commentò alle mie spalle.

Kirby accompagnò i nuovi arrivati all'ultimo tavolo libero di mia competenza. Tre di loro, sudati e sporchi di fuliggine, parevano stanchi ma contenti di aver concluso un lungo turno di lavoro; il quarto, pulito e con i capelli appena lavati che gli ricadevano sugli occhi, dava l'impressione di essersi aggregato al gruppo.

Solo i turisti li fissarono. La gente del posto sapeva chi erano e perché si trovavano lì. Dagli scarponi impolverati e dai caschi azzurri con il logo del dipartimento dell'agricoltura che tenevano sulle ginocchia si capiva subito che appartenevano a una squadra antincendio boschivo, forse della divisione dell'Estes Park.

In quella stagione gli incendi erano particolarmente violenti e il Servizio forestale aveva mobilitato squadre di altri distretti, addirittura del Wyoming e del South Dakota. Colorado Springs era rimasta avvolta nella caligine per settimane, e la cappa di fumo degli incendi a nord aveva trasformato il sole del pomeriggio in una palla rossa infuocata. Non vedevo le stelle dall'ultima volta che avevo preso la paga.

«Cosa bevete?» chiesi dopo averli salutati con cortesia.

«Hai proprio dei bei capelli, sai?» esclamò uno.

Abbassai il mento e inarcai un sopracciglio.

«Chiudi il becco e ordina, Zeke. Tra poco probabilmente ci richiameranno.»

«Maledizione, Taylor!» Zeke, irritato, guardò nella mia direzione e aggiunse: «Per favore, portagli qualcosa da mangiare. È scontroso quando ha fame».

«Si può fare», replicai, già infastidita dai loro modi.

Taylor mi fissò e per un attimo rimasi ammaliata dai suoi occhi, che avevano un non so che di familiare. Poi lui batté le palpebre e riprese a studiare il menu.

Per quanto fossero interessanti, attraenti e muscolosi, gli uomini con gli scarponi sporchi che soggiornavano per qualche tempo in città si potevano ammirare solo da lontano. Nessuna ragazza con un po' di amor proprio si sarebbe lasciata invischiare in una storia con uno di quei bei tipi abbronzati, tutti fascino e coraggio. Si fermavano per la stagione e alla fine se ne andavano lasciandoti incinta o comunque con il cuore spezzato. Lo avevo visto accadere tante volte, non solo con i pompieri, ma anche con gli aviatori. Per quei giovani che mio padre definiva «vagabondi» Colorado Springs rappresentava un buon terreno di caccia, piena com'era di ragazze tanto disperate da innamorarsi di qualcuno che non sarebbe rimasto.

Io non facevo parte della categoria, anche se, a detta dei miei, ero la sgualdrina più colta della città.

«Partiamo dalle bevande», dissi mantenendo un tono cordiale e la mente concentrata sulle discrete mance che di solito i membri delle squadre antincendio lasciavano.

«Cosa vuoi, Trex?» chiese Zeke al collega pulito.

Trex mi lanciò un'occhiata distaccata da sotto le ciocche umide. «Soltanto acqua.»

Zeke posò il menu. «Anche per me.»

Taylor mi guardò di nuovo. Aveva corti capelli castani e occhi nocciola che spiccavano sul viso sporco. Nonostante l'espressione mite, le braccia coperte di tatuaggi rivelavano la sua tempra da duro. «Hai del tè?» chiese.

«Sì. Tè freddo. Va bene?»

Annuì e fissò l'uomo di fronte a sé. «Tu che cosa bevi, Dalton?»

«Non hanno la Coca-Cola Cherry.» Dalton mi guardò in tralice. «Perché in tutto il maledetto Colorado nessuno ce l'ha?»

Quando Taylor incrociò le braccia sul tavolo, i muscoli si allungarono e si contrassero sotto la pelle tatuata. «Io me ne sono fatto una ragione. Dovresti seguire il mio esempio, amico.»

«Posso preparartene una», suggerii.

Dalton gettò il menu sul tavolo. «Portami dell'acqua», borbottò. «Non sarebbe la stessa cosa.»

Presi i menu e mi chinai per guardarlo in faccia. «È vero. La mia è migliore.»

Mentre mi allontanavo, li sentii sogghignare come ragazzini.

«Wow!» esclamò uno.

Passando mi fermai al tavolo di Don. «Tutto bene?» gli chiesi.

«Sì», rispose masticando la bistecca. Era già a buon punto: tranne la cheesecake, aveva spazzolato tutto.

Gli diedi una pacca sulla spalla e proseguii verso il banco del bar. Presi tre bicchieri di plastica, ne riempii due con acqua e ghiaccio e il terzo di tè freddo, poi preparai la Coca-Cola Cherry per Dalton.

Phaedra arrivò dalla cucina e osservò corrucciata la famiglia in attesa davanti alla postazione di Kirby. «C'è gente che aspetta?» domandò asciugandosi le mani nel canovaccio che aveva legato in vita a mo' di grembiule.

Nata e cresciuta a Colorado Springs, aveva conosciuto Chuck a un concerto. Lei era già una vera hippy e lui cercava di diventarlo. Avevano poi partecipato insieme ai sit-in per la pace e adesso possedevano il locale più popolare del centro. Secondo le recensioni su Urbanspoon il Bucksaw Café era il miglior ristorante della città, eppure quando vedeva dei clienti in attesa Phaedra si innervosiva.

«Per offrire un buon servizio ci vuole il suo tempo. È un bene avere tanto lavoro», le feci notare miscelando il mio sciroppo di ciliegia speciale con la Coca-Cola.

Phaedra aveva lunghi capelli sale e pepe raccolti in uno chignon, la pelle olivastra e una ragnatela di rughe attorno agli occhi. Benché fosse un soldo di cacio, bastava darle uno sguardo per capire che quando si arrabbiava diventava una belva. Predicava l'amore e la pace, certo, però con lei non si scherzava.

«Non avremo più tanto lavoro se facciamo incazzare la gente», replicò abbassando gli occhi. Si precipitò all'ingresso a scusarsi con la famiglia e subito cercò loro un tavolo.

Al numero venti era appena stato pagato il conto. Phaedra ringraziò i clienti, sparecchiò e pulì. Un istante dopo segnalò a Kirby che i nuovi venuti potevano accomodarsi.

Misi le bibite su un vassoio e attraversai la sala. I quattro stavano ancora consultando il menu, segno che non avevano deciso cosa ordinare. «Vi lascio qualche altro minuto?» domandai servendo loro da bere.

«Avevo detto acqua», protestò Dalton, scontento, sollevando la Coca-Cola Cherry.

«Provala. Se non ti piace, ti porterò dell'acqua.»

Bevve un sorso e poi un altro sgranando gli occhi. «Non stava scherzando, Taylor. È più buona di quella vera.»

Taylor mi guardò. «Allora una anche per me.»

«Certo. E da mangiare?»

«Sandwich al tacchino piccante per tutti», rispose.

«Per tutti?» ripetei, dubbiosa.

«Esatto», mi confermò porgendomi il lungo menu plastificato.

«Okay. Ti porto subito la Coca-Cola Cherry», dissi prima di allontanarmi per prendere gli altri ordini.

Il locale era pieno zeppo e mentre preparavo la bibita fui investita dal vocio che riecheggiava contro i vetri. Kirby mi raggiunse dietro il banco accompagnata dal cigolio delle suole sulle piastrelle bianche e arancioni. Mi guardai attorno. Phaedra amava circondarsi degli oggetti più disparati: ritratti buffi, ninnoli e cartelli di dubbio gusto. Un eclettismo che la rispecchiava.

«Ehi, Falyn, non c'è di che», disse Kirby ironica infilandosi la maglietta nella gonna.

«Parli del supporto del vassoio? Ti ho già ringraziata.»

«Mi riferisco ai quattro bei pompieri che ho fatto sedere nella tua sezione.»

Kirby, non ancora diciannovenne, aveva guance paffute da bambina. Stava con Gunnar Mott dalla seconda superiore e si divertiva come una matta a cercare di sistemarmi con qualsiasi uomo decente mettesse piede nel ristorante.

«Be', non sono interessata, perciò puoi smetterla subito con i tuoi stupidi giochetti da sensale. E fanno parte di una squadra antincendio specializzata, non sono semplici pompieri.»

«C'è differenza?»

«Sì, parecchia. Tanto per cominciare domano gli incendi nei boschi. Camminano per chilometri con zaini enormi carichi di attrezzatura. Lavorano su turni, sette giorni alla settimana, ventiquattr'ore su ventiquattro, e vanno ovunque bruci qualcosa. Si fanno strada tra alberi abbattuti e creano piste tagliafuoco.»

Kirby mi guardò senza fare una piega.

«Tieni a freno la lingua, parlo sul serio», la ammonii.

«Perché dovrei? Sono tutti e quattro belli: avresti ottime possibilità.»

«Perché non ci azzecchi mai. Non ti prendi neppure la briga di capire chi è il mio tipo. Vuoi che io esca con qualcuno in modo da poterlo frequentare indirettamente. Ricordi l'ultima volta che hai cercato di farmi conoscere un ragazzo? Sono rimasta incastrata tutta la sera con quel turista appiccicoso.»

«Era così sexy...» ribatté lei, senza nascondere un'espressione sognante.

«Era noioso. Non ha fatto altro che parlare di sé, della palestra e poi ancora di sé.»

Kirby ignorò le mie proteste. «Hai ventiquattro anni. Che male c'è a sorbirsi un'ora di chiacchiere noiose se poi puoi averne tre di sesso fantastico?»

«Eh no. Piantala.» Arricciai il naso e scossi la testa non riuscendo a impedirmi di immaginare un dialogo sconcio in cui ricorrevano le parole «flessioni» e «proteine». Misi il bicchiere di Taylor su un vassoio.

«Falyn, il tuo ordine è pronto!» gridò Chuck dalla cucina.

Mi precipitai al passavivande e vidi che i piatti del tavolo tredici erano in attesa sul ripiano. Le lampade a infrarossi mi scaldarono le mani quando li presi per sistemarli sul vassoio. Li portai subito alla scrittrice e alla sua assistente, che parvero non accorgersi di me quando misi loro davanti l'insalata di manzo con feta e il sandwich di pollo. «Tutto bene?» chiesi.

La scrittrice annuì continuando a parlare senza riprendere fiato. Portai la Coca-Cola Cherry alla squadra antincendio e, mentre stavo per allontanarmi, mi sentii afferrare per il polso. Da sopra la spalla fissai torva l'uomo che aveva osato toccarmi.

Notando la mia reazione, Taylor sussultò. «Hai una cannuccia?» domandò allentando la presa. «Per favore?»

Ne sfilai una dalla tasca del grembiule, gliela porsi e andai a controllare gli altri tavoli.

Don finì la cheesecake e lasciò come sempre un biglietto da venti. L'autrice mi diede il doppio. Alla fine la squadra antincendio firmò la ricevuta lasciando una misera mancia.

Provai l'impulso di appallottolarla e calpestarla. «Che stronzi», borbottai fra me e me.

In tutto il pomeriggio non ebbi un attimo di tregua, come sempre da quando la app Urbanspoon aveva inserito il locale nella mappa dei buongustai. Con il passare delle ore servii altri vigili del fuoco che, come la maggior parte dei clienti, lasciarono mance decenti, eppure non riuscii a scrollarmi di dosso l'amarezza per il comportamento di Taylor, Zeke, Dalton e Trex.

"Cinquantun centesimi. Dovevo inseguirli e tirarglieli dietro."

I lampioni accesi illuminavano i passanti diretti al bar country-western a due piani quattro edifici più in là. Ragazze giovani, a malapena ventunenni, in minigonna e stivali alti, giungevano a frotte per godersi la serata estiva. Non che agosto fosse l'unico mese in cui ci si poteva scoprire: a Colorado Springs le persone iniziavano a spogliarsi non appena la temperatura superava i dieci gradi.

Mentre giravo il cartello sulla porta in modo che la scritta CHIUSO fosse rivolta all'esterno, trasalii nel ritrovarmi davanti la faccia di Taylor, uno dei quattro miserabili della squadra antincendio. Socchiusi gli occhi e non riuscii a trattenere un sorriso beffardo.

Lui allargò le mani. «Lo so. Ehi, mi dispiace. Avevo intenzione di lasciarti la mancia, ma poi ci hanno chiamati e mi è passato di mente. Non è stata una buona idea venire in città, visto che eravamo in servizio, ma non ne potevo più del cibo dell'albergo», disse, la voce attutita dal vetro.

Era difficile riconoscerlo senza tutti quegli strati di sporcizia. Così lindo, aveva un certo fascino.

«Non preoccuparti», replicai avviandomi verso la cucina.

Taylor batté sul vetro. «Ehi, ragazza!»

Mi voltai lentamente e lo fissai. «Ragazza?» ripetei in tono velenoso.

Abbassò le mani e se le cacciò in tasca. «Apri la porta, così posso darti la mancia. Mi sento da cani.»

«Mi pare giusto!» Tornai a girarmi infuriata e vidi Phaedra, Chuck e Kirby che se la ridevano alle mie spalle. «Serve qualcosa?»

Avevano tutti la stessa espressione compiaciuta. Alzai gli occhi al cielo e mi voltai di nuovo verso Taylor.

«Apprezzo il gesto, ma siamo chiusi», annunciai.

«Allora la prossima volta ti darò una mancia doppia.»

«Come vuoi», tagliai corto.

«Forse potrei, ehm... invitarti a cena? Per prendere due piccioni con una fava...»

Lo fissai, perplessa.

Lui guardò a destra e a sinistra. I passanti stavano rallentando, incuriositi dalla scena.

«No, grazie.»

A quel punto Taylor scoppiò a ridere. «Mi tratti come se fossi un imbecille. Voglio dire, forse lo sono... un po'. Ma sei tu a farmi questo effetto.»

«Oh, allora è colpa mia se non hai lasciato la mancia?» chiesi toccandomi il petto.

«Be', sì... più o meno.»

Gli lanciai un'occhiataccia. «Non sei un imbecille. Sei un coglione.»

Le sue labbra si incurvarono in un sorriso. «Adesso devi

proprio uscire con me», esclamò premendo le mani sul vetro.

«Levati dai piedi.»

«Falyn!» strillò Phaedra. «Per l'amor del cielo!»

Spensi la luce esterna lasciandolo al buio. Il mocio e il secchio giallo che avevo riempito d'acqua calda saponata poco prima di essere bruscamente interrotta mi stavano aspettando.

Phaedra schioccò la lingua in segno di disapprovazione, raggiunse la porta d'ingresso girò la chiave e la lasciò cadere nella tasca del grembiule. Chuck rientrò in cucina; io e Kirby cominciammo a pulire la sala da pranzo.

«Te ne pentirai», mi disse lei spazzando sotto il tavolo sei.

«Ne dubito.» Infilai la mano nella tasca del grembiule e misi in bocca una gomma.

Lei si rabbuiò. Non capivo se provasse pena per me o se fosse solo stanca di discutere.

Iniziai a lavare il pavimento, con i vecchi e fidati auricolari nelle orecchie che trasmettevano la voce sommessa del cantante degli Hinder. Di solito il manico di legno del mocio mi lasciava in ricordo almeno una scheggia nella mano ogni sera, ma preferivo quello al supplizio delle lezioni di piano tre giorni alla settimana, o all'obbligo di riferire dov'ero stata ogni poche ore per evitare di essere ripresa in pubblico. Per non parlare della prospettiva di studiare medicina. Odiavo stare poco bene ed essere a contatto con i malati, i fluidi corporei, la fisiologia. Le uniche persone che la ritenevano una buona idea erano quegli idioti dei miei genitori.

Nella breve pausa dopo *The Life* udii bussare sulla vetrina. Alzai lo sguardo, mi bloccai e tolsi gli auricolari.

Sul marciapiede c'era il dottor William Fairchild, ex sindaco di Colorado Springs. Continuava a bussare anche se lo stavo guardando.

«O cazzo. Cazzo... Falyn», sibilò Kirby.

«L'ho visto... e ho visto anche lei», dissi scrutando con diffidenza la bionda minuta seminascosta dal corpulento dottore.

Phaedra corse subito alla porta e infilò la chiave nella serratura. Aprì, ma non fu cordiale con la coppia sul marciapiede. «Salve, dottor Fairchild. Non vi aspettavamo.»

Lui la ringraziò togliendosi il cappello da cowboy e fece per entrare. «Dobbiamo parlare con Falyn.»

Phaedra mise una mano sullo stipite. «Mi spiace, William. Come ho detto, non vi aspettavamo.»

Lui batté le palpebre e guardò la moglie.

«Falyn!» esclamò lei sbirciando da sopra la robusta spalla del marito. Indossava un abito grigio aderente piuttosto costoso e un paio di scarpe in tinta. A giudicare dal suo vestito e dal completo di lui, immaginai che avessero cenato con qualcuno in centro.

La bionda si scostò per guardarmi in faccia. «Possiamo parlare un attimo?»

«No.» Feci una grossa bolla con la gomma e la lasciai scoppiare.

In quell'istante la porta a vento si spalancò e Chuck emerse dalla cucina, le mani e gli avambracci ancora bagnati e coperti di schiuma. «Dottor Fairchild», esordì. «Blaire.»

Lei non parve affatto contenta. «Dottoressa Fairchild», lo corresse cercando invano di apparire noncurante.

«Non intendevo mancare di rispetto», replicò Chuck, «e comunque non potete venire qui senza preavviso. Credo che lo sappiate. Perché la prossima volta non telefonate? Creerebbe meno problemi a tutti.»

Blaire lo trafisse con lo sguardo. Si capiva che gliel'avrebbe fatta pagare perché le aveva tenuto testa.

«C'è un giovanotto qua fuori. È venuto per te?» chiese William.

Lasciai andare il mocio e uscii, superando di corsa sia Phaedra sia i miei. Taylor era appoggiato all'angolo dell'edificio, poco discosto dalla vetrina, con le mani nelle tasche dei jeans.

«Cosa fai ancora qui?» domandai.

Lui si raddrizzò e fece per parlare.

«È uno di quei dannati buoni a nulla dell'ufficio per la gestione del territorio?» si informò William, raggiungendomi.

Vederlo con le guance rosse e lo sguardo appannato mi diede un'immensa soddisfazione, un sentimento che poteva essere dettato solo dal più profondo rancore.

Taylor avanzò di qualche passo, per nulla turbato dalla rabbia di William. «Questo dev'essere tuo padre.»

Masticai rumorosamente la gomma, seccata da quelle inattese presentazioni.

Blaire distolse lo sguardo, disgustata. «Falyn, sembri una mucca che rumina.»

In risposta feci scoppiare un'altra grossa bolla.

Taylor tese deciso la mano a mio padre. «Taylor Maddox, signore. Buono a nulla del Servizio forestale degli Stati Uniti.» Sollevò il mento, probabilmente convinto di incutere soggezione al pallone gonfiato che aveva di fronte.

Invece William spostò rabbioso il peso sull'altra gamba. «Un vagabondo. E io che pensavo che avessi già toccato il fondo, Falyn, dannazione.»

Taylor ritirò la mano e la infilò di nuovo in tasca contraendo la mascella, come se faticasse a trattenersi dal ribattere.

«Bill», lo ammonì Blaire guardandosi attorno nel timore che ci fosse qualcuno in ascolto. «Non è né il luogo né il momento.»

«Io preferisco il termine *stagionale*», precisò Taylor. «Lavoro per la squadra antincendio boschivo di stanza a Estes Park.» Le sue spalle muscolose si sollevarono quando affondò i pugni in tasca, forse per trattenersi dal tirarne uno in faccia a William.

Quel movimento attirò l'attenzione di mio padre sulle sue braccia. «Squadra antincendio, eh? E a quanto pare anche scarabocchio ambulante part-time.»

Taylor rise sotto i baffi osservando il proprio braccio destro. «Mio fratello è un tatuatore.»

«Non uscirai davvero con questa sfaticata?» Come al solito mio padre più che chiedere interrogava.

Taylor mi guardò, e io sfoderai un sorriso radioso.

«No», dissi. «Non usciamo insieme. Noi ci amiamo.» Mi avvicinai a lui, che parve stupito quanto William, e gli diedi un bacetto a un angolo della bocca. «Domani sera finisco alle otto. Ci vediamo.»

Taylor sorrise a sua volta, mi mise un braccio attorno alla vita e mi attirò a sé. «Per te qualsiasi cosa, baby.»

William assunse un'aria di scherno, ma Blaire gli sfiorò delicatamente il petto per invitarlo a mantenere la calma.

«Falyn, dobbiamo parlare», insistette mio padre osservando a uno a uno i tatuaggi di Taylor per poi passare ai buchi e agli strappi nei suoi jeans.

«Lo abbiamo appena fatto», replicai, rassicurata dal suo abbraccio. «Se avrò altro da dirti, ti chiamerò.»

«Non abbiamo un colloquio da mesi. È ora di provvedere», protestò.

«Perché?» chiesi. «Non è cambiato niente.»

Blaire mi squadrò dalla testa ai piedi e alla fine mi guardò di nuovo in faccia. «Invece è cambiato parecchio. Hai un aspetto spaventoso.»

Taylor mi scostò da sé, mi diede un'occhiata e finse di disapprovare.

«Ti abbiamo lasciato il tempo di riflettere sulla situazione, ma adesso basta. Devi tornare a casa», aggiunse Blaire sospirando.

«Quindi la sua imminente campagna elettorale non ha niente a che vedere con tutto questo?» Feci un cenno del capo verso mio padre, che gonfiò il petto indignato.

La sfrontatezza con cui fingeva di essersi offeso mi mandò fuori dai gangheri.

«Voglio che ve ne andiate subito», dissi con una smorfia.

William avanzò con piglio aggressivo e Taylor si preparò a difendermi. Chuck aveva tenuto testa ai miei in passato, ma avere accanto Taylor era diverso. Benché ci fossimo appena conosciuti, era pronto a proteggermi. Guardò in cagnesco mio padre sfidandolo a fare un altro passo. Da tempo non mi sentivo così al sicuro.

«Buonanotte, dottori», esclamò in quel momento Phaedra, con il suo accento nasale.

Taylor mi prese per mano e mi condusse dentro, superando i miei genitori.

Phaedra chiuse la porta in faccia a mio padre e girò la chiave sotto gli occhi di Blaire. Quando voltò le spalle, loro se ne andarono.

Chuck, a braccia conserte, stava osservando Taylor.

Lui mi fissò. Mi sovrastava nonostante il mio metro e settanta. «Lo hai detto solo per farli incazzare, vero?»

Mi sistemai il grembiule e incrociai il suo sguardo. «Certo che sì.»

«Ti sta bene se vengo a prenderti alle otto?» domandò. «O è stato solo per la recita?»

Lanciai un'occhiata a Kirby, fin troppo eccitata all'idea.

«Non è necessario», risposi.

«E dai!» Taylor sfoderò un sorriso a trentadue denti e al centro della guancia sinistra comparve una profonda fossetta. «Visto che sono stato al gioco, il meno che tu possa fare è permettermi di offrirti una cena.»

Mi soffiai via la frangia dagli occhi. «D'accordo», acconsentii prima di togliermi il grembiule per andare a casa.

«Ha appena detto di sì?» esclamò Taylor.

Chuck ridacchiò. «Farai meglio a cogliere la palla al balzo, ragazzo. È parecchio che non dice di sì a qualcuno.»

Salii di corsa i gradini diretta al mio appartamento sopra il locale e udii il rumore della porta quando Taylor uscì. Mi avvicinai alla finestra che dava su Tejon Street e lo vidi avviarsi verso il suo pick-up nel parcheggio.

Mi sfuggì un lungo sospiro. Era troppo bello e affascinante, inoltre faceva parte di una squadra antincendio. Mi trovavo già nei guai, non avrei peggiorato la situazione a causa sua. Una cena però non sarebbe stata un problema, e in un certo senso gliela dovevo per avermi retto il gioco con i miei.

Comunque, ero molto abile a sganciarmi. Una cena, poi ognuno per sé.

2.

Misi le dita sotto il getto freddo del soffione. Nei muri sottili del mio pittoresco bilocale sopra il Bucksaw Café i tubi vibravano emettendo un gemito triste. L'acqua impiegava una vita a scaldarsi.

La moquette era consunta e, se non accendevo una candela profumata, si sentiva puzza di muffa e di unto, ma per duecento dollari al mese quel posto era tutto mio. Rispetto ad altri appartamenti di Colorado Springs aveva un costo irrisorio.

Alle pareti erano appesi alcuni pezzi dell'eclettica collezione di Phaedra. Quando me n'ero andata di casa, avevo portato con me solo pochi effetti personali e la mia borsetta Louis Vuitton. Anche se avessi voluto prendere qualcos'altro, mio padre non me lo avrebbe permesso.

Il dottor William Fairchild era temuto non solo in ospedale ma anche tra le mura domestiche. Non perché fosse violento o irascibile. Be', irascibile veramente sì. Cardiologo famoso in tutto il Colorado, aveva sposato Blaire, una dei migliori cardiochirurghi del Nord America, ovvero mia madre... nonché la regina di tutte le stronze, almeno a detta di qualche infermiera.

I miei erano fatti l'uno per l'altra. La pecora nera della famiglia ero io: per loro rappresentavo una costante delusione. Al terzo anno delle superiori avevo incontrato la mia migliore amica, il mio conforto segreto, che mi regalava qualche momento di pace senza angosce: la birra economica. Più i miei diventavano noti e fissati, più io sprofondavo nella solitudine e nella vergogna. Non che loro se ne accorgessero.

L'acqua calda arrivò riportandomi al presente.

«Era ora!» esclamai.

Slacciai senza problemi il bottone dei jeans dall'asola logora e aprii la cerniera. A quel punto mi resi conto che, con tutti i pensieri che mi ronzavano in testa, avevo saltato una parte importante della mia routine serale. Imprecai e corsi all'armadio in camera da letto. Mi chinai e recuperai una scatola da scarpe numero quaranta. La portai in cucina e la posai vicino al grembiule, piegato con cura sul piano di formica rosa e grigia, dalla tasca del quale spuntava un piccolo rotolo di biglietti da venti e di pezzi più piccoli. Aprii la scatola dove, ormai da cinque anni, al posto delle Adidas c'erano lettere, fotografie e contanti, vi misi dentro buona parte delle mance e la nascosi di nuovo nell'armadio.

Tornai in cucina e infilai il resto dei soldi in un portafoglio nero che avevo comprato al discount poco dopo aver venduto online la Louis Vuitton. Il ricavato, centoundici dollari, era al sicuro assieme al resto del malloppo. Il giorno seguente, alla fine del turno, avrei dovuto pagare l'affitto. Sorrisi al pensiero e andando in bagno gettai il portafoglio sul banco.

La maglietta, madida di sudore, mi si era appiccicata alla pelle. Me la sfilai e scalciai via le Converse bianche alte scalcagnate. Poi, un po' a fatica, mi liberai anche dei jeans aderenti e li buttai in un angolo.

Era piacevole osservare quel grosso mucchio di abiti sporchi perché sapevo che nella mia vita precedente non sarebbe mai potuto esistere. In una casa piena di domestiche – c'erano Vanda, la governante, e tre cameriere: Cicely, Maria e Ann – un capo sporco dimenticato in giro a fine giornata avrebbe significato licenziamento certo per una di loro. Mi rifacevano il letto appena mi alzavo e il giorno dopo trovavo nell'armadio i miei vestiti, lavati e stirati alla perfezione.

Lasciai cadere per terra le mutandine, mi tolsi i calzini umidi con le dita dei piedi e mi buttai sotto la doccia. Ogni tanto l'acqua diventava gelida per poi tornare bollente e infine tiepida, ma non mi importava.

La pattumiera era piena, avevo accumulato i panni sporchi e una pila di piatti di una settimana, eppure sarei andata a letto serena. Nessuno avrebbe urlato, sconvolto da quel disordine, né mi avrebbe redarguito perché portavo la camicia fuori dai pantaloni o perché non mi pettinavo. Lì non ero obbligata a essere perfetta. Non dovevo più esserlo da nessuna parte. Ero libera di vivere e di respirare.

La vecchia carta da parati gialla del bagno si stava scollando a causa dell'umidità, l'intonaco del soggiorno era graffiato e crepato, e in un angolo del soffitto della camera da letto una grossa macchia d'acqua sembrava allargarsi sempre più di giorno in giorno. La moquette era infeltrita, i mobili rovinati da anni di usura, ma era tutto mio, senza vincoli né ricordi.

Quando mi fui tolta di dosso l'unto e il sudore, uscii dalla doccia e mi avvolsi in un morbido asciugamano giallo. Seguendo il consueto rito serale mi lavai i denti e mi spalmai la crema idratante sul corpo. Indossata la camicia da notte, guardai il telegiornale per sei minuti esatti, fino alle previsioni del tempo, poi mi sdraiai sul letto matrimoniale e lessi una rivista molto, molto dozzinale prima di addormentarmi.

Di lì a dieci ore avrei iniziato a servire le colazioni e la giornata sarebbe trascorsa come ogni altra, tranne la domenica e qualche sabato in cui Phaedra insisteva perché staccassi. Tuttavia sotto alcuni aspetti il giorno che mi attendeva sarebbe stato diverso. Sarei dovuta sopravvivere alla cena con quell'idiota della squadra antincendio, standolo ad ascoltare mentre mi spiegava tutto su tatuaggi e asce. Mi sarebbe toccato fare un po' la stronza per tenerlo a distanza finché non fosse tornato alla base, a Estes Park.

Sussultai sentendo bussare alla porta. Mi sollevai sui gomiti e mi guardai attorno, come se in quel modo potessi udire meglio.

«Falyn!» gridò Kirby dall'altra parte. «Gunnar farà tardi! Lasciami entrare!»

Mi alzai con un gemito dal comodo materasso e raggiunsi l'ingresso. Appena la serratura scattò, Kirby si precipitò dentro. Aveva ancora addosso il grembiule e in mano teneva un bicchiere da asporto mezzo pieno.

«È possibile amare qualcuno alla follia e detestarlo allo stesso tempo?» sbottò. Si sbatté la porta alle spalle e per poco non me la presi in faccia. Bevve un sorso e si appoggiò alla prima superficie che trovò, lo sportello del frigorifero. «È la seconda volta che fa tardi questa settimana.»

«Forse non dovresti più prestargli la macchina», osservai.

«Il suo furgone è dal meccanico... di nuovo.» Studiò la mia camicia da notte di cotone color porpora e scoppiò a ridere. «Sembri mia nonna con quella roba addosso!»

«Piantala», ribattei avvicinandomi al grande specchio sul muro. La maglietta oversize che usavo per dormire non era affatto antiquata.

Feci qualche passo sulla moquette per invitarla a sedersi e mi afferrai una ciocca ancora umida torcendola con noncuranza. Per me i capelli erano una sorta di scudo: ricadevano in morbide onde sulle spalle, abbastanza lunghi da nascondere il seno se mai mi fossi ritrovata nuda in una laguna. Inoltre mi servivano a tenere le mani occupate quando ero nervosa o annoiata e fungevano da maschera: con un semplice movimento del capo una coltre fulva mi sottraeva agli sguardi indesiderati.

Erano ciò che attirava maggiormente l'attenzione degli uomini, assieme agli occhi. I miei non erano ravvicinati come quelli di Kirby, ma al pari dei suoi avevano un taglio a mandorla, seppure con palpebre più pesanti. Per quanti tutorial guardassi su YouTube, ogni tentativo di metterli in risalto con l'eyeliner era una perdita di tempo, come del resto il make-up in generale, un'arte che non avevo mai appreso; tuttavia per qualche ragione la forma e il verde intenso dei miei occhi suscitavano l'ammirazione dei clienti abituali più della spolverata di lentiggini che avevo sul naso.

Kirby si mise comoda sul divano sprofondando nei cuscini. «Adoro questo residuato bellico. Credo che sia più vecchio di me.»

«Più vecchio di tutt'e due messe insieme», precisai.

Avevo affittato l'appartamento arredato, a eccezione del letto. Dopo aver dormito tante notti su quel divano ero riuscita a risparmiare abbastanza da comprarmi una rete e un materasso. La testiera non mi serviva. Spendevo le mance solo per le cose indispensabili.

Mi sedetti sulla sedia girevole arancione tutta graffiata accanto al divano e guardai Kirby bere la bibita con la cannuccia.

Poi lei ruotò il polso per guardare il minuscolo orologio di pelle nera e sospirò in modo teatrale. «Lo detesto.»

«Non è vero.»

«Odio aspettare. Credo che la parola "attesa" riassuma perfettamente la mia relazione con Gunnar.»

«Lui ti adora. Segue quei corsi per trovare un buon lavoro e darti quello che vorrai quando sarai sua moglie. Potrebbe andarti peggio.»

«Hai ragione. È il ragazzo più sexy della città... se si esclude il tuo nuovo *toy*. Davvero gli permetterai di portarti fuori a cena?»

«Una cena gratis? Certo!»

«Puoi mangiare gratis di sotto», replicò Kirby, impassibile. Il diamantino che aveva alla narice brillò sotto la luce.

Il suo naso sottile si sposava a meraviglia con la corporatura esile e i piedi minuscoli. Aveva un fisico da cheerleader e un sorriso da Miss America. Avrebbe potuto fare la modella o l'attrice, invece lavorava come cameriera in un locale di Colorado Springs.

«Perché sei ancora qui?» le domandai ignorando la sua osservazione.

«Oddio, Falyn, scusami. Aspetto di sotto», ribatté con una smorfia.

«No, stupidella!» esclamai bloccandola mentre si alzava. La spinsi giù e lei mise il broncio. «Mi riferivo al fatto che non hai ancora lasciato la città.»

A quel punto si rasserenò. «Mi piace qui», ammise scrollando le spalle. «E Gunnar deve finire gli studi. I suoi glieli pagano a patto che lui resti e dia una mano al ranch.»

«Ha ancora intenzione di presentare domanda per quel corso di assistente sanitario a Denver?»

«Sì, ed è proprio per questo che non si allontana da casa. Una volta terminati gli studi alla UCCS ha intenzione di trasferirsi alla CU a Denver.»

«Lo fa per starti vicino.»

«No, solo per risparmiare. Poi andremo a Denver. Lì spero di trovare un impiego come questo, in modo da poter lavorare mentre lui frequenta i corsi.»

«Credo che tu abbia buone possibilità. Denver è... be', Denver. Offre molte opportunità.»

Kirby sgranò gli occhi, piena di speranza. «Tu dove hai studiato? Non eri da queste parti.»

Involontariamente cambiai espressione. «Ero iscritta a un corso propedeutico di medicina a Dartmouth. Quella era la direzione che avrei dovuto prendere.»

«Non ti piaceva?»

«È stato un anno fantastico.»

«Uno solo? Ne parli come se fosse successo una vita fa.»

«Uno solo. E, sì, la sensazione è che sia passato un secolo.»

«Quanto tempo fa hai lasciato gli studi? Due anni?» mi chiese facendo scorrere un dito lungo il bordo del bicchiere.

«Cinque.»

«Lavoriamo insieme da mesi e non ne hai mai parlato. C'entrano i tuoi, vero?»

«Sono stupita che tu abbia aspettato tanto a chiedermelo», osservai.

«Quando mi è parso che fossimo abbastanza in confidenza per toccare l'argomento, ho avuto paura di ciò che avresti potuto dirmi.»

«Non c'è niente da dire.»

«Mi stai nascondendo qualcosa? Perché se laggiù hai avuto dei problemi me ne puoi parlare. Sai che non lo racconterei a nessuno, neanche a Gunnar.» I suoi lineamenti perfetti diventavano ancora più attraenti quando era triste: il labbro inferiore pareva più carnoso.

«A Dartmouth non mi è capitato niente. L'ambiente mi

piaceva, ma studiare significava accettare delle condizioni che non mi andavano più a genio.»

«Oh», esclamò, vagamente sollevata. «I tuoi.»

«Sì, loro.»

Bussarono di nuovo alla porta.

«Entra!» urlò Kirby facendomi trasalire.

La maniglia si abbassò e sulla soglia apparve un gigante con un dolcissimo viso da bambino e più muscoli di quanti la maglietta potesse contenerne. Con un rapido gesto girò il cappellino da baseball al contrario e dal tessuto nero a rete spuntarono ciocche ribelli color caramello. Si precipitò verso il divano per sedersi accanto a Kirby. «Accidenti, baby, perdonami. Colpa di quel maledetto corso serale e del dannato traffico.»

Kirby si protese con aria stoica e gli permise di baciarla sulla guancia, poi sbatté le lunghe ciglia.

Non la dava a bere a nessuno: lo aveva già perdonato.

«Scusa il linguaggio.»

«Qui non ci sono regole», dissi guardandomi attorno con un sorriso. «Fa parte del fascino del posto.»

«Com'è andato il lavoro?» domandò Gunnar osservando ora Kirby ora me. Aveva un leggero difetto di pronuncia che trovavo adorabile.

Nonostante fosse un ragazzo educato e premuroso, gli bastava un'occhiata minacciosa per troncare le attenzioni indesiderate rivolte a Kirby da altri uomini, come potevo constatare quando uscivo con loro la sera. In più occasioni lei mi aveva spiegato che cosa si provasse a essere amate da una specie di supereroe, libere da paure e timori perché lui sistemava sempre tutto. Quando non studiava o non stava con lei, Gunnar passava il tempo in palestra. Pur non avendo un fisico da body builder, era abbastanza alto e massiccio da incutere soggezione. Il suo unico difetto era l'eccessiva disponibilità: non si tirava mai indietro se si trattava di dare una mano e spesso finiva per restare invischiato in situazioni che lo facevano tirare tardi.

Kirby sospirò allungando le gambe sulle sue ginocchia. «A meraviglia. E Falyn esce con qualcuno.»

Gunnar mi scrutò in cerca di conferma.
«C'erano i miei quando me lo ha chiesto. In pratica ho dovuto dirgli di sì», spiegai con un'alzata di spalle.
Lui scosse la testa e sorrise, immaginando come sarebbe finita. «Poveraccio.»
«Sa tutto», precisò Kirby.
«Oh. Allora se l'è cercata», commentò lui.
Presi il cuscino da dietro la schiena e lo strinsi al petto. «Comunque sia, è solo una cena. Non gli spezzerò il cuore o roba del genere.»
«È quello che ho detto quando Kirby mi ha chiesto di uscire», replicò lui sogghignando.
Lei mi strappò il cuscino dalle braccia e glielo tirò sulla testa. «Piantala di raccontarlo in giro! Penseranno che sia vero!»
Gunnar stava ancora sorridendo quando raccolse il cuscino e glielo rilanciò. «Forse voglio che sia tu a crederci. Così non sembra che ti sia corso dietro per un bel po'.»
Kirby a quel punto si sciolse.
Lui la sollevò senza sforzo per metterla a sedere sulle sue ginocchia e le diede un bacio sulle labbra. Si alzò tenendola fra le braccia e poi la depositò a terra.
«Sono proprio contenta che ve ne andiate», dissi impassibile. «Le manifestazioni d'affetto in pubblico mi danno il voltastomaco.»
Kirby mi fece una linguaccia e si lasciò condurre per mano alla porta. Si fermarono tutti e due sulla soglia.
«Buona fortuna per domani», mi augurò Gunnar.
Sul volto di Kirby apparve un sorriso malizioso. «In realtà è quel tipo ad aver bisogno di fortuna.»
«Fuori», ordinai.
Mi allungai oltre il bracciolo, recuperai il cuscino e glielo tirai, ma in quell'istante Gunnar la trascinò fuori e chiuse la porta. Il cuscino colpì il legno e cadde sulla moquette marrone.
Mi alzai a fatica e arrancai fino al letto. Le coperte erano già scostate. Mi sedetti, vi infilai sotto le gambe, le tirai su fino al mento e mi misi comoda.

Feci un respiro profondo assaporando la libertà dopo sei anni trascorsi a combattere con il dolore e il senso di colpa. Avevo permesso ai miei di prendere una decisione di troppo ma, nonostante tutto, alla fine mi ero affrancata da loro. Anche se ogni tanto venivano al locale, ormai non potevano più farmi del male.

Sentii le palpebre pesanti e le battei un paio di volte prima di abbandonarmi a un sonno senza incubi popolati da luci intense, muri bianchi, sconosciuti che mi afferravano o che urlavano da lontano. Un mese dopo che mi ero trasferita in quel minuscolo appartamento avevo smesso di farne. Ora sognavo omelette, cheesecake e tè freddo, accompagnati dalle imprecazioni di Chuck ai fornelli e dalle pressanti sollecitazioni di Phaedra a far accomodare i clienti. La normalità consisteva nel non nutrire aspettative assurde e angoscianti.

Feci un altro respiro profondo ed espirai lentamente, ma quella notte non sognai il Bucksaw.

Sognai Taylor.

3.

Quando la sveglia mi strappò dall'oblio, mi allungai per premere il tasto SNOOZE. Avevo le lenzuola attorcigliate attorno alle gambe e come ogni notte la coperta era finita per terra.

Mi stirai e mi misi lentamente a sedere socchiudendo gli occhi per la forte luce del sole che entrava dalla finestra. Riflettendosi sulle pareti bianche era ancora più accecante, ma non avrei mai avuto il coraggio di lamentarmene con Phaedra. Lei e Chuck avevano già fatto tanto dandomi l'appartamento a prezzo stracciato in modo che potessi risparmiare.

Misi una delle dieci magliette con lo scollo a V che tenevo nel piccolo armadio e i miei jeans preferiti. Aderenti e sbiaditi, li avevo comprati all'ARC Thift Store con la prima paga del Bucksaw, quando vivevo lì solo da un paio di giorni, dopo che Phaedra aveva scoperto che dormivo in macchina ed esattamente dieci giorni prima che i miei la facessero portare via.

A casa loro avevo un guardaroba pieno di abiti e scarpe firmati, invece adesso il mio armadio era piuttosto vuoto. A parte le poche cose che avevo messo in una borsa – gli articoli da toilette, una bottiglia d'acqua, qualche merendina e la scatola da scarpe – me n'ero andata solo con l'auto e gli abiti che avevo addosso. A cinque anni di distanza si erano aggiunte altre cinque paia di jeans, tre di pantaloncini e una decina di magliette. Si poteva fare a meno di tante cose se non si andava mai da nessuna parte.

Mi raccolsi i capelli con una pinza lasciando fuori la frangia. Mi sarebbe finita negli occhi ogni volta che battevo le palpebre, strappandomi un'imprecazione.

Era decisamente ora di un taglio al Falyn Salon. Guardai il cassetto in cui tenevo le forbici ma decisi di lasciar perdere, visto che mancava poco al famigerato appuntamento con il bel ragazzo sfortunato della squadra antincendio. Non sarebbe mai riuscito a competere con la sua versione onirica, capace di procurarmi un orgasmo con un semplice sguardo. In sostanza avevo già deciso che sarebbe stato una delusione.

Mi lavai il viso e finii di prepararmi, poi afferrai il grembiule e aprii la porta. Me la chiusi in fretta alle spalle e dopo aver percorso un breve corridoio e quindici gradini mi ritrovai di nuovo al Bucksaw.

Chuck era al tavolo di preparazione e Phaedra stava contando i soldi nella cassa, i fili argentei nei capelli illuminati dal sole.

«È come se non me ne fossi mai andata», annunciai.

«Lo dici tutte le mattine», ribatté lei.

«È quello che provo ogni mattina.»

«Dici anche questo tutte le mattine», osservò Chuck. Posò sul passavivande un piatto di pancake grondanti sciroppo, sovrastati da un piccolo ghirigoro di panna e da una fragola tagliata a fettine.

«Per la cronaca, mi viene in mente soltanto un altro posto dove vorrei essere», affermai prendendo il piatto.

«Vedrai che ci andrai», disse Chuck.

«Allora, a proposito di quel ragazzo», esclamò Phaedra con un tono di monito nella voce. «È maledettamente attraente.»

«Niente che io non possa gestire», farfugliai con la bocca piena di pancake.

«Passa a prenderti?» si informò Chuck incrociando le braccia davanti al ripiano del passavivande, che gli arrivava poco sotto il petto.

Sopra ci stavano almeno cinque piatti quando il locale era pieno.

Guardò Hector che stava oltrepassando la porta a vento. «'Giorno», lo salutò.

«Buongiorno, signor Chuck», rispose Hector sedendosi su uno sgabello in fondo al banco. Pregò davanti all'omelette che si era portato dalla cucina, poi ne mise un quarto in bocca.

Tre metri dietro di lui c'era la scala che conduceva al mio appartamento.

«Cosa stai guardando, Falyn?» mi chiese Phaedra.

«Una volta mi preoccupava l'idea che chiunque entrasse al Bucksaw potesse salire quelle scale.»

«Finché non ti sei resa conto che non sopporto i clienti curiosi.»

Suo marito scoppiò a ridere. «Neanche i ragazzini. Ricordi la volta in cui hai fatto piangere Morris?»

«Accidenti, Chuck, adesso va alle medie. Quando smetterai di parlarne?»

«Mai», ammise lui. «Perché adoro la faccia che fai quando tiro fuori il discorso.»

Dalla sua posizione davanti al passavivande Chuck si sporse e fissò il banco che separava la cassa e il bar dalla sala da pranzo. Per me e Kirby quello spazio angusto era una specie di casa base, un posto dove potevamo tirare un attimo il fiato prima di tornare in trincea.

Mi sedetti su uno sgabello masticando allegramente un boccone di pancake cosparso di sciroppo.

«Hai eluso la domanda, Falyn», disse Chuck. «Quel ragazzo passa a prenderti?»

Mi dispiaceva inghiottire quella morbida delizia per rispondergli, ma non volevo essere sgarbata. «Non lo so. Non l'ho sentito.»

«Scommetto che lo farà», intervenne Phaedra chiudendo il cassetto della cassa e incrociando le braccia. «E se non si comporterà da perfetto gentiluomo...»

«Lo so», la interruppi. «Gli devo tirare un pugno sulla gola.»

«Brava ragazza», commentò lei sferrandone uno a mezz'aria. «È una cosa che gli uomini odiano.»

«È vero», confermò Chuck dalla cucina. «La odiamo!»

Risi perché sapevo che si sarebbe tagliato una mano piuttosto di spingere una donna a reagire in quel modo.

Dopo un attimo emerse dalla porta a vento. Si pulì le mani nel grembiule immacolato lasciando due strisce marroncine sulla stoffa.

«Oh-oh», feci con la bocca piena notando la sua espressione. «Non vorrai farmi la predica, vero? Ti prego, no.»

«Che mi dici di quel ragazzo? Ancor più delle tue motivazioni mi preoccupano le sue.»

Phaedra guardò il marito con un'espressione raggiante, come se quarantasei anni di amore fossero raddoppiati d'un tratto grazie a quella frase.

Finii di masticare e mi pulii la bocca con un tovagliolo, che poi appallottolai e lasciai cadere sulle ginocchia.

In quell'istante mi risuonò nella mente la voce pacata ma ferma di Blaire.

"Forchetta sbagliata, Falyn."

"Non si mangia così la minestra, Falyn."

"Sta' su dritta, Falyn."

"Nessun uomo degno di questo nome ti vorrà se non ti comporterai come si deve, Falyn."

"A cena non si discute di argomenti volgari, Falyn."

Anche dopo la mia liberazione, quando mi trovavo in una situazione in cui avrei dovuto ricorrere alle buone maniere che mi erano state imposte con la forza, finivo puntualmente per comportarmi male solo per ripicca nei confronti di Blaire. Benché lei non potesse vedermi, quegli atti di ribellione mi facevano stare meglio.

Nonostante me ne fossi andata di casa da cinque anni, mi ribolliva il sangue nelle vene all'idea che quell'atteggiamento stentasse a morire, proprio come la pulsione dei miei a controllarmi, a plasmarmi nella figlia modello di una famiglia bene del Colorado.

«Falyn?» esclamò Phaedra. La sua voce stridula e confortante mi riportò al Bucksaw, lontano dalla mia infanzia. «Stai bene, piccola?»

Battei le palpebre. «Lui è... ehm... Non ha importanza

quali siano le sue intenzioni. Ho detto di sì solo per irritare William.»

«Allora perché ci esci lo stesso?» domandò Chuck.

«Perché è stato al gioco quando ho mentito ai miei», risposi sorridendo. «A ogni modo a lui non importa niente di me. Cerca solo una scopata facile.»

Chuck mi guardò inespressivo e poco dopo indietreggiò sparendo oltre la porta a vento.

Phaedra scoppiò a ridere. «Lo ucciderai, quell'uomo. Per lui sei come una figlia. Lasciagli credere di essere ancora vergine.» Non appena quelle parole le furono uscite di bocca si immobilizzò, gli occhi sgranati. «Oh, tesoro, mi dispiace tanto.»

«Credo sappia già che non lo sono», replicai ignorando le sue scuse.

Visibilmente scossa, Phaedra si mise a preparare il suo famoso tè freddo.

Girai attorno al banco e l'abbracciai da dietro appoggiandole il mento sul collo. «Va tutto bene», dissi sommessamente.

«Maledetta la mia linguaccia.» Tirò su con il naso. «E maledetto il mio cervello di gallina.»

La feci girare e attesi che incrociasse il mio sguardo. «Maledetto il tuo cuore tenero.»

Le tremò il labbro e mi strinse per un istante, poi con la mano rugosa mi diede una pacca sulla schiena. «Tu e Kirby per noi siete come figlie. Ora va', datti da fare, santo cielo», aggiunse tornando alla sua caraffa di tè.

Allungai un braccio dietro di me in cerca di un tovagliolino e glielo porsi. Lei lo avvicinò al viso e si asciugò gli occhi, o almeno così pensai visto che mi dava ancora le spalle.

«Ho detto va'...»

«Sì, signora.» Girai di corsa attorno al banco, presi il mio piatto e mi cacciai in bocca gli ultimi pezzetti di pancake mentre andavo in cucina.

Pete, calvo, rotondo e accigliato, era accanto a Chuck e come ogni mattina lo stava aiutando a preparare il cibo.

Hector era già al lavandino a lucidare le posate. «Buongiorno, signorina Falyn», disse. Prese il mio piatto, lo insaponò con il detersivo e lo sciacquò.

«Hector, per la centesima volta...»

«Non lo dica, signorina», mi interruppe con un sorriso imbarazzato.

Pete, intento a marinare il pollo, sorrise.

Insieme a Phaedra, artefice della fama del Bucksaw, quei tre costituivano il personale di cucina del locale.

Chuck stava preparando la sua salsa speciale con un'espressione assente, concentrato su qualcosa di molto remoto. Si asciugò la guancia bagnata con il dorso della mano e riprese a tritare. Poi mi diede un'occhiata e scosse la testa. «Dannate cipolle!» esclamò asciugandosi l'altra guancia.

«Già», convenni, dubbiosa.

In famiglia Phaedra non era l'unica ad avere il cuore tenero.

Pete rivolse al suo capo un sorriso beffardo senza smettere di lavorare.

Dopo aver aiutato Hector ad arrotolare i tovaglioli sulle posate, rabboccai il distributore di Coca-Cola dietro il banco, lucidai i vetri e controllai che nella sala da pranzo fosse tutto pulito e scintillante.

Gunnar accompagnò Kirby alle otto spaccate, e come ogni mattina lei si piazzò davanti all'ingresso a braccia conserte. Non capivo perché arrivasse tanto presto, dal momento che aprivamo alle nove.

La feci entrare e chiusi la porta.

«Eccomi!» annunciò attraversando la sala da pranzo.

«Avvertirò la stampa», replicò impassibile Phaedra.

Kirby le fece una linguaccia e mi strizzò l'occhio mentre oltrepassava la porta a vento lasciandola sbattere violentemente alle sue spalle.

«Uno di questi giorni la spaccherai, quella maledetta porta!» gridò Phaedra.

«Scusami.» Kirby era sbrigativa ma sincera. La sua coda di cavallo scura frusciò quando tornò con i barattoli del sale e del pepe.

Mentre riempiva i set sui tavoli, lei e Phaedra si scambiarono un sorriso d'intesa.

«Conosco quella piccola peste da quando era una ragazzina e se ne stava sempre a casa da sola», disse Phaedra facendo un cenno nella sua direzione.

«Guarda che ti sento», la ammonì Kirby.

«Benissimo», ribatté brusca Phaedra. «Tutti i giorni, nell'ora in cui lei tornava a casa da scuola, mi preparavo un sandwich con pollo grigliato, sottaceti e salsa al chipotle.»

Kirby sorrise maliziosa. «Ma poi per magia le passava sempre l'appetito.»

«Solo perché sapevo che quando facevi capolino qui con la tua testolina scura avevi una fame da lupo», continuò Phaedra in tono frivolo e sfacciato. «Parlava senza sosta della sua giornata con la bocca piena, divorando il mio povero sandwich, e non diceva nemmeno grazie prima di pulirsi le labbra nella manica e percorrere i pochi isolati fino all'Old Chicago dove sua mamma serviva ai tavoli.»

«Non andava proprio così», protestò Kirby avvitando il tappo di un portasale.

«E va bene», ammise Phaedra a denti stretti. «A volte usava un tovagliolo.»

Kirby scosse la testa e sogghignò aprendo il portapepe.

Vista l'ora, decisi di aiutarla e mi misi a svitare i tappi dei contenitori in modo che potesse aumentare il ritmo. «Kirby è l'unica persona al mondo oltre a Chuck», intervenni indicando la cucina, «che può farti impunemente la linguaccia e sopravvivere per raccontarlo.»

«Ho due ragazze, e mi trattano male entrambe», osservò Phaedra guardandomi perplessa.

Deglutii avvertendo un groppo in gola. Quella donna riusciva a farmi sentire in famiglia quando meno me lo aspettavo, e sempre quando ne avevo più bisogno.

Prese un canovaccio dal banco, se lo gettò sulla spalla e diede un'occhiata all'orologio mentre si avvicinava alla vetrina. Poi mi fece voltare in modo che potessi vedere le tre auto parcheggiate, piene di persone. Mi sollevò la mano in cui stringevo ancora la saliera aperta e prese a recitare il suo sonetto preferito: «*Madre degli esuli! Il vivace suo faro invita il mondo, e il pio sembiante scruta il mar che tra due città si giace...*».

Dopo ogni verso mi scuoteva la mano, e ogni volta il sale ci cadeva sulla testa come neve soffiata dal vento.

«*A me sol date le masse antiche e povere e assetate di libertà!*»

Quando ebbe finito, mi lasciò andare e io mi scrollai il sale dai capelli.

«Nessuno parla più così», commentò con un sospiro.

«Tu sì», disse Kirby.

«Dio, quanto amo il mio paese!»

Kirby fece una smorfia. «Lo capirebbe chiunque vedesse la tua fedina piena di arresti per i sit-in a cui hai partecipato. Cosa c'entra quella poesia con tutto il resto?»

Phaedra rimase senza parole.

«È di Emma Lazarus», spiegai.

L'espressione di Kirby non mutò.

«Quel sonetto è scritto su una targa ai piedi della Statua della libertà», aggiunsi.

Quando alla fine ci arrivò, la sua bocca formò una O.

«Che il buon Dio ci aiuti!» esclamò Phaedra alzando gli occhi al cielo.

«Prendo la scopa», disse Kirby schizzando nel retro.

Phaedra sparì in cucina brontolando. L'ignoranza dei fatti storici più importanti o degli eventi risaputi le dava sui nervi.

Kirby tornò armata di scopa e paletta. «Cazzo, ho cercato di dimenticare tutte queste cose dopo il diploma. Siamo in vacanza. Non può darmi un po' di tregua?»

«Sarà una giornata lunga», osservai prendendole di mano la scopa.

Pulimmo insieme il pavimento, poi lei corse al secchio dei rifiuti con la paletta e io glielo aprii. La gente nelle tre auto parcheggiate davanti al locale iniziò a muoversi, e quando Kirby riemerse dopo aver riposto la scopa nel retro i clienti erano già in coda per un tavolo.

«Non ho finito di riempire i set», bisbigliò.

«Ci penso io», le dissi affrettandomi a terminare il lavoro.

Guardai l'orologio e mi chiesi come mai avessimo fatto così tardi. Di solito finivamo con dieci minuti di anticipo.

Phaedra nascose il proprio malumore davanti ai clienti, però io e Kirby faticammo non poco a strapparle un sorriso. Una caraffa di tè freddo cadde e andò in mille pezzi, Hector ruppe una pila di piatti e io non chiusi bene un portasale, obbligando Chuck a preparare in fretta e furia un altro cheeseburger a Philly in sostituzione del primo, che conteneva più sale di quanto ne avessi io tra i capelli.

Kirby fece accomodare la scrittrice con la sua assistente, che erano venute per la seconda volta consecutiva.

«'Giorno», esclamai sorridendo. «Siete tornate, eh?»

«È tutto così buono!» rispose la scrittrice. «Volevo provare il Cubano prima di partire.»

«Non è quello che ho chiesto», disse in quell'istante un uomo a voce alta a Phaedra.

Dwayne Kaufman era seduto da solo in un angolo e si stava leccando il pollice dopo aver gettato per terra la parte superiore del panino con l'hamburger.

«Oh-oh», mi sussurrò Kirby all'orecchio. «Dwayne ha bevuto di nuovo. Chiamo la polizia?»

Scossi la testa. "Come si fa a essere sbronzi prima di mezzogiorno?" pensai. «Lascia che se ne occupi Phaedra.»

«Avevo detto niente ketchup! Ed è freddo, cazzo!» urlò Dwayne.

«Ti chiedo scusa, tesoro», fece lei. «Rimedio subito.» Recuperò il piatto e sparì di corsa oltre la porta a vento.

«Non chiamarmi tesoro!» le urlò dietro lui. «Che locale di merda!»

Mi avvicinai e gli sorrisi. «Ti porto un caffè mentre Chuck ti prepara un altro panino?»

«Vaffanculo», rispose voltandosi verso di me ma fissando per terra. «Voglio solo un hamburger del cazzo come l'ho ordinato. È così difficile?»

Aveva ancora il bicchiere pieno quasi per tre quarti, ma volevo distrarlo fino al ritorno di Phaedra. «Stanno provvedendo. Lascia che ti versi dell'altro tè», proposi allungando il braccio per prenderlo.

Lui mi afferrò per il polso. «Toglimi quelle tette secche da sotto il naso!»

Prima che facessi in tempo a scostarmi, il liquido traboccò dal bicchiere e mi finì sulle scarpe. Poco dopo altri schizzi mi raggiunsero mentre una mano robusta bloccava quella di Dwayne.

Lui si immobilizzò, e lo stesso feci io.

«Cos'hai detto?» chiese Taylor al mio fianco, in tono basso e minaccioso.

Stavo per intervenire quando Dwayne mollò la presa e scoppiò in una risata nervosa. «Non voglio altro tè», borbottò. «Voglio solo starmene in pace!»

Taylor lo lasciò andare e indietreggiò per fare spazio a Phaedra.

«Ecco, Dwayne. Un cheeseburger senza ketchup appena fatto. Mi dispiace tanto», annunciò a voce più alta del consueto.

Si mise tra noi, e io arretrai di un altro passo.

«Com'è? Va meglio?» domandò.

Lui lo addentò, poi chiuse gli occhi e masticò come un animale lasciando cadere pezzi di pane e cipolla. «Sì. Ce n'è voluto però.»

Phaedra mi fece segno di continuare il lavoro e lanciò a Taylor un'occhiata che non riuscii a interpretare.

Lo accompagnai al suo tavolo. Stavolta era solo.

«Stai bene?» si informò.

«Sì, è tutto a posto», risposi. «Cosa ti porto da bere?»

«Una delle tue famose Coca-Cola Cherry, grazie.»

«Arriva subito», dissi fra i denti.

«Ehi», esclamò dandomi un colpetto sul gomito prima che mi allontanassi. «Sei arrabbiata?»

Mi fermai e lanciai un'occhiata a Dwayne. «Avevo tutto sotto controllo.»

«Ti credo.»

«Non c'era bisogno che intervenissi», sibilai.

«Probabilmente no.»

«Non intrometterti nel mio lavoro. Non mi serve il tuo aiuto, mai.»

Taylor non fece una piega e si rilassò sulla sedia. «Okay.»

«Tutto qui?»

«Capisco», disse sogghignando.

Mi sentii i suoi occhi addosso mentre andavo al banco.

Passando mi fermai al tavolo della scrittrice. «Scusate. Cosa vi porto da bere?»

Lei scosse la testa con gli occhi che le brillavano. «Erano settimane che non mi divertivo così. Prendo un succo d'arancia.»

«Per me un mango sunrise», aggiunse l'assistente.

Annuii e proseguii. Dwayne mi allungò di colpo il bicchiere, che urtai, rovesciandolo.

D'istinto sollevai le mani e mi bloccai in punta di piedi, malgrado fosse troppo tardi. «Oddio, ti porto subito dell'altro tè.»

«Maledizione, brutta stronza!» urlò lui contemporaneamente. La sua sedia stridette contro le piastrelle quando si alzò e mi si parò davanti.

Dall'altra parte della sala giunse la voce tesa di Taylor: «Bene, ora mi hai proprio fatto incazzare».

Un istante dopo me lo ritrovai di fianco. Mise un braccio attorno al collo di Dwayne e lo trascinò alla porta.

«No! Fermati! Ti prego!» lo supplicai.

Le mie parole furono accompagnate dalle proteste di Dwayne.

Nella sala rimasero tutti immobili a fissarlo agitare le braccia nel vano tentativo di liberarsi.

Mi coprii la bocca con la mano mentre Kirby assisteva impotente alla scena dalla sua postazione. Poco prima che Taylor superasse la porta, Phaedra si cacciò due dita in bocca ed emise il suo famoso fischio. Era talmente forte che si sarebbe udito anche nello stadio di un liceo. A quel suono acuto sussultai.

«Basta!» ordinò.

Nel locale calò il silenzio. Chuck e Hector stavano guardando dal passavivande. Dwayne smise di lottare e Taylor lo lasciò.

«Qui nessuno a parte me può buttare fuori i clienti!» Si avvicinò a Dwayne a passo di marcia e lo guardò circospetta. «Hai appena insultato una mia dipendente?»

«Mi ha rovesciato addosso quel cazzo di tè!» ribatté indicandomi.

«Questo è un locale per famiglie. Non diciamo parolacce!» gridò Phaedra. «Torna quando avrai imparato come ci si comporta, Dwayne!» Si girò e aggiunse: «Anzi, sai cosa ti dico? Non tornare mai più!». Poi si rivolse a Taylor: «Butta fuori la spazzatura, ragazzo».

Lui incrociò le braccia e guardò in cagnesco Dwayne, che non oppose resistenza e uscì da solo, pieno di vergogna.

Phaedra sorrise ai clienti. «Avete bisogno di qualcosa?»

Quasi tutti scossero la testa. La scrittrice e la sua assistente rimasero in silenzio, tanto eccitate che parevano sul punto di mettersi ad applaudire.

Io mi diressi al bar.

Kirby mi seguì. «Wow, è stato davvero entusiasmante», commentò dando le spalle alla parte della sala in cui si trovava Taylor. «Sei sempre dell'idea di scaricarlo prima ancora che faccia qualcosa?»

«Sì», risposi preparando la peggiore Coca-Cola Cherry della mia vita. Girai attorno al banco con il bicchiere e mi avvicinai decisa al tavolo posandoglielo davanti.

Taylor aveva un'aria divertita, cosa che mi fece infuriare ancora di più.

«Stasera non posso», dissi.

«Ti eri scordata un impegno precedente?»

«No.» Battei le palpebre.

«Un'emergenza in famiglia?»

«No», ripetei, accigliata.

«Allora perché non puoi?»

«Perché sei un bullo.»

«Io?» fece toccandosi il petto.

«Sì», dissi fra i denti cercando di tenere la voce bassa. «Non puoi maltrattare così i nostri clienti.»

Si appoggiò allo schienale, fin troppo compiaciuto di sé. «Non hai sentito il tuo capo? È stata lei ad autorizzarmi.»

«E tu sei stato ben contento di farlo perché sei un bullo. Io non esco con i bulli», ribattei, disgustata.

«Fantastico.»

«*Fantastico?*» Avevo alzato leggermente la voce.

«Sì, hai sentito bene.» Taylor incrociò le braccia, tutt'altro che seccato, offeso o arrabbiato.

Speravo che un rifiuto in pubblico gli avrebbe cancellato quel sorriso soddisfatto dalla faccia. «Sembri contento.»

Si toccò il naso con il pollice flettendo il braccio. «Perché sono convinto che cambierai idea.»

Mi avvicinai di un passo. «Neanche per sogno», sussurrai. Mi girai di scatto e andai a controllare gli altri tavoli.

Il lavoro mi assorbì completamente e, quando tornai al suo tavolo, notai che Taylor se n'era andato lasciando una banconota da venti. La presi. Aveva ordinato solo quello schifo di Coca-Cola Cherry, perciò mi aveva lasciato una mancia di diciassette dollari.

Sorpresa e colpita, infilai i soldi nel grembiule e pulii il tavolo. Portai il bicchiere a Hector e mi lavai le mani.

«Non pensi di essere stata un po' dura?» chiese Chuck.

«Con chi?»

«Lo sai.»

«È un idiota. Gli ho detto che avevo tutto sotto controllo. Ha fatto una piazzata.»

«Dwayne se l'è meritato. Erano anni che Phaedra voleva cacciarlo fuori. Poco prima che arrivassi tu aveva rovesciato un tavolo.»

Restai a bocca aperta.

Hector smise di lavare le stoviglie, poi disse: «Dopo una cosa del genere la signora Phaedra non permetterebbe a nessuno di rimettere piede qui dentro».

Chuck scrollò le spalle. «Non è sempre stato così. Alcuni anni fa la moglie lo ha lasciato e da allora beve come una spugna. Phaedra ha sopportato i suoi malumori per pietà, suppongo.»

Io e Hector ci scambiammo un'occhiata.

«E non pensi che buttarlo fuori in quel modo sia stato un comportamento da bullo?» domandai.

Lui fece di no con la testa. «Sognavo di farlo io stesso.»

«Ma lei è tua moglie. Avresti difeso il suo onore. Questo è comprensibile.»

«Ha fatto bene», ribatté stringendo le labbra.

Mi rabbuiai, confusa.

«Penso che quel Taylor non ami le cose facili, anzi, il contrario. E sono convinto che sappia di aver trovato pane per i suoi denti.»

«Cosa significa?»

«Che faresti meglio a prepararti. Uomini come lui non mollano facilmente quando trovano una ragazza come te.»

Scoppiai a ridere. «Che ci provi pure.»

Chuck fece un sorrisetto e tornò ai fornelli.

4.

«Ora sarà meglio che tu ti dia una mossa, piccola», disse Phaedra. «Devi prepararti, no?»

Mi guardai i vestiti. «Per cosa?»

«Hai intenzione di uscire con quel ragazzo con il grembiule addosso?»

«No. Non ho intenzione di andare da nessuna parte con *quel ragazzo.*»

Lei scosse la testa e si occupò dell'ultimo tavolo della serata. Era l'ora di chiusura, e Kirby aveva già spazzato e stava smontando la macchina del gelato.

I clienti pagarono il conto e Phaedra salutò la famigliola che si avviava verso l'auto parcheggiata davanti al locale. Mi sedetti sullo sgabello in fondo al banco a contare le mance. Passando per andare incontro a Gunnar sulla porta, Kirby afferrò felice un piccolo fascio di banconote: la sua percentuale per avere sparecchiato ed essersi dimostrata una formidabile direttrice di sala. Lui la abbracciò e le diede un bacio, cingendole la vita sottile con le braccia enormi.

«Buonanotte!» esclamò Kirby.

«'Notte», dissi io in un sussurro.

Phaedra e Chuck li salutarono, poi Gunnar tenne la porta aperta a Kirby, che lo superò. Insieme si diressero verso la macchina. Pensai a loro due che camminavano da soli nel vicolo dietro il ristorante e al fatto che lei probabilmente non aveva il minimo timore.

Quando il campanello dell'ingresso suonò, alzai lo sguardo quasi aspettandomi di vederli. Non sarebbe stata la prima volta che Kirby dimenticava qualcosa. Invece accanto alla postazione della direttrice di sala c'era Taylor.

«Come mai qui?» chiesi.

La porta a vento sbatté un paio di volte prima di fermarsi, segno che Phaedra si era rifugiata in cucina.

«Sono venuto per portarti a cena.»

«Ho annullato l'appuntamento, ricordi?» replicai infilando le ultime mance nella tasca del grembiule.

«Sì, certo.»

Abbassai il mento, seccata. «Cos'avete in testa voi impiegati statali? Pensate di poter uscire con chi vi pare solo perché la maggior parte delle donne idealizza il vostro lavoro?»

«No, ho soltanto fame e vorrei che tu mi facessi compagnia mentre mangio.»

«Siamo chiusi.»

«E allora?» ribatté, senza capire.

«Allora te ne devi andare.»

Taylor infilò le mani nelle tasche dei jeans. «Va bene, lo farò. So che mi detesti, e le stronze non sono il mio tipo.»

«Certo. Preferisci le donne facili che si fingono progressiste e pagano per sé, ma a fine serata si comportano come groupie nella speranza di accalappiarti con i loro fantastici pompini.»

Taylor si irrigidì, fermandosi a poca distanza da me, e appoggiò la schiena al banco. «Mi hai inquadrato subito, vero, Prof?»

«Come?»

«Studiavi psicologia? Intendi darmi una strigliata a causa del mio temperamento violento, magari aggiungendo anche un paio di citazioni di Freud? Così mi metterai in imbarazzo con la tua superiorità intellettuale. Fammi indovinare: sei andata alla Brown? A Yale? Che gran cosa, cazzo! Io non avrò una laurea specialistica ma sono stato al college. Non mi fai paura.»

«Ho studiato a Dartmouth. E comunque i corsi biennali non contano.»

«Non sono assolutamente d'accordo. Mi sono diplomato

in economia aziendale e ho un master in studi sulla condizione femminile.»

«Questo è un insulto. Stai mentendo.»

«Non è vero.»

Mi scostai la frangia con un soffio. «Studi sulla condizione femminile?»

Taylor non si scompose.

«Perché?» chiesi, fremente di rabbia.

«Perché è rilevante.»

Stavo per ribattere ma mi trattenni. Era serio.

«Okay, ho mentito sul master, però ho seguito un paio di corsi sulla condizione femminile e concordo pienamente con le tesi della letteratura sull'argomento.»

Lo guardai, perplessa.

«Sarò anche il tipico impiegato statale ma ho un'istruzione. Sono andato alla Eastern State University in Illinois, un'università maledettamente buona anche se non è molto grande.»

«Aspetta. Hai detto Illinois?» Deglutii per sciogliere il nodo che mi si era formato in gola.

«Sì, e in ogni caso hai ragione. Ho anche un dottorato in stronzate, quindi ti ho sgamata subito.»

«La Eastern State University è dalle parti di Eakins?» mi informai.

Fece una smorfia, non capendo dove volessi andare a parare. «La ESU si trova a Eakins. Perché ti interessa?»

Sentii il battito accelerare. Il cuore mi martellava nel petto e la testa prese a pulsarmi. Il respiro si fece difficoltoso. Inspiravo ed espiravo affannosamente cercando di calmarmi. «Allora ci tornerai molto spesso, magari per le riunioni degli ex allievi.»

«Sono di lì, perciò ci torno in continuazione. Però non hai risposto alla mia domanda.»

A giudicare dalla sua espressione doveva avere intuito che qualcosa non andava. Tutt'a un tratto il tono della conversazione e il mio atteggiamento erano cambiati.

Notai che mi scrutava e mi imposi di restare tranquilla per non lasciar trasparire nulla.

Tutti i soldi nella scatola da scarpe di sopra servivano a pagare un biglietto aereo per Chicago, un'auto a noleggio e una stanza d'albergo a Eakins, in Illinois. Non poteva essere una coincidenza che quel ragazzo fosse entrato nel locale in cui lavoravo e avesse mostrato interesse nei miei confronti.

«Semplice curiosità», dissi.

Lui si rilassò, anche se aveva ancora una strana luce negli occhi. «Ti racconterò tutto. Andiamo.»

«Stasera non vengo da nessuna parte con te», replicai. «Sei troppo insistente. Per quanto ne so, potresti essere un serial killer.»

«Il Servizio forestale non assume assassini.»

«Come faccio a sapere che lavori davvero per loro?»

Taylor infilò la mano nella tasca posteriore e sospirando estrasse il portafoglio. Prese la patente e il tesserino della squadra antincendio. «Possono bastare?» si informò.

Mi imposi di non strappargli di mano i documenti e cercai di dissimulare il mio interesse mentre li esaminavo. La patente era stata emessa in Illinois. Taylor veniva davvero da Eakins. «Non hai mai fatto il cambio di residenza?»

«Scade il mese prossimo. A quel punto la rinnoverò qui in Colorado. Anche il mio capo mi sta addosso per questo.»

Trattenni il fiato fissando l'indirizzo. Stava dicendo la verità. «Cavolo», mormorai.

Abitava a North Birch. Gli restituii i documenti.

«Cosa c'è?» mi chiese prendendoli.

«La foto della patente è orribile. Sembri una vera testa di cazzo.»

Scoppiò a ridere. «Be', in realtà sono un genio.»

«Chiunque lo pensi dovrebbe allargare il suo giro di conoscenze», replicai schioccando la lingua.

Aggrottò la fronte. «Sei una bugiarda o una lesbica?»

Taylor era il mio biglietto per Eakins. Soffocare l'impulso di urlare, ridere, piangere o mettermi a saltellare fu difficile come agguantare un animale selvatico ricoperto di unto. Mi schiarii la voce e dissi: «Devo chiudere».

«Okay. Ti aspetto fuori.»

Me la sarei dovuta giocare bene. Taylor mi stava dietro solo perché lo respingevo. Non potevo dimostrarmi troppo smaniosa. «Non hai intenzione di andartene, vero?» chiesi con un sospiro.

Lui fece un mezzo sorriso e comparve la fossetta nella guancia sinistra.

Era indubbiamente attraente. Non potevo negare di sentire un rimescolio allo stomaco quando mi fissava e odiavo con tutte le mie forze quella reazione, ancor più di quanto odiassi gli uomini. Le splendide labbra carnose mettevano in risalto i suoi bei lineamenti. Aveva un viso simmetrico, con un'ombra di barba sul mento e sulla mascella, ciglia folte a incorniciare gli occhi nocciola dallo sguardo intenso, e un fisico da modello. Ed era perfettamente consapevole del proprio fascino.

«Te la stai spassando, vero? Ti piace guardarmi mentre cerco di decidere se il tuo aspetto può aiutarmi a dimenticare che sei un coglione.»

«Non sono poi tanto male», ribatté cercando di non mostrarsi divertito alle mie parole.

«Come si chiama l'ultima ragazza con cui sei andato a letto? Dimmi solo il suo nome.»

Rifletté sulla domanda, poi si strinse nelle spalle. «Lo ammetto, da un certo punto di vista sono un coglione.»

Gli osservai le braccia coperte di tatuaggi neotradizionali. Tra le spesse linee nere e i colori accesi spiccavano una palla da biliardo numero otto, una mano di assi e otto, un dragone, un teschio e il nome di una donna.

«Me ne andrò, anche se non mi va.» Mi guardò di sottecchi sfoderando tutto il suo charme.

Qualsiasi altra ragazza probabilmente gli sarebbe caduta ai piedi, ma io riuscivo solo a pensare allo scherzo che mi aveva giocato il destino.

«Chi è Diane?» mi informai.

Lui fissò il pavimento. «Perché me lo chiedi?»

«Una tua ex? Sei stato mollato e cerchi di superare il dolore straziante facendoti una donna dopo l'altra?» lo incalzai indicando il suo braccio.

«Diane è mia madre.»
La bocca mi si seccò all'istante, come se avessi inghiottito una manciata di sabbia rovente. «Cazzo!» esclamai battendo le palpebre.
«"Cazzo" è meglio di "scusa".»
«Io non mi scuso... non più.»
Sogghignò. «Ti credo. Senti, siamo partiti con il piede sbagliato. Divento iperprotettivo se vedo un uomo comportarsi in modo aggressivo con una donna. Non posso prometterti di non farlo più, però ti do la mia parola che non lo farò stasera. Allora, andiamo?» concluse guardandomi di nuovo di sottecchi e sfoderando il suo fascino magnetico.
Strinsi le labbra. Ora che Taylor mi serviva, il gioco diventava particolarmente rischioso. Dovevo continuare a negarmi senza però fargli perdere le speranze. «No.»
Deluso, si avviò verso l'uscita, ma un attimo dopo tornò indietro. Pareva frustrato e agitato. «Maledizione, ragazza, piantala di rompermi le palle!»
Lo guardai, perplessa. «Per quale motivo ci tieni tanto che io esca con te? Hai per caso fatto una scommessa?»
«Perché continui a dirmi di no!»
«Allora, se accetto, poi mi lascerai in pace?» replicai con un mezzo sorriso.
«Sei convinta che te lo chiederò di nuovo? Pensi che mi diverta a ricevere rifiuti?»
«Dev'essere proprio così.»
«È solo... che a me... non succede.» La cosa evidentemente gli rodeva.
«Adesso ho proprio voglia di mandarti al diavolo.»
Taylor si sforzò di mantenere il controllo. «Beviamo solo un paio di drink. Non ti accompagnerò nemmeno a casa, lo giuro.»
«Benissimo.» Legai la fascetta attorno alle banconote delle mance, mi slacciai rapidamente il grembiule e lo appoggiai sul retro del banco. «Andiamo a goderci la nostra ultima serata insieme.»
«Era ora, cazzo!» esclamò Taylor tendendomi la mano.
Gliela strinsi e mi lasciai condurre verso la porta. Il con-

tatto con la sua pelle mi infuse una sensazione di calore in tutto il corpo: penetrò attraverso i pori e sciolse una parte di me ibernata ormai da tanto tempo.

Mi diedi una rapida occhiata alle spalle e vidi Phaedra e Chuck salutarmi con un sorriso malizioso.

Taylor mi trascinò sul marciapiede opposto senza badare ai miei jeans usati o al fatto che puzzassi come il Bucksaw. Proseguimmo per mezzo isolato fino alla coda che si stava formando davanti al Cowboys, il bar country-western.

«No!» protestai.

Taylor indicò un uomo all'ingresso e mi trascinò oltre una fila di ragazze vestite in modo più appropriato di me ma che non avevano la fortuna di conoscere il buttafuori.

«Ehi!»

«Non è giusto!»

«È una vergogna, Darren!»

Gli strattonai la mano per costringerlo a fermarsi. «Darren Michaels», dissi rivolgendomi al mio ex compagno delle superiori.

«Falyn Fairchild», fece lui. Con la sua mole occupava quasi completamente la porta. Portava una maglietta nera troppo stretta, tesa sui muscoli scolpiti, e sfoggiava un'abbronzatura artificiale.

«Non sapevo che lavorassi qui.»

«Da quando ho compiuto ventun anni, Falyn. Qualche volta dovresti uscire dal Bucksaw, sai», replicò sogghignando.

«Molto spiritoso», commentai mentre Taylor mi conduceva dentro.

Superammo la cassa. Una donna dietro il banco ci vide ma non tentò neanche di attirare l'attenzione di Taylor e fissò il cliente dietro di lui.

«Devi essere un habitué», dissi abbastanza forte da farmi sentire al di sopra della musica.

Lui sorrise e io cercai di calmare le palpitazioni.

«Vuoi una birra?» mi domandò.

«No.»

«Sei forse un tipo da vino?» Visto che non risposi, insistette: «Un cocktail? Un whisky?... Rinuncio».

«Non bevo.»
«Tu non... eh?»
La sua espressione perplessa mi strappò un sorriso. «Non bevo», ripetei scandendo le parole.
«Non capisco.»
Alzai gli occhi al cielo.
«Io bevo», ribatté. «E fumo, anche. Qui però non è permesso.»
«È disgustoso. Questo intacca molto il tuo fascino.»
Taylor non si scompose. Mi accompagnò a un tavolino alto e attese che mi appollaiassi sullo sgabello, poi disse sorridendo: «Vado a prendere una birra. Sei sicura di non volere niente? Dell'acqua? Una bibita?».
«Prenderò un bicchier d'acqua. Che cosa c'è di così divertente?»
«Hai appena ammesso che ho fascino.» Il suo sorriso compiaciuto era contagioso.
«Sì, ma solo se non apri bocca.»
Il sorriso svanì all'istante. «Sei così maledettamente perfida! E mi preoccupa che la cosa mi piaccia tanto.»
Si avvicinò al banco con la sua solita andatura tracotante, per nulla turbato. Nel locale da ballo a due piani risuonava una musica di chitarra hawaiana. Appoggiai il mento sulla mano e mi guardai intorno per individuare le persone che conoscevo in mezzo ai turisti. Poi osservai Taylor chiacchierare con Shea, che si era diplomata un paio d'anni dopo di me e serviva al bar del Cowboys da quando ne aveva ventuno. Mi aspettavo che flirtasse con lei, quasi per avere conferma dell'idea che mi ero fatta sul suo conto, ovvero che fosse un stronzo.
Lei inclinò la testa, apparentemente ammaliata, poi però si girarono entrambi verso di me. Distogliere lo sguardo a quel punto non aveva senso. Mi avevano beccato.
Feci un cenno e loro ricambiarono.
Shea stappò la bottiglia di birra e riempì un bicchiere di plastica con acqua e ghiaccio. Poco prima che Taylor si avviasse verso di me, gli diede una pacca sulla spalla.
«Shea», mi disse lui.

«La conosco.»

«Mi avevi chiesto il nome dell'ultima ragazza con cui mi sono fatto un giro. È Shea.»

Storsi la bocca.

«È successo il primo fine settimana che ho passato qui. È dolcissima... e scatenata.»

«Con cui ti sei *fatto un giro*? Cosa vuol dire?» domandai, ma me ne pentii all'istante.

«Vuol dire fare sesso. Copulare. Chiavare, fottere, trombare, scopare... Devo andare avanti?»

«No, ti prego!» esclamai sorseggiando l'acqua.

«Sono un vagabondo, come ha detto tuo padre.» Sollevò la bottiglia e buttò giù un sorso. «C'è poco altro con cui ingannare il tempo fra una chiamata e l'altra.»

«Solo se manchi di immaginazione.»

«Tu cosa suggerisci?»

«Oh, non lo so. Agosto è un buon periodo per salire sul Pikes Peak. E poi ci sono il Garden of the Gods, le Manitou Springs, lo zoo, il Fine Arts Center, le Seven Falls e il museo aerospaziale.»

«Okay, allora diamoci da fare. Che ne dici di questo fine settimana? Cominceremo dal Pikes Peak. Sembra divertente.»

«Questa è la nostra ultima serata insieme, ricordi?»

«Per niente.»

Alzai gli occhi al cielo e cercai di trovare qualcosa di interessante sulla pista da ballo. C'era una discreta scelta. Vidi una coppia formata da padre e figlia, o almeno così pensai finché lui non tentò di farle la respirazione bocca a bocca... in piedi. Un uomo si stava facendo respingere da tutte le donne a bordo pista. Una tizia ricoperta di frange da capo a piedi ballava da sola il two-step all'indietro, forse convinta di essere la protagonista di un musical di Broadway che si svolgeva solo nella sua testa.

Taylor puntò la bottiglia nella sua direzione. «La chiamiamo Cat Woman. Si sta appena scaldando.»

«*La chiamiamo?*» ripetei io.

«Io... e loro», precisò indicando i due uomini che si stavano avvicinando.
Zeke e Dalton avevano un'espressione incredula.
«Cazzo, è pazzesco!» esclamò Zeke. «Mi deludi, Falyn.»
Infilarono le mani in tasca e ciascuno di loro estrasse una banconota da venti e la allungò a Taylor.
«Mi sbagliavo. Sei peggio di un coglione», dissi guardandolo.
Zeke lo fissò, sinceramente preoccupato. «E che cosa c'è di peggio?»
Taylor sollevò le mani in segno di resa, malgrado fosse chiaramente divertito. «Ho scommesso con loro che sarei riuscito a portarti qui, ma ciò non significa che non lo desiderassi. Inoltre, non potevo rinunciare a una scommessa a vincita garantita.»
Scossi la testa, perplessa.
«Oh!» fece Taylor, ancora più eccitato dopo l'arrivo degli amici. «Prendete nota. La Prof non capisce quello che dico.»
«È che sei piuttosto prolisso», ribattei, impassibile.
Dalton abbozzò un mezzo sorriso.
Taylor si protese verso di me. Profumava di acqua di colonia e di bagnoschiuma all'aroma di menta e tabacco dolce. «Una scommessa a vincita garantita in sostanza è una scommessa sicura», spiegò con voce bassa e monotona.
«Bene. È ora che vada.» Mi alzai e mi diressi alla porta.
«Oh!» esclamarono Dalton e Zeke all'unisono.
Pochi secondi dopo sentii le dita di Taylor stringere delicatamente le mie e fui costretta a fermarmi.
«Hai ragione. Mi sono comportato da stronzo.»
Mi girai di scatto e incrociai le braccia al petto. «In realtà non si può biasimare un coglione se fa cose da coglione.»
Lui contrasse la mascella. «Me lo sono meritato. Volevo solo romperti le scatole, Falyn, ma tu hai reso tutto difficile.»
Lo gelai con lo sguardo, poi mi rilassai. «È tardi, e domani mattina lavoro.»
Lo vidi incurvare le spalle per la delusione. «Dai! Non è poi così tardi! Mi avevi promesso *un paio* di drink...»
«L'acqua conta?»

«Balliamo.»

«No!» Mi sorprese la voce stridula con cui lo avevo detto.

Anche lui rimase un po' sconcertato. «Caspita. Stai tranquilla. È solo un ballo, non ti metterò neanche le mani sul sedere.»

Scossi la testa e indietreggiai.

«Perché no?» mi chiese.

«Non so ballare... così», risposi indicando le coppie che volteggiavano in pista.

«Il two-step?» fece lui scoppiando a ridere.

«Già.»

«Sai contare?»

Lo guardai, diffidente. «Mi offendi.»

«Limitati a rispondere alla...»

«Sì, certo che so contare», lo interruppi, esasperata.

«Allora puoi ballare il two-step. Forza, ti insegno io.» Si incamminò verso la pista trascinandomi con sé.

Nonostante le mie proteste, che ben presto si trasformarono in un'accorata supplica, mi condusse al centro del rettangolo di legno, e lì mi immobilizzai.

«Rilassati. Ti farò fare bella figura.»

«Non mi piace la musica country.»

«Non piace a nessuno. Segui il ritmo e basta.»

Sospirai.

Mi mise la destra sul fianco e con la sinistra mi prese la mano. «Appoggia l'altra sulla mia spalla.»

Mi guardai attorno. Alcuni uomini tenevano le mani sulle spalle delle rispettive compagne. Certe donne erano troppo prese a girare in tondo per mettere le loro da qualsiasi parte.

«Oddio», esclamai chiudendo gli occhi. Non mi piaceva cimentarmi in attività in cui sapevo di non essere brava.

«Falyn», disse Taylor con voce calma e serena.

Aprii gli occhi e cercai di non lasciarmi distrarre dalla fossetta sulla sua guancia.

«Ora farò due passi indietro con il piede sinistro. Tu ne farai due avanti con il destro. Per due volte, okay?»

Annuii.

«Poi farò un passo indietro con il piede destro e tu uno in avanti con il sinistro. Una volta sola. Il ritmo è *quick, quick, slow. Quick, quick, slow.* Pronta?»

Scossi la testa.

Lui rise. «Non è così difficile. Ascolta solo la musica. Ti guiderò io.»

Quando si mosse, lo seguii. Contai mentalmente cercando di muovermi in modo speculare. Non ero del tutto digiuna di danza. Blaire aveva insistito perché prendessi lezioni fino a tredici anni, ma a quel punto era risultato chiaro che nessun corso avrebbe potuto rendermi aggraziata.

Ballare il two-step tuttavia pareva piuttosto indolore, e Taylor in effetti era molto bravo. Dopo alcuni giri staccò una mano e mi fece ruotare. Alla fine non potei trattenere un sorriso.

«Okay, non è stato tanto male», ammisi sbuffando quando il brano terminò.

Il successivo era un po' più veloce.

«Allora continuiamo», mi disse trascinandomi con sé.

Aveva la fronte imperlata di sudore, e anch'io sentivo la schiena bagnata. A metà canzone mi fece ruotare prima in un senso e poi nell'altro.

Dopo il terzo ballo battei in ritirata e tornai al tavolo.

«Sei molto brava!» commentò Dalton.

«Vero?» fece Taylor con gli occhi che gli brillavano. «Vuoi un altro bicchiere d'acqua? Vado a prendermi una birra.»

«Sì, grazie», risposi fissandolo mentre si allontanava.

«Accidenti se lo guardi per essere una che non lo sopporta», commentò Dalton.

«Abitudine», replicai osservando Shea che versava l'acqua in un bicchiere.

Taylor tornò al tavolo e me lo posò davanti.

«Ehi, Taylor», disse Zeke, «non ti ha perso di vista per paura che le mettessi qualcosa nell'acqua.»

«Davvero?» chiese lui fissandomi.

«Non ti conosco», risposi.

«Succede spesso da queste parti?» si informò Zeke, vagamente turbato dall'idea.

«È capitato.»

Taylor digrignò i denti. «Sarà meglio che non becchi mai qualcuno che lo fa perché lo pesterei a sangue.»

«È solo un pretesto», intervenne Zeke. «Una scusa per guardarti mentre ti dai da fare con la barista sexy.»

«Io non mi do da fare con la barista», ribatté Taylor.

«A me piacerebbe», osservò Zeke e le sorrise prima di bere un sorso di birra.

«Ha un nome», gli feci notare. Visto che Taylor sembrava esserselo dimenticato di nuovo, aggiunsi: «Shea».

Lui tentò invano di assumere un'aria contrita. «Il tuo me lo ricordo», disse.

«Che onore!» ribattei, impassibile.

«Piantala di comportarti come se fossimo due estranei. Non ti metterò della droga nel bicchiere. Non ho mai dovuto ricorrere a espedienti del genere per scoparmi qualcuna e non ho certo intenzione di cominciare ora.»

«Resta sempre il fatto che non ti conosco.»

«Sai che sono un bravo ballerino», affermò dandomi una gomitata.

«Sei un discreto ballerino», lo corressi.

Dalton e Zeke scoppiarono a ridere.

Taylor chinò la testa e rise a sua volta. «Caspita, che cattiveria! È sbronza e ha criticato le mie doti di ballerino!»

Bevvi un generoso sorso d'acqua ghiacciata e posai il bicchiere mezzo vuoto. Il sudore mi scorreva lungo la schiena. Mi asciugai la fronte con il polso. «Adesso devo proprio andare.»

Dagli altoparlanti giunsero le note di una nuova canzone e tutti esultarono precipitandosi in pista.

«L'ultimo ballo!» disse Taylor prendendomi per mano.

Strinsi le labbra per non sorridere. «Okay, ma poi basta! Domani mattina lavoro.»

«Affare fatto!» rispose trascinandomi verso il pavimento di legno della pista.

Mi fece ruotare e iniziammo a muoverci in senso antiorario come tutti gli altri. Le varie coppie volteggiavano e ridevano. Se saltavano un passo o sbagliavano, ridevano ancora di più.

Mi stupii della rapidità con cui avevo imparato: riuscivo addirittura a prevedere la mossa successiva di Taylor. Questo almeno fino al momento culminante del brano, quando lui volle sperimentare qualcosa di nuovo. Mi fece allontanare, incrociammo le braccia, poi mi attirò di nuovo a sé: un attimo dopo mi ritrovai in aria a testa in giù. Atterrata sulla pista, ripresi il two-step.

Risi come una matta, incapace di controllarmi.

«Ti è piaciuto?»

«Non so neanche cos'è successo!»

«Ti ho fatto fare una capriola.»

«Una capriola? Ho appena fatto una capriola? In aria?» chiesi descrivendo un cerchio con l'indice.

«Sì. Nessun altro primo appuntamento potrà mai essere all'altezza di questo. Ammettilo.»

Sbagliai un passo e abbassai gli occhi per un attimo. «Questo non è un appuntamento.»

«Okay, allora ti offro la cena. Cosa c'è di aperto?»

Smisi di ballare. «Questo non è un appuntamento», ripetei. «Semmai un'uscita fra amici.»

Taylor si avvicinò e mi sfiorò l'orecchio con il naso. «Per quanto mi riguarda, è una cosa che non funziona.»

Indietreggiai. Avevo udito squillare un campanello d'allarme. Lo salutai e feci per allontanarmi, ma lui mi prese per la maglietta.

Poi sentii le sue mani sui fianchi. «Dai, Falyn. Non dicevi sul serio, vero? Ci stavamo divertendo.»

«Sì, è stato bello. Grazie.»

Lasciai la pista da ballo e salutai Dalton e Zeke facendomi strada tra la folla per raggiungere l'uscita. Superata la porta, mi ritrovai nell'aria calda della sera e feci un bel respiro.

"Arriverà fra tre, due..."

«Falyn!» gridò alle mie spalle.

Soffocai un sorriso. «Hai detto che non mi avresti riaccompagnato a casa, ricordi?»

Si incupì ma riuscì a dissimulare la delusione. «Come vuoi, Prof.»

Stavo rischiando grosso. Se lui non era il tipo egocentrico che credevo che fosse, non mi avrebbe più rivolto la parola. Però a mio avviso Taylor Maddox batteva tutti i bastardi arroganti che avevo conosciuto.

A ogni modo, dovevo lanciargli un osso. Mi alzai in punta di piedi e gli diedi un bacio sulla guancia indugiando un po' più del necessario. Lui si avvicinò, attratto dalla mia bocca. Indietreggiai, ma quando i nostri sguardi si incrociarono aveva un'aria completamente diversa. Anche se non capii perché, qualcosa era cambiato.

«Buonanotte.»

«'Notte», rispose sommessamente.

Mi incamminai e al semaforo premetti il pulsante per attraversare. Tejon Street era abbastanza trafficata nelle sere del fine settimana. Non che avessi grandi termini di paragone: in genere a quell'ora ero stesa sul divano a mangiare cracker e formaggio e a sfogliare una delle riviste che Kirby leggeva al lavoro nella pausa pranzo.

«Ehi!» esclamò Dalton raggiungendomi di corsa.

«Cosa c'è?» chiesi inarcando un sopracciglio.

«Ha detto che non ti avrebbe accompagnata a casa, non che non mi avrebbe obbligato a farlo al posto suo.»

Scossi la testa per mascherare il senso di trionfo. «Sono in grado di attraversare la strada da sola.»

«Be', allora fingi che io stia semplicemente andando nella tua stessa direzione.»

«Voi fenomeni siete tutti così complicati?» domandai con un sospiro.

«E cosa mi dici di voi laureate?»

«Io l'università l'ho mollata.»

«Sei una ragazza in gamba, Falyn», osservò sorridendo.

Ricambiai il sorriso.

Il semaforo diventò verde. Attraversammo in silenzio e superammo due negozi prima di raggiungere l'ingresso del Bucksaw. Presi le chiavi dalla tasca e ne infilai una nella serratura.

«Vivi qui?»
«Di sopra.»
«Pratico.»
«Ed economico.»
«Capisco. 'Notte, Falyn.»
«Stammi bene, Dalton. Mi ha fatto piacere conoscerti.»
Mi salutò con un cenno e tornò al Cowboys. Vidi Taylor e Zeke sul marciapiede. Fumavano e chiacchieravano tenendomi d'occhio.
Aprii la porta, entrai e la richiusi a chiave. Nella sala da pranzo le tende erano tirate e le luci spente. Mi mossi a tentoni per raggiungere le scale che conducevano al mio appartamento.
Inserii la seconda chiave nella serratura, abbassai la maniglia e misi piede nella casa vuota. Come tutti i venerdì sera udii il rimbombo dei bassi del Cowboys. Stavolta, però, quando guardai le lettere nella scatola da scarpe, mi vennero le lacrime agli occhi. Il mio sogno di andare a Eakins stava per realizzarsi.
Era una sensazione così surreale nutrire per la prima volta una speranza concreta dopo tanto tempo!

5.

«L'ordine è pronto!» esclamò Chuck dal passavivande, con la voce autoritaria che usava solo in quelle circostanze.

Era uno splendido sabato pomeriggio e il vocio nel locale pareva ancora più concitato del solito. La clientela era composta per la maggior parte da famiglie con bambini urlanti; un frugoletto di un paio d'anni correva attorno al tavolo e un gruppetto di adolescenti chini su un cellulare ogni tanto scoppiava a ridere.

Hannah, una studentessa delle superiori che ci dava una mano nel fine settimana, controllava la situazione muovendosi con la stessa grazia di un colibrì in un campo di fiori.

«Oh! Mi dispiace!» disse dopo aver rischiato di travolgere il marmocchio che, da quando i genitori si erano seduti, costituiva una specie di ostacolo mobile.

«Jack! Adesso vieni qui!» urlò la madre.

Il piccolo si precipitò sorridente da lei, consapevole di non averla ancora esasperata del tutto.

«Oddio!» esclamò Hannah scostandosi con un soffio alcune ciocche bionde che le ricadevano sul viso. «E pensare che non è neanche un periodo di vacanza.»

«Grazie di essere venuta», dissi riempiendo quattro bicchieri di tè freddo. «So che prima avevi l'allenamento di pallavolo.»

«Sono all'ultimo anno. Non ci posso credere», replicò con un sospiro. «Come farete senza di me l'estate prossima?»

«Non verrai a lavorare?»

«Mia madre vorrebbe che facessimo un viaggio insieme prima che io vada al college», rispose con un'alzata di spalle.

«Che bella idea!» commentai sorridendole.

«Non lo pensi davvero.»

«Hai ragione. La prospettiva di viaggiare con Blaire per me sarebbe un castigo.»

«Mi dispiace che tu non vada d'accordo con i tuoi. Sei così carina...»

La madre di Hannah non era una strega malvagia, prepotente e incontentabile come la dottoressa Blaire Fairchild.

«Blaire dà i numeri se vede la gamba di un pantalone sbucare fuori dal cesto della biancheria sporca, e se le tocca fare una coda diventa ancora più acida. Il luna park è sempre stato off limits. Però sono contenta che tu abbia questa opportunità. Con tua madre ti divertirai di certo.»

Tutt'a un tratto si fece seria. «Merda, devo portare il conto agli Ashton. È appena arrivato John Delaney con i bimbi.»

«Tutti e cinque?» chiesi girandomi per controllare.

John aveva un marsupio doppio per portare i gemelli. Sua moglie Marie si sistemò la figlia di tre anni sul fianco e si chinò a dire qualcosa alle due bambine in età scolare.

John era stato allenatore della squadra femminile di lacrosse ma ora lavorava in una concessionaria di auto. In quel momento era distratto dai figli, e io feci del mio meglio per non fissarli.

«Wow, Marie è fantastica», commentai.

«Oppure pazza», disse Hannah. «Non erano sul punto di divorziare alcuni anni fa, poco prima che lui lasciasse il posto di allenatore?»

«Non lo so. Non bado ai pettegolezzi.»

Con un bel sorriso Hannah si affrettò a consegnare il conto al tavolo otto. Riempii una ciotola di limoni e portai le bevande al dodici.

«Siete pronti a ordinare?» chiesi prendendo penna e blocco.

«Come sta tuo padre, Falyn?»

Guardai Brent Collins, che chiaramente mi aveva rivolto quella domanda con uno scopo preciso. Non era più lo studente tracagnotto che divorava Snickers; ora faceva l'istruttore di CrossFit nella palestra in fondo alla strada.

«È molto impegnato», risposi. «Dovresti provare il tacchino arrosto. Oggi è eccezionale.»

«Non mangio carne. Prenderò l'insalata di cavolo riccio. Cosa ti è successo? Non studiavi medicina?»

«Non proprio.»

«Non andavi a Dartmouth?»

«Sì. Allora sei vegano? Quindi niente uovo nell'insalata? Salsa? Phaedra fa una *green goddess* da sballo.»

«Perfetto. Dusty, sapevi che Falyn andava a Dartmouth?»

Dustin annuì sorseggiando il suo tè. Erano in compagnia delle rispettive fidanzate. Tutti avevano preso il diploma con me o l'anno dopo.

«Bell'anello», dissi a Hilary.

Lei diede un colpetto affettuoso sul braccio di Dusty. «Ha scelto bene, vero?»

«Certo, baby.» Lui sorrise e mi guardò. «Sapevo che era decisamente al di fuori della mia portata, perciò dovevo giocarmi il tutto per tutto con l'anello, giusto?»

«Giusto», confermai con un sorriso.

Due cheeseburger e due insalate di cavolo riccio dopo passai un altro ordine in cucina e ritirai l'antipasto per il tavolo uno di Hannah.

«Grazie!» esclamò lei mentre servivo i suoi clienti.

Quella ragazza mi piaceva, anche se la conoscevo poco. Essendo ancora alle superiori viveva in un mondo diverso dal mio. Aveva dinanzi a sé tante opportunità. Io invece stavo scappando dal futuro, o almeno dal futuro prestabilito.

«Ho appena fatto accomodare i clienti del tavolo tre per te», mi comunicò Kirby mentre prendeva altri menu da dietro il banco.

Alzai lo sguardo e dovetti reprimere il sorriso compiaciuto che mi stava affiorando sulle labbra. «Grazie a Dio», mormorai.

«Allora ti sei divertita con loro?» domandò Phaedra portando dei menu semplificati.

«È di Eakins, in Illinois.»

«Cosa?» fece sorpresa.

«Taylor è di Eakins.»

«Glielo hai detto?» mi chiese impallidendo.

«Ovviamente no.»

«Detto cosa?» si informò Kirby.

«È una faccenda personale», ribatté brusca Phaedra. «Se ne avrà voglia, te lo racconterà. Non tormentarla.»

«D'accordo.» Kirby strabuzzò gli occhi per un istante sollevando le mani.

«Non preoccuparti», le dissi.

Lei guardò il tavolo tre e poi me. «Hanno chiesto che li servissi tu.»

«Bene.» Aspettai che si fossero sistemati prima di avvicinarmi.

«Falyn!» chiamò Brent.

Mi fermai da loro. «Scusami. Vi porto subito da bere.»

«Cos'è successo a Dartmouth? Tua mamma mi ha detto che ti hanno cacciata. È vero?»

«Piantala, Brent», lo ammonì Hilary, corrucciata.

Le parole mi si bloccarono in gola. Era da tanto che qualcuno non mi rivolgeva domande sul mio passato. «No, me ne sono andata.»

«Perché?»

Deglutii.

«Lasciala in pace», disse John girandosi sulla sedia, rosso in volto.

Brent fece una smorfia. «Ehi, coach Delaney. Che strano vederla qui!»

John mi lanciò un'occhiata e poi tornò a guardare sua moglie che, occupata com'era a gestire i bambini, non si era accorta di niente.

Phaedra mi prese per le spalle e sorrise a Brent. «Vi porto il conto se avete fretta.»

«N-no, grazie», balbettò lui. «Noi siamo appena... ehm... Perdonami, sono stato scortese. Se non ci sono problemi, vorremmo restare.»

La sua ragazza e Hilary erano chiaramente seccate per quel comportamento.

«Bene!» esclamò Phaedra prima di allontanarsi.

Mi mordicchiai il labbro in preda a un vago senso di nausea e battei in ritirata verso il banco.

Dalton, Zeke e Taylor, di nuovo ricoperti di sudore e fuliggine, stavano studiando il menu, con il casco posato su un ginocchio.

«Mia mamma pensava di cominciare il viaggio da Yellowstone», spiegò Hannah mettendo i coperchi sui bicchieri per i figli di Delaney. «Ci saremo state come minimo dieci volte, ma ormai ha deciso, perciò così sarà. Io voglio percorrere tutta la West Coast e visitare Los Angeles.»

«Ci sei mai andata?» chiesi, distratta dai tre uomini sporchi accanto alla vetrina. Avrei dovuto conquistarli tutti, non solo Taylor.

Hannah scosse la testa aspettando che continuassi.

«Io sì», dissi ricordando il mio viaggio a Los Angeles, «con Blaire.»

«Vedi che allora puoi viaggiare con lei?»

«Ci siamo state per un congresso medico. Ho passato tutto il giorno in albergo. Credo che mi abbia portato con sé solo perché la aiutassi poi con le borse dello shopping.»

«Oh, ma è... orribile! Però perlomeno se ti ammali può curarti. È un medico, giusto?»

«Un cardiochirurgo. È tra i cinque migliori del paese.»

«Wow!»»

«Già, è un chirurgo fantastico.»

«Be', non male.»

Feci una smorfia. Blaire detestava la polvere, le persone troppo ciarliere o troppo felici e anche essere guardata negli occhi: chiunque non avesse una laurea non doveva credersi al suo livello. Per questo era diventata un chirurgo. Se fosse stata la migliore, e a detta di tanti lo era, il modo in cui trattava i pazienti non avrebbe avuto importanza purché riparasse i danni.

L'unico danno che non aveva saputo riparare era quello che aveva fatto a una certa persona.

«Falyn? Il tavolo cinque ha chiesto il conto», mi avvertì Kirby.

«Oh!»

Digitai sul touch screen e stampai la ricevuta. La strappai e la infilai nel portaconto di pelle nera, che portai a una famiglia di quattro persone.

«Grazie mille», dissi sorridendo. «Buona giornata.»

Controllai gli altri tavoli, riempii i bicchieri di alcuni clienti, poi mi avvicinai al numero tre.

«Ciao, ragazzi. Da bere prendete lo stesso o preferite qualcos'altro?»

Annuirono tutti simultaneamente.

«Lo stesso», rispose Dalton. «Mi hai rovinato, ormai voglio solo quella vera.»

«Torno subito.» Me ne andai, sforzandomi di trattarli come gli altri clienti.

Preparai le Coca-Cola Cherry e portai il vassoio al tavolo con un sorriso cortese.

Dalton mi ringraziò. Zeke bevve un sorso ed emise un verso soddisfatto.

«Trex è andato via?» domandai cercando di non incrociare lo sguardo di Taylor.

I tre si scambiarono un'occhiata.

«Trex non fa parte della nostra squadra. Lo abbiamo incontrato in albergo», rispose Taylor alla fine.

«Ah. Siete pronti a ordinare o dovete ancora decidere?»

Zeke scrutò il menu. «Servite la colazione tutto il giorno?»

«Esatto.»

«Cosa sono le crêpe?»

«Sono dolci simili ai pancake, ma più sottili. Phaedra le riempie di crema alle nocciole, le cosparge di zucchero in polvere e ci mette sopra una colata di salsa di cioccolato.»

«Prendo quelle», disse lui.

«Per me un *chicken wrap*.» Dalton mi porse il menu sollecitando Zeke a fare lo stesso.

«E per te?» chiesi a Taylor dopo un attimo di esitazione.

Lui abbassò la lista che aveva in mano e mi guardò dritto negli occhi. «Voglio uscire di nuovo con te.»

«Come?» Per un istante sperai che nel menu ci fosse un'alternativa.

Sospirando, lui si appoggiò allo schienale. «So cos'ho

detto, ma allora pensavo che facessi solo la difficile. Non sapevo che eri impossibile.»

«Non sono... impossibile. Sono di qui. Tu invece no.»

«Hai il ragazzo?» mi domandò Zeke sorridendo.

«No.»

Dalton diede una pacca sul braccio a Taylor, e lui lo fulminò con lo sguardo.

«Non ero serio quando ho promesso che non ti avrei mai più chiesto di uscire», affermò gettando il menu sul tavolo.

Rimasi perplessa. «Intendi dire che non avevi intenzione di fare quella promessa?»

Taylor rifletté per qualche istante. «Esatto. Ritiro tutto.»

«Non puoi rimangiarti la parola. Ti sembro il tipo che accetta un secondo appuntamento con un vagabondo incapace di rispettare una promessa?» esclamai con una smorfia.

«Hai appena ammesso che quello di ieri sera è stato un appuntamento.» Fece un sorriso da Stregatto che andava da un orecchio all'altro. I suoi denti brillarono, ancora più bianchi in contrasto con la pelle sporca.

«Oggi abbiamo davvero un sacco di lavoro al ristorante.»

«Lo so. Pensaci, comunque.»

Guardai il soffitto e poi di nuovo lui indicandolo con la penna. «No. Vuoi anche tu il *wrap*?»

Si fece serio e incrociò le braccia al petto, abbattuto. «Sorprendimi.»

«Certo.» Recuperai il menu e passai l'ordine a Chuck.

«Ti ha chiesto di uscire di nuovo?» mi chiese lui.

«Sì, e gli ho detto di no.»

«Sei crudele», osservò scuotendo la testa.

«Vuole solo uscire con qualcuna. Non ha il cuore spezzato o roba del genere.»

«Se non ti piace, perché sembri una ragazzina che fa fatica a non ridere?» ribatté Chuck asciugandosi la fronte sudata con l'avambraccio.

«È di Eakins.»

«Eakins in Illinois?»

«Sì», risposi mordicchiandomi il labbro.

«Glielo hai detto?»

«No. Anche Phaedra me l'ha domandato. Perché mai all'improvviso dovrei dirlo a tutti?»

Scrollò le spalle. «Era solo per sapere. Sai, Falyn... mi ero offerto di...»

«No, Chuck», lo interruppi. «Non mi pagherai il viaggio a Eakins. Hai già fatto troppo per me.»

«Quanto ti serve? Ormai non ti mancherà molto.»

«No, ci sono quasi. Ma ogni volta che sto per arrivarci succede qualcosa.»

«Come quando hai aiutato Pete a comprare le gomme dell'auto?»

«Sì.»

«E quando hai pagato quel biglietto a Kirby?»

«Già.»

«E quando un paio d'anni fa ti sei ammalata?»

«Anche quello.»

«Stai ancora pagando il conto dell'ospedale?»

«No, ho finito mesi fa. Grazie.»

«Dovresti lasciare che ti aiutiamo, Falyn. Tu sei sempre pronta a dare una mano agli altri.»

«Sì. E proprio per questo devo cavarmela da sola.» Guardai il tavolo tre. Taylor mi lanciò un'occhiata e per un istante i nostri sguardi si incrociarono. «O almeno in gran parte da sola.»

Chuck tornò a occuparsi della minestra. «Il ragazzo si incazzerà quando scoprirà i tuoi piani.»

«Preferisco non parlarne. Sto già abbastanza male», ammisi sconfortata.

«Be', quantomeno hai ancora una coscienza.»

Mi fissai i piedi sentendomi sempre peggio. L'eccitazione che avevo provato alcuni istanti prima era stata sostituita dal senso di colpa. «Phaedra è nel retro?» domandai.

Chuck annuì. «Sta preparando le cheesecake.»

«Oh!» esclamai. Sarebbe passato un bel po' prima che la rivedessi.

I Delaney salutarono Kirby e radunarono i bambini, pronti ad andarsene. Stavolta era Marie a portare il doppio marsupio con i gemelli mentre John si occupava delle bambine. Si era messo in spalla la più piccola, che scalciava violentemente e urlava.

«Cavolo. Quando sarà il momento, ne adotterò uno di dieci anni», osservò Hannah.

Li guardai raggiungere l'auto parcheggiata a spina di pesce davanti al Bucksaw. Il padre faticò a mettere la piccola sul seggiolino, in parte supplicandola e in parte rimproverandola.

«Sì», convenni, distratta.

John le allacciò la cintura e frugò nelle tasche dei jeans dicendo qualcosa alla moglie prima di rientrare nel locale.

Si fermò un istante di fronte a me, poi si avvicinò. «Ti chiedo scusa», disse. «Marie continuava a domandarmi perché non tornavamo più qui. Cercherò di fare in modo che non succeda di nuovo.»

«È tutto a posto, capisco.»

«Mi dispiace veramente, Falyn. Per tutto», ripeté estraendo il portafoglio dalla tasca prima di correre fuori.

Mi parve che tutta l'aria nella sala fosse uscita assieme a lui. Rimasi piantata là, incapace di muovermi e di respirare.

Kirby si spostò dietro il banco e salutò i clienti abituali, poi appoggiò i gomiti sul piano. «Oggi l'ora di punta sembrava non finire più.» Sospirando giocherellò con un menu. «Ehi, sto parlando con te. Hai intenzione di dirmi qualcosa?»

«Non adesso», ribattei tornando al presente.

Lei si imbronciò. «Allora ti piace? Perché... sei sempre tu, ma diversa. Hai l'abitudine di comportarti in modo strano quando un ragazzo ti corteggia, ma da lui non stai scappando.»

«Da chi?» domandai a voce più alta di quanto volessi.

«Da Taylor, idiota», rispose spazientita.

«Sì», intervenne Hannah. «Per quale ragione ti comporti in modo tanto strano con gli uomini?»

«Va' a controllare i tavoli», ordinai lanciandole un'occhiata truce.

«Sì, signora», disse lei facendo dietrofront.

«Parlo sul serio», continuò Kirby. «Pensavo che fossi solo

incazzata con i tuoi. Fino a poco tempo fa non mi ero resa conto che tu odiassi gli uomini, e ora è arrivato Taylor.»

«Non odio gli uomini.»

Lo sbirciai di nascosto. Quando lui fece lo stesso, distolsi lo sguardo per un attimo. Taylor riprese a chiacchierare con i compagni; aveva un vago sorriso sulle labbra. «Mi piacciono gli uomini. È solo che non ho tempo per loro.»

«No.» Kirby grattò via con un'unghia un'incrostazione sul banco. «C'è qualcos'altro.» Prese straccio e detersivo per pulire i tavoli.

«L'ordine è pronto!» gridò Chuck facendomi sussultare.

Portai un vassoio al passavivande per ritirare i piatti della squadra.

«Tutto bene, piccola?» si informò lui.

«Certo», risposi sistemandomi il vassoio tra il collo e la spalla e sostenendolo con la mano.

«Non mi riferivo al lavoro.»

«Lo so», dissi allontanandomi.

I ragazzi stavano chiacchierando quando mi avvicinai. Gli si illuminarono gli occhi non appena capirono che erano arrivati i loro piatti.

«Il *wrap.*» Posai il panino davanti a Dalton. «Le crêpe», aggiunsi servendo Zeke. «E infine un'omelette alla Denver con *jalapeño.*»

Taylor allungò la mano e gli porsi il piatto.

«È caldo», lo avvertii.

«Non c'è problema», replicò con un mezzo sorriso. Mentre mi giravo, mi toccò il gomito. «Sono capace di comportarmi da amico se usciamo, sai.»

Lo guardai, dubbiosa. «Faccio la cameriera in una città turistica. Credi che non lo abbia già sentito? Che non conosca l'intera storia? Senti, siete simpatici. Mi piacete, ma non ho bisogno di altri amici, soprattutto temporanei.»

Quando me ne andai, mi sentii i suoi occhi addosso. Sapevo cosa stava pensando. Aveva già dimostrato di amare le sfide, e io gliene offrivo una.

Non appena ebbero finito di mangiare portai loro il conto. Raccolsero velocemente l'attrezzatura e uscirono; Taylor mi salutò con un cenno della mano.

Kirby sparecchiò e mi portò una mazzetta di banconote da uno e da cinque più alcune monete, una mancia che in totale superava il costo del pasto. Scossi la testa e risi sotto i baffi. Quello era il miglior modo di salutare una cameriera.

Per il resto del turno il lavoro fu tranquillo. Alla fine io e Hannah ci sedemmo sugli sgabelli in fondo al banco, vicino alla cucina, a contare le mance e ad ascoltare gli aneddoti di Hector e Chuck sui contrattempi e sui disastri evitati quel giorno.

Phaedra riemerse dal retro tenendosi una mano sulla schiena, tutta sporca di crema di formaggio, cioccolato e schizzi di fragola. «Quelle maledette torte sono pronte.»

Chuck l'abbracciò. «Ben fatto, amore mio. Ben fatto.»

Le diede un bacio sulla guancia e lei lo allontanò. «Com'è andata? Sarei venuta prima, ma ero rimasta indietro.»

«Siamo sopravvissuti», risposi.

Kirby le scoccò un sorrisetto. «Taylor è tornato. Le ha lasciato una grossa mancia.»

Alzai gli occhi al cielo.

«Cosa c'era scritto?» chiese Hannah.

«Eh?» feci arricciando il naso.

Indicò i soldi. «Ha scritto qualcosa su una banconota. Pensavo che lo sapessi.»

Kirby si avvicinò di corsa mentre le disponevo a ventaglio.

«Niente», risposi scuotendo la testa.

«È dall'altra parte, piccola.» Phaedra stava fissando una banconota da un dollaro.

La girai e vidi le parole scribacchiate con una grafia quasi illeggibile.

COMFORT SLEEP HOTEL
STANZA 201

Kirby scoppiò a ridere. «È davvero tenace, questo glielo devi riconoscere.»

Sospirai, la testa piena di pensieri. Ora che avevo una specie di piano era difficile essere paziente. Ma dovevo sforzarmi se volevo che funzionasse. «È insopportabile. Però, Kirby, continua a farli sedere nella mia sezione, okay?»

«Certo», mi disse arrampicandosi su uno sgabello e dondolando i piedi come una bambina.

Phaedra diede un buffetto a Chuck. «Ricordi quando ti comportavi così, tesoro?»

«Come potrei scordarmene?» replicò lui sollevando un sopracciglio.

«Vi prego, smettetela!» esclamò Kirby con un'aria nauseata.

In quell'istante bussarono alla porta.

Lei sospirò. «Una volta tanto è puntuale.»

Notando però che non si muoveva e non aggiungeva altro, mi girai e vidi Taylor. Indossava un cappellino bianco, una felpa grigia con il cappuccio, un paio di pantaloncini da basket blu navy e le infradito. Teneva in mano un cesto pieno di biancheria.

«Che mi venga un colpo!» esclamò Phaedra con voce roca.

«Lo faccio entrare?» chiese Kirby.

Mi fissarono tutti.

«Che nessuno dica una parola. Lasciate me la sbrighi da sola.»

«Mi sa che è uno scherzo», osservò Hannah.

Chuck si sforzò di non ridere. «Non credo, ma sono sicuro che ci divertiremo comunque.»

Mi avvicinai alla porta con tutta calma e mi fermai a circa mezzo metro. «Cosa ci fai qui?» domandai fingendomi esasperata.

«È giorno di bucato», annunciò lui con un gran sorriso.

«Okay, ma questo non risponde alla mia domanda.»

«Hai una lavatrice e un'asciugatrice?»

«Sì.»

«Per questo sono qui.»

Non riuscivo a crederci. «Dalle tue parti la gente non è capace di chiedere un favore?»

«Intendi in Illinois?»

«So bene da dove vieni!» borbottai.

Divenne serio. «Posso fare il bucato da te, per favore?»

«No!»

Si guardò attorno, poi tornò a fissarmi. «Be'... in zona c'è una lavanderia a gettone?»

«In Platte Avenue. Gira a sinistra, è una traversa della Tejon, poco prima di Institute Street», gli spiegò Phaedra.

Mi girai e la vidi indicare a Taylor la direzione. Quando le lanciai un'occhiataccia, scrollò le spalle.

«Vieni con me?» mi domandò. «Le lavanderie a gettone sono fottutamente noiose.»

Strinsi le labbra e mi imposi di non sorridere. "Ci siamo." Girai la chiave che era già nella serratura. «Entra.»

«Sei sicura?»

«Oh, adesso ti preoccupi di essere invadente?»

«Non credo proprio», rispose superandomi. «Su per le scale, giusto?»

Doveva essere un segno del destino. Taylor era come un cane randagio a cui avessi dato da mangiare una volta: non me lo sarei più tolto di torno. E guarda caso veniva dalla stessa città in cui volevo andare.

Chiusi a chiave la porta del locale, mi voltai e mi ritrovai davanti quattro sorrisetti identici.

«Vieni?» chiese Taylor ai piedi delle scale, con la cesta fra le braccia.

Mi soffiai via la frangia dagli occhi. «Perché no?»

6.

Aprii la porta e lo osservai vagamente divertita mentre si guardava attorno con ostentazione. Portava i pantaloncini abbassati sui fianchi e girò il cappellino all'indietro studiando ogni angolo della stanza. Era un tipo da cui in genere mi sarei tenuta alla larga, invece eccolo là, bello e trasandato, nel mio appartamento.

«Può andare bene come posto per fare il bucato?» chiesi.

«È di gran lunga meglio della lavanderia a gettone», rispose con un'alzata di spalle mentre chiudeva la porta. «Dov'è la lavatrice?»

Gli feci cenno di seguirmi e aprii una porta scorrevole tra la cucina e il bagno. In un angusto spazio rettangolare erano stipate una lavatrice e un'asciugatrice che dovevano avere circa la mia età.

«Sei sempre convinto che sia meglio della lavanderia a gettone?» gli domandai.

«Sì, ma se vuoi me ne posso andare.»

«Scegli il programma e tira la manopola per farla partire.»

Il suo sorriso di gratitudine era vagamente... okay, molto affascinante. Si chinò, prese alcune paia di jeans dal cesto e le cacciò dentro. Seguì le mie istruzioni e l'acqua iniziò a riempire il cestello.

Mi ritirai in camera per mettere via le mance, la metà nel portafoglio, il resto nella scatola. Poi mi cambiai, indossando i pantaloni della tuta e una maglietta grigia oversize.

«Dove sono i tuoi jeans?» chiese Taylor.

Mi fermai sulla soglia, un po' disorientata da quella strana domanda. Indicai la camera. «Là dentro, per terra.»

«Nella lavatrice c'è ancora posto», disse lui versando il detersivo.

«I miei jeans e i tuoi non si conoscono abbastanza bene da poter essere lavati insieme.»

Sogghignò e scosse la testa osservando il cestello pieno di schiuma. «Cos'ho combinato per farmi odiare da te? O questo è una specie di test?» Mi guardò in faccia. «Perché non sto cercando di infilarmi nei tuoi pantaloni, Prof. Mi sono solo offerto di lavarli.»

Tornai in camera e raccolsi i jeans accanto al comodino. Attraversai il corridoio e andai in bagno per ripescare dal cesto della biancheria le altre due paia che vi avevo buttato dentro. «Ecco», dissi porgendoglieli.

«Sono tutti?» si informò infilandoli nella lavatrice.

«Sì, così se li rovini sono fregata.» Indietreggiai e mi buttai sulla sedia girevole.

«Non succederà. Sono un esperto di bucati.»

«Non li fa tua madre?»

Scosse la testa.

«Ottimo. Le mamme a volte rovinano i figli in quel modo. È un bene che tu non sia mai scoppiato in lacrime davanti a una lavatrice che non riuscivi ad avviare.»

«Sembra che tu parli per esperienza.»

«Erano i domestici a fare il bucato», replicai e attesi la sua reazione.

Lui però rimase impassibile. «Se i tuoi sono ricchi, perché vivi in questo buco?» Si tolse la felpa e gettò anche quella in lavatrice. Aveva una maglietta leggera e piuttosto aderente, con la scritta EAKINS FOOTBALL ormai sbiadita.

Lo fissai per un istante cercando di reprimere il sorriso che stava per affiorarmi sulle labbra. «Hanno fatto scelte sbagliate.»

Taylor si avvicinò con passo pesante al divano e ci si buttò sopra rimbalzando leggermente, poi sistemò i cuscini sprimacciandoli con le mani. «Del tipo?»

«Non sono affari tuoi.»

A quel punto si appoggiò allo schienale e incrociò le braccia al petto.

«Come mai tutti quei tatuaggi?» chiesi lasciando scorrere lo sguardo sul guazzabuglio di sagome e colori che gli ricoprivano le braccia fino al polso.

«Li abbiamo tutti.»

«Tutti chi?»

«Io e i miei fratelli. Be', gran parte di noi. Tommy no.»

«Quanti fratelli hai?»

«Quattro.»

«Accidenti.»

Annuì con sguardo vacuo, come se stesse ricordando qualcosa. «Non hai idea del casino.»

«Dove sono i tuoi fratelli?»

«Qua e là.»

Mi piaceva quel gioco in cui ero solo io a fare domande, e lui non sembrava infastidito. La sua maglietta bianca era abbastanza sottile e stretta da lasciar intravedere la pelle abbronzata e gli addominali scolpiti. Tutti gli stronzi erano muscolosi. Era un indicatore utile per stabilire quanto un uomo fosse imbecille.

«Sei il maggiore?» gli chiesi.

«Sì e no.»

«Sorelle?»

«Dio, no», rispose con una smorfia.

O detestava le donne oppure le considerava degli esseri inferiori. Comunque fosse, più stava nel mio appartamento meno mi preoccupavo dei sensi di colpa.

«Vuoi guardare la tivù?»

«No.»

«Bene», dissi mettendomi comoda. «Non ho la televisione via cavo.»

«Hai qualche film?»

«Phaedra tiene una scatola di VHS e un videoregistratore in quel ripostiglio», risposi indicandolo con noncuranza. «Ma non l'ho mai collegato.»

«Da quanto vivi qui?»

«Da un po'.»

Taylor si alzò con un gemito e si avvicinò lentamente al ripostiglio. Era alto più di un metro e ottanta, perciò non faceva fatica a vedere quello che si trovava sulla mensola in alto. Tirò la cordicella per accendere la luce e prese l'apparecchio con il groviglio di cavi. Soffiò via la polvere e tornò con un'aria disgustata. «Scegli un film. Vedrò di collegare questa meraviglia della tecnica.»

«Ne hai già avuto abbastanza della nostra conversazione stimolante?»

«Sì», ammise, tutt'altro che mortificato.

Però non sembrava scontento di come stavano andando le cose. Non era né seccato né scoraggiato, e questo mi procurò un certo sollievo. Almeno non avrei dovuto impegnarmi troppo.

«*Aliens*», proposi.

Taylor posò il videoregistratore sul secondo ripiano del mobiletto, sotto il piccolo televisore, e iniziò a districare i cavi. «Sì, mi piace.»

«Ti piace? È un classico!» esclamai arricciando il naso.

«Ho visto che c'è *Sixteen Candles.* Credevo che avresti scelto quello.» Inserì lo spinotto di un cavo nell'apparecchio e allungò un braccio dietro il televisore.

«È evidente che non mi conosci affatto.»

«Non capisco se mi detesti o se stai cercando di renderti odiosa.»

«Nessuna delle due.»

Con una smorfia cercò di raggiungere la presa per inserire il cavo. «Allora non lo farò.»

«Non farai cosa?»

«Non ti odierò.»

«Peccato», scherzai.

Quando riuscì nell'impresa, allungò le gambe, poi le incrociò appoggiando la schiena al muro accanto al televisore. «Penso che tu ti odi già abbastanza per tutti e due.»

Sentii le guance avvampare. Non sapeva quanto fosse arrivato vicino alla verità.

«Stai per avere un attacco di rabbia?» chiese scambiando il mio imbarazzo per collera.

Premetti il braccio contro la sedia e mi chinai in avanti. «Non mi fai questo effetto.»

«Cosa intendi?» chiese, perplesso.

«Perché mi arrabbi dovrebbe importarmi qualcosa di te.»

«Ah, adesso stai parlando come una psicologa, Prof. Credevo che non fossi un'esperta nel campo.»

«Sei scortese.»

«Non ho detto che sei negata per la conversazione e nemmeno che ti comporti come una stronza che giudica gli altri. Non mi permetterei mai, però... lo sei, eccome!»

«Oh.» Mantenni di proposito un'espressione neutra.

Taylor scosse la testa, confuso. «Un minuto prima reagisci e quello successivo sembri un'ameba. Sei una contraddizione unica. Non riesco proprio a capirti. E io sono un grande esperto di donne.»

«Questo ti garantirà un bel po' di scopate e di pacche sulla schiena da parte dei tuoi amici, ma ci vuole altro per impressionarmi.»

Dopo qualche istante di silenzio mi chiese: «Devo andarmene?».

«No, ma se vuoi puoi farlo.»

«Non voglio. E per quanto mi riguarda è piuttosto strano.»

«Interessante. Continua.»

«Prima di tutto mi piace che tu sia così stramba e stronza come poche. Di solito, quando parlo con le ragazze, loro ridono e si passano le mani tra i capelli. Tu invece mi mandi affanculo.»

«'Fanculo.»

«Come volevasi dimostrare. Mi piaci.»

«Forse non voglio piacerti.»

«Lo so. E in realtà questo mi urta. Non riesco a spiegarmi perché tu mi piaccia.»

Quella dichiarazione mi prese in contropiede, anche se non tanto quanto la fitta che avvertii alla bocca dello stomaco.

«Senti, Prof, resto qui fino a ottobre. Mi faccio il culo tutto il giorno. Quando mi va bene, ho il primo turno e posso pranzare al caffè. Tu e la tua boccaccia siete la cosa più bella di questo lavoro. Credo che la tua ostilità sia dovuta al fatto che pensi che io voglia portarti a letto, e non posso farci niente. Perciò mettiamo *Aliens* a tutto volume per non sentire quella lavatrice di merda e godiamoci il film.»

Battei le palpebre.

«Non mi interessano i problemi fra te e i tuoi né il motivo per cui ce l'hai con gli uomini. Non intendo avvicinarmi a più di un metro dalla tua passera, e sappi che non uso mai questa parola se ho in programma di scopare con una ragazza perché so bene che la odiate. Voglio solo frequentare una persona in gamba che, oltre ad avere una lavatrice e un'asciugatrice, possiede la più vasta collezione di videocassette che io abbia mai visto dagli anni Novanta.»

«Un metro, eh?» Scesi dalla sedia e avanzai gattoni verso di lui sulla moquette logora.

Si irrigidì quando gli misi le mani ai lati delle gambe e mi fermai a pochi centimetri dalle sue labbra.

«Ne sei sicuro?» mormorai.

Deglutì, poi aprì la bocca e rispose con calma: «Allontanati, cazzo. So perfettamente che toccarti sarebbe come posare il dito sul grilletto di una pistola carica».

«Basta che tu non lo prema.» Lo provocai, quasi sfiorandogli le labbra con le mie.

Taylor non si mosse. Era rilassato e pareva a suo agio nonostante si trovasse a un soffio da me. «Non lo farò.»

Mi sedetti sui talloni e appoggiai le mani sulle ginocchia mentre riflettevo su ciò che aveva detto. «Sembri incredibilmente sicuro di te per essere uno che viene a trovarmi ogni giorno.»

«Sei ancora più stramba di quanto pensassi. Ho superato il test?»

«Sì», risposi in tono indifferente.

«Anche se mi piaci, non sono un idiota. È un test ridicolo. Chiunque ci proverebbe se una ragazza lo provocasse in quel modo.»

«Tu no.»

«Te lo ripeto, non sono un idiota. So cosa stai cercando di fare. È il perché che mi sfugge.»

«Avevi detto che potevamo essere amici», replicai guardandolo con sospetto.

«Se preferisci, prometto di cercare in tutti i modi di portarti a letto. Così va meglio?»

Inclinai la testa provando a guardare oltre il suo sorriso, la fossetta e l'ombra di barba sulla mascella. Quello che cercavo non lo avrei trovato nelle sue parole e nemmeno nei suoi occhi. La vera natura di Taylor era fuori portata, proprio come la mia. Compresi allora cosa fare per scovarla. L'unico modo per vedere nell'anima di qualcuno è attraverso la propria.

«Me lo prometti?» ripetei.

«Te lo giuro.»

«Hai paura di me?» chiesi, scherzando solo in parte.

«Neanche un po'. So esattamente cosa aspettarmi da te», rispose senza alcuna esitazione.

«E come mai?»

«Perché sono piuttosto sicuro che siamo uguali.»

Inarcai le sopracciglia, incapace di nascondere la mia sorpresa. Annuii. «E *Aliens* sia.»

«Smetterai di rompermi le palle?» disse incrociando le braccia al petto.

Tornai alla sedia e mi sedetti, con le gambe sopra il bracciolo. «Probabilmente no, ma solo perché sono una stronza, non perché voglio liberarmi di te.»

Taylor si inginocchiò davanti al televisore, lo accese e lo sintonizzò. «Non hai ancora preso il film.»

Andai nel ripostiglio, lo pescai dalla scatola e glielo lanciai. Lui estrasse la cassetta dalla custodia e la inserì nell'apparecchio. Poco dopo la registrazione partì. Per alcuni secondi le immagini sotto i titoli scorsero indistinte, accompagnate dalla cupa musica dei violini, poi, quando l'astronave della Ripley apparve in lontananza, un minuscolo puntino bianco nel buio, divennero perfettamente nitide.

Taylor raggiunse ginocchioni il divano, salì e si sdraiò.

Avevo avuto la tentazione di essere onesta e spiegargli perché ero così dura con lui, ma l'avevo soffocata. Per una come me le giustificazioni erano una perdita di tempo. Guardare avanti e dimenticare erano le uniche cose che contavano; mai e poi mai mi sarei concessa di provare dei sentimenti per qualcuno e tantomeno avrei permesso che affiorassero in superficie.

Taylor si sistemò i pantaloncini, poi abbassò la maglietta.

Alzai gli occhi al cielo, ma non se ne accorse. Fissava la tivù con la testa appoggiata a un braccio.

Mentre la scialuppa di salvataggio si disgregava e la Ripley si scusava con Newt, andò a mettere i jeans nell'asciugatrice; poi caricò di nuovo la lavatrice, questa volta con la biancheria. Tornò al divano e ripeté la battuta di Newt con un perfetto accento britannico: «Perlopiù vengono di notte... Perlopiù».

Risi, ma lui mi ignorò e restò in silenzio fino ai titoli di coda.

Sentivo le palpebre pesanti per il lungo sabato che avevo sulle spalle.

«Hai ragione», disse Taylor alzandosi. «È un classico.»

«Forse ci vorrà un po' per asciugare tutti quei jeans», gli feci notare.

Aprì lo sportello e controllò. «Sì, sono ancora umidi.» Ruotò la manopola del timer e si stese di nuovo sul divano. Batté le palpebre un paio di volte e chiuse gli occhi.

«Non puoi dormire qui.»

«Okay, ma posso schiacciare un sonnellino?»

«No.»

Scosse la testa senza aprire gli occhi. «Ti sto facendo il bucato. Potresti perlomeno permettermi di dormicchiare fra un carico e l'altro.»

«Presto andrò a letto. Non puoi fermarti.»

«Perché no?»

«Non sono ancora sicura che tu non sia un serial killer.»

«Pensi che il mio piano consista nell'ucciderti dopo aver visto un bel film insieme? Mi spiace dovertelo dire, Prof, ma se volessi aggredirti non avrei bisogno di aspettare che ti addormenti. Anche se sei un tipo combattivo, ho almeno una ventina di chili di muscoli più di te.»

«Questo te lo concedo. In tutti i casi non puoi restare. Potresti sempre avere in mente di rapinarmi.»

Mi lanciò un'occhiata dubbiosa. «Senza offesa, ma il tuo

televisore vintage non mi interessa. A casa mia ho un fantastico schermo piatto da settantadue pollici.»

«A casa dove? A Estes Park?»

«Sì. A volte sono stato tentato di trasferirmi da queste parti, ma mio fratello e tutti i miei amici vivono lì o a Fort Collins. Però a quanto pare il nostro gruppo finisce sempre per essere mandato a Colorado Springs.»

«Uno dei tuoi fratelli abita a Estes?»

«Sì», rispose stirandosi. «Siamo sempre stati inseparabili. Ho due fratelli in Illinois e uno a San Diego.»

«Torni spesso a casa?» domandai dopo un breve silenzio.

«Tutte le volte che posso, tra una stagione degli incendi e l'altra.»

«In autunno?»

«Sì. Per il Ringraziamento, a Natale e per i compleanni. Mio fratello più giovane si è sposato questa primavera piuttosto in fretta. Per l'anniversario hanno in progetto di organizzare una cerimonia in grande stile, con tanto di addio al celibato e simili. Non ho intenzione di perdermela.»

«Perché lo fanno?»

«Suppongo per la migliore amica di mia cognata, che non ha presenziato al primo matrimonio.»

«Quindi... hai frequentato il college nella stessa città in cui hai fatto le superiori?»

«Sì, Falyn. Che insulto mi merito per questo?»

«Nessuno. Dev'essere stato bello. Immagino che sia un po' come andare al liceo ma con meno regole.»

«In fondo il college non è una scuola superiore?»

«Non direi. Però io sono andata a Dartmouth.»

«Piantala.»

Sfregai la guancia sul bracciolo, soddisfatta di quelle continue frecciatine. Taylor prese a digitare sul cellulare e io mi rilassai, come se fossi avvolta in una spessa coperta invisibile.

Quando mi svegliai, il sole entrava dalle finestre. Avevo un cattivo sapore in bocca, come se un gatto ci avesse fatto pipì mentre dormivo.

«Ehi», esclamò Taylor, seduto in mezzo al divano con pile di abiti piegati ai fianchi. «Oggi lavori?»

«Eh?» dissi tirandomi su.

«Lavori la domenica?»

«No. È il mio giorno libero», risposi assonnata. Non appena il cervello riprese a funzionare, battei le palpebre e guardai in cagnesco l'uomo che stava piegando la mia biancheria. «Perché sei ancora qui?»

«Ho fatto il resto del bucato e poi mi sono addormentato. Tu però mi hai svegliato un paio di volte. Fai spesso brutti sogni?»

«Cosa?»

Esitò. «Devi aver avuto un incubo. Urlavi nel sonno.»

Non mi capitava più da anni. Quando ero a Dartmouth, le mie grida nel cuore della notte terrorizzavano Rochelle, la mia compagna di stanza.

Osservai le mutande che aveva in mano. «Mettile subito giù.»

Taylor le gettò insieme alle altre. Erano tutti slip da discount. Alcuni avevano l'elastico allentato. «Questo è l'ultimo carico», annunciò indicando il cesto che aveva tra le caviglie. «Calze e mutande.»

«Oddio», esclamai sfregandomi la faccia. «Mi sputtanerai con tutti, colleghi e clienti.»

Lui si alzò. «Non c'è un'uscita posteriore?»

«Chuck e i ragazzi ti vedranno lo stesso.»

«A che ora aprite la domenica?»

«Chuck e Phaedra sono quasi sempre qui dall'alba al tramonto.»

«Non hai un po' di privacy?»

Mi scostai la frangia con un soffio. «Finora non ne ho mai avuto bisogno.»

«Ci penso io. So cosa fare.»

Raccolse la sua roba, la mise con cura nel cesto che si era portato dietro e mi fece cenno di seguirlo di sotto. Ci fermammo ai piedi delle scale in piena vista, davanti ai pensionati che la domenica venivano al Bucksaw per bere il caffè, a tutti i miei colleghi, ad alcune famiglie del posto e a qualche turista.

Kirby si immobilizzò, subito imitata da Hannah. Phaedra, notando che fissavano qualcosa, si girò a propria volta e rimase a bocca aperta. Il forte brusio cessò di colpo.

«Non l'ho toccata. È troppo perfida», disse Taylor dopo essersi schiarito la voce.

Mi superò e si diresse all'ingresso. Avrei voluto ucciderlo con lo sguardo.

Kirby scoppiò a ridere. Stava ancora sghignazzando quando lui la salutò prima di uscire. Phaedra si sforzò di non sorridere, ma le profonde rughe che le si erano formate sul volto la tradirono. Hannah sembrava sbigottita quanto me.

«Buongiorno, tesoro. Caffè?» chiese Phaedra porgendomi una tazza fumante.

«Grazie», risposi a denti stretti e arrancai su per le scale.

«Falyn?»

Mi voltai prima di imboccare il corridoio e la guardai dall'alto.

«È dieci passi davanti a te, piccola.»

«Lo so», brontolai entrando in casa.

Chiusi la porta con un calcio e mi appoggiai al frigorifero. Quando sentii le lacrime di rabbia bruciarmi gli occhi, posai la tazza di caffè sul banco della cucina, corsi in camera, afferrai la scatola da scarpe e la posai sul letto.

La lettera più recente si trovava in cima alle altre; sotto c'erano i soldi che avevo risparmiato per il biglietto aereo. Premetti il foglio contro il petto e feci un respiro profondo. Quelle righe scritte con cura, un doloroso promemoria di ciò che avevo perso, risalivano ormai a mesi prima e sarebbero invecchiate sempre più.

Lasciai cadere il foglio sulle ginocchia.

"Dovrà essere per forza quel dannato Taylor Maddox. L'ultima persona al mondo da cui vorrei dipendere sarà il mio biglietto di andata per Eakins."

Scacciai l'idea dalla testa. Non avevo intenzione di fare piani e nemmeno di pensare a ciò cui stavo per andare incontro.

Dovevo solo presentarmi là senza aspettative né speranze. Volevo avere l'opportunità di bussare alla loro porta. Anche se non mi avessero perdonata, forse alla fine sarei riuscita a perdonare me stessa.

7.

Mi asciugai le guance sorridendo mentre il papà di *Poltergeist* spingeva il televisore sul balcone della stanza d'albergo. Comparvero i titoli, accompagnati dalla strana musica; a quel punto guardai corrucciata la tazza di caffè vuota sulla moquette al mio fianco.

In frigorifero avevo solo del formaggio spalmabile ammuffito, un po' di ketchup e due lattine di Red Bull. Phaedra mi aveva dato una vecchia caffettiera, ma non avevo né caffè né zucchero.

Mi alzai e scesi in cucina. Il vocio dei clienti mi penetrò all'istante nella testa, soprattutto gli strilli e le urla dei bambini. Striduli come il rumore di una forchetta sul piatto, evidentemente avevano una frequenza cui ero particolarmente sensibile.

L'acqua mi schizzò sulla maglietta quando sciacquai la tazza, che poi misi in una delle tre lavastoviglie.

Hector girò l'angolo e mi sorrise pulendosi le mani sul grembiule. «Hai intenzione di uscire e di vedere un po' il mondo, signorina Falyn?» chiese.

«Smetterai mai di chiamarmi così?» ribattei sospirando.

Nel vano del passavivande apparve il viso di Phaedra. «Ehi, piccola. Che programmi hai oggi?»

«Nessuno.» Addentai un gambo di sedano rimasto sul tavolo di preparazione.

Pete mi diede una pacca sulla mano quando ne presi un altro, e trattenni una risata.

«Ha detto che ho avuto un incubo», gli confessai tornando seria.

Lui si rabbuiò.

«Era tanto che non...» iniziai a dire, ma non terminai la frase.

Phaedra si avvicinò e mi scostò con delicatezza una ciocca fulva dal viso. «Sei sicura di non avere nessun programma?» mi chiese.

«Sì, perché? »

Lei indicò alle proprie spalle. «Perché là fuori c'è un ragazzo che ti cerca.»

Raggiunsi velocemente la porta. Sul marciapiede, Taylor mi salutò con la mano.

«Gli piaci», esclamò entusiasta Kirby mentre le passavo accanto.

Taylor infilò le mani nelle tasche dei jeans. La maglietta a maniche corte metteva in risalto i suoi muscoli tonici.

«Se adesso mi dici che eri in zona, mi deludi», dichiarai incrociando le braccia.

Lui sogghignò e guardò per terra. «No. Ero annoiato e sono venuto dritto qui.»

«Anche tu hai il giorno libero?»

«Sì. Ti va se andiamo un po' in giro a cazzeggiare come i turisti? Mi hai citato una lunga lista di cose da vedere.»

«Guidi tu? Io non ho la macchina.»

«Il mio furgone è laggiù.» Si voltò e indicò un lucido fuoristrada nero di una marca straniera con le gomme da sterrato. «Come fai a spostarti?» mi chiese, perplesso.

«E dove dovrei andare?»

Tendendomi la mano abbozzò un sorrisetto malizioso. «In giro con me.»

Il mio primo impulso fu di rifiutare. Ero abituata a mostrarmi scontrosa e a dire parole che avrebbero fatto scappare qualsiasi uomo, ma con Taylor non funzionava. La scortesia non aveva effetto su di lui: mi avrebbe tampinato fino al momento di partire. Se fossi riuscita a convincerlo a portarmi con sé a Eakins, una volta tornati a Colorado Springs ad allontanarci sarebbero bastati il suo lavoro e la distanza.

Quando vidi la fossetta sulla sua guancia, non potei che

rispondergli di sì. «Basta che tu non faccia cose stupide come aprirmi la portiera.»

«Ti sembro il tipo?»

«No, ma non sembri neanche il tipo che fa amicizia con una ragazza, e invece a quanto pare con me è capitato.»

Mi trascinò con sé, guardando bene da una parte e dall'altra prima di attraversare la strada. «Che dire? Sei l'esatto riflesso del mio lato migliore.»

«Stai insinuando che sono così orribile da farti sentire una brava persona?» chiesi fermandomi accanto alla portiera del passeggero.

«Esatto», confermò indicandomi.

Fece per afferrare la maniglia, ma gli diedi una pacca sulla mano.

«Non preoccuparti, Prof. Non ho nessuna intenzione di aprirti la portiera. Guidi tu. Non ho idea di dove andare e preferisco evitare che tu mi urli dietro le indicazioni.»

«Vuoi che guidi il tuo furgone?» chiesi, vagamente agitata. Non mi mettevo al volante da anni.

Le portiere scattarono e Taylor mi porse un mazzo di chiavi. Girai attorno al veicolo e salii, cercando di mostrarmi tranquilla. Chiusi la portiera e allacciai la cintura di sicurezza, inorridendo quando mi accorsi che mi tremavano le mani.

«Hai la patente?» si informò Taylor.

«Sì, so guidare. Però... è passato un po' dall'ultima volta che l'ho fatto.» Tirai su con il naso e mi sentii ancora peggio. «L'hai pulito stamattina?»

«È una lei. Sembra nuova, eh?»

«Non lo è?»

«No, l'ho comprata l'anno scorso.» Mi prese il mazzo di chiavi di mano, scelse la più grossa e la infilò nel cruscotto.

«Cavolo», mormorai. «Non credo proprio che dovrei guidarla.»

«Te la caverai bene.»

Dall'autoradio giunsero d'un tratto le note di un pezzo hard rock.

«Scusami», disse Taylor affrettandosi ad abbassare il volume.

«Niente country?» Posai le mani sul volante a ore dieci e ore due.

Scoppiò a ridere. «La musica country va bene per ballare e per piangere. Per lavare il furgone ci vogliono gli AC/DC.»

«Ma... è roba vecchia», osservai con una smorfia.

«I classici non invecchiano mai. Andiamo.»

Inserii la retromarcia e mi girai per uscire lentamente dal parcheggio. Inchiodai quando un'auto mi suonò.

Taylor mi guardò, perplesso.

«Anche se vorrei disperatamente preservare la mia immagine da stronza, non penso di potercela fare», ammisi.

«Da quant'è che non guidi?»

«Da cinque anni.»

«Perché?»

«Non ho un'auto.»

«Non l'hai mai avuta o l'hai sfasciata?»

Lo fissai, senza riuscire a rispondere.

Si slacciò la cintura di sicurezza. «È meglio che mi spieghi dove andare. Dovrò rassegnarmi a sopportare che una ragazza mi dia indicazioni. Ti riconcilierai con la guida un altro giorno.»

«Devo presumere che non ti capiti mai di chiedere l'aiuto di una donna. Troppo umiliante per un vero uomo?»

Mi fissò, sfinito. «Prof, smettila di parlarmi come se dovessi scrivere un saggio del cazzo.»

«Diamoci una mossa», tagliai corto passando sull'altro sedile.

Lui girò rapidamente attorno al furgone, salì e si sistemò. «Ora va meglio», dichiarò annuendo.

«Concordo.»

«Dove si va?»

«Potremmo partire dal Garden of the Gods. Si trova a soli dieci minuti da qui e il parcheggio è gratis.»

«Non sul Pikes Peak? Tu non ci sei salita, vero?» chiese in tono polemico. «Ho sentito che la gente del posto non lo fa.»

«In realtà sì», risposi, brusca. «Un paio di volte. Ma puoi

vederlo dal Garden of the Gods. Credimi, è un posto davvero speciale.»

«D'accordo. Dove vado?»

«Prendi la Tejon verso sud fino alla Uintah. All'altezza della Trentesima devi imboccare la West Colorado fino a Ridge Road. Basta seguire i cartelli.»

«Recepito», disse facendo retromarcia. Inchiodò quando un'altra auto strombazzò. «Vedi? Non capita solo a te.»

Scoppiai a ridere e scossi la testa mentre si immetteva lentamente in Tejon Street.

Il paesaggio al di là del finestrino non era cambiato molto dai tempi della mia infanzia. Il Colorado era un paradiso e i suoi abitanti si impegnavano per preservarne la bellezza naturale, di cui il Garden of the Gods rappresentava la massima espressione. Da lì si godeva di un panorama mozzafiato. Da bambina era il mio posto preferito, non solo perché mi piaceva esplorarlo ma anche perché mi divertivo a osservare la reazione della gente che lo vedeva per la prima volta.

Taylor non fece eccezione. Mentre parcheggiava, non riusciva a smettere di guardarsi attorno. Disse ben poco quando ci incamminammo tra le formazioni rocciose inalando l'aria fresca. Il cielo era ancora un po' caliginoso a causa degli incendi, ma lui non sembrò farci caso.

Dopo un'ora si sedette su un masso a riposare. «È incredibile. Mi fa incazzare l'idea di essere qui da tanto tempo e di non esserci mai venuto. Devo portare i ragazzi.»

Sorrisi soddisfatta. «Tutti dovrebbero vederlo. Non lo so, ha qualcosa di speciale.»

«Faccio chilometri per lavoro, ma ora sono maledettamente stanco. Chissà perché.»

Alzai lo sguardo e socchiusi gli occhi per il sole. Il sudore aveva iniziato a gocciolarmi dalla nuca. «Per me sei solo rilassato.»

«Forse. Però vorrei tanto schiacciare un sonnellino.»

«Questo perché sei rimasto in piedi tutta la notte a fare il bucato.»

«Non tutta la notte. Ho dormito qualche ora. A proposito, sbavi nel sonno.»

«Oh, allora è per questo che non ci hai provato. Pensavo di russare.»

«No. Saresti una perfetta compagna di stanza.»

«Parli come se avessi l'abitudine di passare una notte intera con una ragazza», commentai con una smorfia di scetticismo.

«Colpito», ammise dopo qualche istante di riflessione.

«Dimmi qualcosa che non so di te», replicai cercando di non fargli troppe pressioni. Era un momento delicato, in cui avrei potuto estorcergli le informazioni che mi servivano.

«Cosa vorresti sapere?» mi chiese aggrottando la fronte.

Incrociai le braccia al petto e mi strinsi nelle spalle.

«Compio gli anni il primo gennaio», disse gesticolando.

«Fantastico.» Mi sedetti accanto a lui e allungai le gambe. Fino a quel momento non mi ero resa conto di quanto fossi stanca. «È sempre una bella festa, eh?»

«Penso di sì.»

«Credevo che mi avresti parlato del tuo lavoro.»

«È un impiego come un altro. Tu quando compi gli anni?»

«Oh, giochiamo alle venti domande?»

«Più o meno.» Si finse esasperato.

«Non è un impiego come un altro. Salvi vite, case, intere città.»

Rimase in silenzio, aspettando che gli rispondessi.

«Il mio compleanno non cade in un giorno di festa.»

Taylor non parlò.

«È il 13 maggio», dissi spazientita.

«Hai fratelli?»

«No.»

«Una figlia unica che odia i genitori... Brutta cosa.»

«Sì.»

«Be', pensavo che lo avresti negato. Li odi *davvero*?»

«Credo di sì.» Non mi sfuggì l'ironia del fatto che non avevo avuto bisogno di riflettere per dare quella risposta.

«Posso chiederti perché?»

Sospirai. L'altro gioco che avevo iniziato a sua insaputa ben prima delle venti domande era quello di non rivelargli niente di importante pur cercando di assecondarlo. «Immagino che la tua infanzia sia stata perfetta.»

«Nient'affatto.»

«Ma volevi tanto bene a tua madre da tatuarti il suo nome sul braccio.»

«È stata un'idea di mio fratello, perciò ho dovuto farlo anch'io.»

«Per quale motivo?»

«Abbiamo gli stessi tatuaggi.»

«Gli stessi? Tutti voi?»

«Solo io e Tyler.»

Sbuffai. «Taylor e Tyler.»

Scoppiò a ridere. «Gi altri sono Thomas, Trenton e Travis.»

Inarcai un sopracciglio. «Stai dicendo sul serio?»

«Le piaceva la T», ammise con un'alzata di spalle.

«Ovviamente. Allora... i tuoi vivono ancora a Eakins?»

«Sì.»

«Com'è l'Illinois?»

Batté le palpebre, con un'espressione infelice. «Non lo so. Eakins è piuttosto provinciale, direi.»

«Come qui?»

«No», rispose scuotendo la testa. «È una città molto piccola. Abbiamo un solo supermercato, qualche ristorante e un paio di bar.»

«E un negozio di tatuaggi?»

«Sì. Ci lavora mio fratello Trenton. È molto bravo.»

«Ha fatto lui tutti i tuoi tatuaggi?»

«Tutti tranne uno.» Allungò il braccio e indicò la scritta DIANE.

«Perché quello no?»

«Sono più di venti domande», obiettò alzandosi.

Mi tese la mano per aiutarmi. Mi tirai su scrollando il terriccio dai pantaloni.

«Ho i miei dubbi. Comunque adesso dovremmo tornare indietro se vuoi vedere qualcos'altro.»

Taylor si guardò attorno e scosse la testa. «No. Mi piacerebbe continuare a camminare su questo sentiero. A meno che tu non abbia fame.»

Lo scrutai. Era un po' troppo dolce, gentile e a volte persino premuroso, anche se quelle qualità restavano ben nascoste sotto la sua insolenza e i tatuaggi da duro.

«Che c'è?» chiese inclinando la testa.

«Niente. È solo che... non sei come pensavo...»

«Magnifico. Adesso ti sei innamorata e non mi libererò più di te.»

Arricciai il naso. «Questo non succederà mai.»

«Promesso?» fece compiaciuto.

«Sì, e a differenza tua io le promesse le mantengo.»

«Bene. Appurato il fatto che siamo solo amici, non ci saranno problemi.» Mi diede una spintarella e io ricambiai. «Andiamo.»

Eravamo quasi arrivati al furgone quando il sole scomparve dietro i monti. Da soffocante l'aria divenne fresca e la brezza serale mi accarezzò la pelle imperlata di sudore.

Da qualche parte provenivano musica e odore di cibo.

«Oh, stasera c'è la raccolta fondi», dissi.

«Qui?» chiese Taylor.

«Ogni anno per...» Lo squadrai da capo a piedi. «È il Gala per gli eroi: si raccolgono soldi per le famiglie dei vigili del fuoco morti sul lavoro.»

«È una bella iniziativa», commentò con un'espressione di apprezzamento.

Non appena vidi le luci e la gente mi bloccai. «Merda... merda.»

«Cosa succede?»

«Ci sono i miei. Ci vengono ogni anno.»

«Possiamo deviare un po'.»

«È buio», ribattei sospirando. «Dovremmo restare sul sentiero. È facile perdersi da queste parti.»

«Passeremo veloci. Il furgone è proprio dietro quel masso», disse prendendomi per mano.

Annuii e ci dirigemmo di corsa verso un tendone bianco

illuminato da diverse lampade, accompagnati dal rumore del generatore, da un parolottio eccitato e da uno scroscio di risate.

Ce l'avevamo quasi fatta quando udii la voce di William che mi chiamava. Chiusi gli occhi e sentii Taylor stringermi la mano.

«Falyn?» ripeté William.

Ci voltammo. Quando mio padre riconobbe Taylor e vide che mi teneva per mano, gonfiò il petto, pronto a dare in escandescenze. Blaire ci raggiunse. Il suo abito lungo smise di frusciare non appena si fermò di fianco al marito, che prese sottobraccio. Aveva un'espressione che conoscevo bene e che da qualche tempo mi dava soddisfazione.

«Falyn, cara, cosa fai qui?» domandò.

«È un luogo pubblico», risposi, astiosa.

Con me usava quel tono mieloso solo davanti agli amici, le stesse persone di cui sparlava spietatamente in privato.

Attorno ai miei si stava già formando un piccolo crocchio di maldicenti, sempre all'erta per non lasciarsi sfuggire neppure un dettaglio di cui poter spettegolare alla cena successiva.

Feci per voltarmi, ma William si avvicinò. «Questa storia deve finire. Tu...»

«Papà», iniziai a dire in tono zuccheroso, «ti ricordi di Taylor Maddox? È di Eakins, in Illinois.»

A quel punto mio padre sbiancò.

Blaire si portò una mano al petto, poi toccò il braccio del marito. «Bill, lascia che Falyn se ne vada con il suo amico. Buonanotte, tesoro.»

«Ne parleremo in un altro momento», capitolò William voltandomi le spalle.

Trascinai Taylor al furgone, ansiosa di salire. Non appena si fu seduto al mio fianco, allacciai la cintura di sicurezza e finalmente tornai a respirare normalmente.

«Stai bene?» mi chiese.

«Credo di sì.»

«Che storia è?»

Scossi la testa.

«Falyn», disse esitante, «perché li preoccupa che io sia di Eakins?»

«Perché non vogliono che mi avvicini a quella città.»

«E per quale motivo?»

«Perché se ci andassi potrei creare un bel po' di problemi a certe persone.»

Taylor avviò il furgone e io lo scrutai attentamente.

Stava fissando il buio davanti a sé.

«Sapevi che ero di Eakins quando ci siamo conosciuti?»

«No.»

«Ha qualcosa a che fare con l'incendio?»

«Quale incendio?»

Si voltò verso di me, con un'espressione truce. «Mi stai prendendo in giro, Falyn? Chi sei?»

«Non ho idea di cosa tu stia parlando», replicai.

«Conosci Trex?» domandò tornando a guardare davanti a sé.

«L'uomo che era con voi al ristorante la prima volta?»

Taylor sospirò e inserì la retromarcia. «Domani lavoriamo tutti e due. È meglio rientrare.»

Durante il viaggio di ritorno restò in silenzio. Quando si fermò davanti al Bucksaw, non spense nemmeno il motore.

«Grazie.» Mi slacciai lentamente la cintura di sicurezza e afferrai la maniglia. «È stata una bella giornata.»

«Sì.» Sul viso aveva un'aria di profondo rammarico.

Inserii la chiave nella serratura, illuminata dai fari del furgone. Quando mi fui chiusa la porta alle spalle, Taylor si allontanò. Rimasi sola nella sala da pranzo in penombra, sentendomi confusa. Dunque a Eakins c'erano altri segreti oltre ai miei.

8.

Sei giorni.

Né Taylor né gli altri della sua squadra, compreso il misterioso Trex, mettevano piede al Bucksaw Café da sei giorni. Avevo riesaminato fino alla nausea tutte le parole che gli avevo detto.

Tamburellai sul banco con le dita dalle unghie cortissime, mordicchiandomi una cuticola dell'altra mano. Il fatto di non avere un telefono in genere era un gran sollievo, ma adesso che volevo fare una ricerca su Google sentivo il bisogno compulsivo di comprarne uno.

«Credevo che avessi smesso», osservò Phaedra passandomi accanto con una pila di piatti sporchi.

Mi tolsi il dito dalla bocca. La pelle attorno all'unghia era biancastra. «Maledizione.»

Kirby, vicino al banco, stava prendendo lo straccio per pulire i tavoli, anche se ormai da venti minuti non entrava nessuno. Nel locale c'erano solo gli habitué, indifferenti alla pioggia battente.

«Hai il telefono?» le domandai.

Lei lo prese dalla tasca del grembiule. «Sì, perché?»

«Voglio controllare una cosa. Posso?»

Kirby me lo diede. Quando lo presi in mano, ebbi l'impressione che la custodia fucsia fosse incredibilmente grossa. Il tempo in cui possedevo un cellulare mi parve molto lontano, tuttavia notai che lo schermo era identico a come lo ricordavo e non fu difficile trovare l'icona di Google.

Cliccai per lanciare il programma, poi digitai: «Incendio a Eakins Illinois».

La prima pagina era piena di link ad articoli riguardanti il college del posto. Sul primo lessi che erano morte decine di ragazzi rimasti intrappolati nel seminterrato di un edificio del campus. Rabbrividii vedendo le foto dei volti sporchi di fuliggine, uguali a quello di Taylor il giorno in cui lo avevo conosciuto. Il nome di Travis Maddox ricorreva molto spesso. Era indagato. Mi chiesi come mai, nonostante quel posto fosse gremito di studenti, solo Travis e un altro tipo fossero sospettati.

Kirby si accorse del mio disagio. «Che c'è?»

«Ancora non lo so», risposi alzando lo sguardo per controllare i tavoli.

«Falyn! L'ordine è pronto!» esclamò Chuck.

Posai il telefono e andai svelta al passavivande. Anni prima avevo perfezionato una tecnica per disporre i piatti sul vassoio. Lo feci in pochi secondi e mi incamminai verso la sala.

«Ta-dà!» esclamai rivolgendomi a Don, il mio cliente abituale preferito.

Lui si raddrizzò sulla sedia, posò il bicchiere di tè e mi fece spazio.

«Per favore, taglia tu la bistecca, tesoro.»

Don annuì e con mani tremanti affondò il coltello nella carne. «Sì», mormorò, poi portò la forchetta alla bocca.

«Com'è?» chiesi posandogli una mano sulla spalla.

Fece un verso d'apprezzamento continuando a masticare. «Tu sei la mia preferita, Falyn.»

«E tu il mio, ma questo lo sai.» Gli strizzai l'occhio prima di proseguire verso il banco.

Fuori il cielo era buio e i marciapiedi bagnati dalla pioggia che cadeva a intermittenza da metà mattina. Un tempo da schifo significava meno chiappe sedute ai tavoli e meno mance in tasca.

Phaedra portò un fascio di menu appena sterilizzati e li mise in un cestino di vimini rettangolare. Incrociò le braccia abbronzate, cotte da tanti anni di sole. «Non mi lamento della pioggia. Ne avevamo bisogno.»

«Sì, è vero», convenni.

«Forse aiuterà il tuo ragazzo con gli incendi.»

«Ne servirebbe molta di più. E non è il mio ragazzo. Non lo vedo da una settimana.»

«Tornerà.»

Scossi la testa scoppiando a ridere. «Non credo.»

«Avete litigato?»

«No, non proprio. Però qualcosa è successo. Abbiamo incontrato i miei ed è venuto fuori il discorso di Eakins. C'è stato un malinteso.»

«Ha capito che lo stai usando?» Un sorriso di comprensione le illuminò il volto.

«Cosa? No. Io non ho intenzione di usarlo», ribattei, sopraffatta dal senso di colpa.

«Ah no?»

«Io... come dire, lo noleggio. Non deve sentirsi obbligato. Più che falsa sono perfida.»

Phaedra mi osservò mentre cercavo di districarmi dal ginepraio in cui mi ero cacciata. «Allora perché non si fa più vedere?»

«Deve essersi convinto che io sia in qualche modo coinvolta in un'indagine che riguarda suo fratello minore.»

«Di cosa stai parlando?»

Mi scostai la frangia con un soffio. «È una lunga storia.»

«Lo sono tutte.»

Mentre tornavo nella sala da pranzo, mi sentii i suoi occhi addosso.

«Un'altra bibita?» chiesi alla signora del tavolo dodici.

Quando lei scosse la testa e mi fece cenno di andare, passai al cliente successivo.

Grosse gocce presero a martellare la strada e il marciapiede. Rimbalzavano compatte sull'asfalto prima di sciogliersi, simili a vapore.

«Il tempo sta peggiorando», dissi a Don. «Vuoi che chiami Michelle per chiederle di passare a prenderti?»

Lui fece un cenno di diniego. «Non voglio che esca con i bambini sotto questo diluvio. Sono i miei pronipoti, sai? Mi chiamano papà.»

«Lo so», risposi con un sorriso cordiale. «Sono fortunati. A me sarebbe piaciuto averti come papà.»

Rise sotto i baffi. «E secondo te perché mai vengo a trovarti tutti i giorni?»

Gli toccai con delicatezza la spalla. «Be', magari mangia con calma la tua cheesecake. Forse nel frattempo la pioggia diminuirà.»

Mi chinai per dargli un bacio sulla guancia e sentii la sua pelle floscia sotto le labbra.

L'odore di acqua di colonia e la barba corta e ispida erano due delle tante cose che amavo di lui.

Un gruppetto di uomini arrivò di corsa ridendo e si riparò senza fiato sotto la porta. Taylor si asciugò le braccia con i palmi delle mani e si scrollò l'acqua dal viso.

Kirby gli indicò il banco esortandolo a guidare Zeke e Dalton agli sgabelli liberi. Quando mi passò accanto, i nostri sguardi si incrociarono. Raccolsi alcuni piatti sporchi e dovetti sforzarmi per non correre da Hector. Poco dopo tornai da Phaedra.

«Il tuo ragazzo ha il giorno libero», disse lei.

«Ti prego, smettila di chiamarlo così», protestai arrossendo.

«A lui piace», scherzò Dalton.

Taylor lo fissò.

«Era solo per romperti un po' le scatole, maledizione», ribatté lui afflosciandosi.

Avevano tutti e tre la maglietta e i jeans fradici. Taylor indossava una T-shirt grigia con un piccolo bulldog rosso all'altezza del cuore, circondato dalla scritta EASTERN STATE. Sorrisi quando girò il cappellino da baseball rosso all'indietro. Sapevo che avrebbe negato se gli avessi fatto notare che prestava attenzione all'abbinamento dei colori.

«È vero, mi piace», disse rilassandosi. Diede una gomitata a Dalton, che lo allontanò con una spinta.

Phaedra scosse la testa e prese i menu. «Mangiate?»

«Sì», rispose Zeke battendo le mani e fregandosele.

Lei lasciò loro i menu e andò in cucina.

Taylor mi lanciò un'occhiata, poi si mise a studiare la lista dei primi piatti.

«Da bere?» chiesi.

«Coca-Cola Cherry», esclamarono all'unisono.

Scoppiai a ridere e mi girai per prendere tre bicchieri e riempirli di ghiaccio.

«Non è divertente. Chiudi quella fogna», ringhiò Taylor.

«Cosa?» esclamai voltandomi.

Lui si rasserenò all'istante e si schiarì la voce. «Scusami, non dicevo a te.»

Li guardai, perplessa.

«Dalton ha detto che hai un bel culo», spiegò Zeke.

«E tu non sei d'accordo?» volli sapere mentre versavo la bibita nei bicchieri.

Taylor fece una smorfia, come se quella fosse la domanda più stupida del mondo. «Sì che sono d'accordo, ma non mi va che lo notino.»

Posai i bicchieri sul banco e diedi loro le cannucce. «Cosa mangiate?»

«Sandwich anche stavolta», rispose Taylor gettando il menu sul banco.

Guardai gli altri due per avere conferma.

Zeke scrollò le spalle. «Avevamo già deciso prima di entrare. Sono maledettamente buoni.»

«Se sono così buoni, perché non vi si vede da quasi una settimana?» domandai, pentendomene all'istante.

«Tieni il conto dei giorni, eh?» mi punzecchiò Zeke.

I tre si scambiarono un'occhiata.

«Aggiudicato», confermò Taylor.

Li lasciai per passare l'ordine a Chuck e andai a controllare gli altri tavoli. La cliente del dodici aveva il bicchiere quasi vuoto.

Cavolo, avrei dovuto accorgermene prima.

Don non aveva ancora terminato ma stava seduto immobile con lo sguardo vitreo. Gli occhiali gli erano scesi sulla punta del naso.

«Don?» chiamai.

In quell'istante cadde dalla sedia sbattendo violentemente la spalla e il capo sulle piastrelle. Gli occhiali volarono via e scivolarono sul pavimento per alcuni metri.

«Don!» gridai accorrendo.

Quando lo raggiunsi, mi inginocchiai e gli presi la testa fra le mani. Guardai Phaedra e Chuck, che erano usciti dalla cucina.

«Non respira.» Mi sentii mancare. «Non respira! Qualcuno mi aiuti!» strillai.

I ragazzi accorsero subito. Zeke gli controllò il polso e guardò Taylor scuotendo la testa.

«Chiamate un'ambulanza!» urlò Taylor a Phaedra. «Scostati, tesoro.» Si piazzò vicino a Don e incrociò le mani posandogliele sul petto.

Dalton gli sollevò la testa, gli chiuse il naso con due dita e gli soffiò in bocca una volta prima che Taylor iniziasse le compressioni.

Indietreggiai carponi finché udii Kirby inginocchiarsi al mio fianco. Gli occhiali di Don erano vicino alla mia mano: li raccolsi e li strinsi al petto mentre osservavo i ragazzi lavorare. In sala era calato il silenzio: tutti ascoltavano Taylor contare le compressioni e dare istruzioni a Dalton per la respirazione bocca a bocca.

Zeke controllava regolarmente il polso e scuoteva la testa. Mi sentivo sempre peggio.

Taylor non aveva più fiato. Mi lanciò un'occhiata, e l'espressione sul mio viso gli diede la forza di continuare. «Forza, Don!» esclamò. «Respirazione!» gridò a Dalton.

Lui eseguì, ma vidi la rassegnazione nel suo sguardo.

«Taylor», disse Zeke toccandogli il braccio.

Lui se lo scrollò di dosso e continuò a comprimere il petto di Don. «Non mi arrendo.» Mi fissò. «Non voglio arrendermi», ribadì.

Chuck mi aiutò a rialzarmi e mi sorresse. «Mi dispiace, piccola.»

Sentimmo le sirene. Nel giro di pochi minuti divennero assordanti e il Bucksaw fu inondato di luci rosse e blu.

Taylor, Dalton e Zeke lasciarono il posto ai paramedici. Uno diede una pacca sulla spalla a Taylor. Misero Don sulla barella, lo portarono fuori sotto la pioggia e lo caricarono sull'ambulanza.

Taylor faceva respiri profondi, esausto dopo la lunga rianimazione.

«Se la caverà?» chiese Chuck.

Lui strinse le labbra, esitante. «Non lo so. Non c'era polso. Credo che fosse morto ancora prima di aver toccato terra.»

Mi coprii la bocca con la mano e mi voltai verso Chuck, che mi cingeva con le sue forti braccia. Sentii altre mani su di me ma non capii di chi fossero. Le ginocchia cedettero e mi sentii mancare. Chuck però fu pronto a sorreggermi.

«Chuck», disse Phaedra, disperata.

«Va' di sopra, tesoro», mi bisbigliò lui all'orecchio.

«Penso io ai tuoi tavoli», aggiunse Phaedra.

Scossi la testa e mi asciugai il naso con il dorso della mano, senza riuscire a parlare.

Taylor lanciò a Dalton le chiavi del furgone. «Voi restate, io accompagno Falyn di sopra. Phaedra, mi porto via il panino.»

«Te lo faccio avere appena è pronto.»

Taylor mi prelevò dalle braccia di Chuck e mi accompagnò su per le scale. Nel momento in cui si accorse che la porta era chiusa, Phaedra ci raggiunse con un piatto in una mano e un bicchiere da asporto insieme al mio mazzo di chiavi nell'altra.

«Sei fantastica», le disse Taylor aprendo.

Phaedra spinse la porta e lui mi condusse dentro sedendosi con me sul divano.

Lei posò il piatto e il bicchiere sul tavolino. «Vuoi una coperta, piccola?» domandò chinandosi per toccarmi un ginocchio.

L'ambulanza partì a sirene spiegate per l'ospedale più vicino, portando via il mio amico.

«Sarei dovuta andare con lui», dissi, atterrita, alzando lo sguardo. «Qualcuno dovrebbe stargli vicino. È solo. Non conosce i paramedici. Ha bisogno di vedere una faccia amica.»

«Chuck sta chiamando Michelle. Lei lo raggiungerà in ospedale. Vado a prendere una coperta.»

Feci di no con la testa, ma lei si diresse ugualmente verso il ripostiglio. Ne prese una azzurra, lisa, con il bordo di satin altrettanto logoro. La scosse e mi coprì fino al collo.

«Ti porto un po' di tè. Tu vuoi qualcos'altro, Taylor?»

Lui fece cenno di no e mi cinse con le braccia. «A lei penso io.»

«Lo so.» Phaedra gli diede una pacca sulla spalla.

Ci lasciò soli nell'appartamento silenzioso sopra quel luogo di morte. Avevo la testa e il petto pesanti, la bocca secca.

«Sapevi che non si sarebbe ripreso», dissi, «però non ti sei arreso. Anche se non ce l'ha fatta... sei bravo nel tuo lavoro.»

Mi fissò e la sua espressione si addolcì. «Quello non era lavoro, Falyn.»

«Comunque, grazie», sussurrai cercando di evitare il suo sguardo.

«Veniva spesso, vero?»

«Sì.» La mia voce parve venire da lontano.

Avvertivo una strana sensazione. Ero così abituata a non sentire niente che provare un sentimento mi faceva un effetto sconvolgente. Ritrovarmi fra le braccia di Taylor in preda a un turbine di emozioni era più di quanto potessi sopportare.

«Devo...» iniziai a dire sciogliendomi dall'abbraccio.

«Respirare?» concluse lui. Mi prese il polso e si chinò per guardarmi negli occhi. Quando fu certo che non stessi per svenire, si rilassò. «Sono tranquillo. Non ho aspettative.»

Annuii, e lui mi mise un braccio attorno alle spalle attirandomi a sé con dolcezza. Stavo bene sotto la sua ala, con il suo petto caldo contro la guancia. Taylor appoggiò il viso sulla mia testa, appagato.

Restammo in quella posizione, a nostro agio nel silenzio. La pioggia tamburellava contro la finestra trasformando le strade in fiumi e scrosciando sulle auto che passavano.

Lui mi sfiorò una tempia con le labbra. Feci un sospiro e mi premetti ancora di più contro la sua maglietta umida. Continuò a stringermi mentre mi sfogavo con un bel pianto.

Le sue braccia erano forti e rassicuranti, e anche se eravamo già appiccicati volevo sentirlo più vicino. Lo afferrai per la T-shirt e lo attirai a me. Non oppose resistenza. Piansi sommessamente finché non fui esausta, poi feci un respiro profondo. A quel punto mi aspettavo di provare imbarazzo, ma non fu così.

Phaedra bussò piano alla porta ed entrò con il tè e una cheesecake per Taylor. «I ragazzi si sono portati via i panini. Hanno detto di chiamarli quando sarai pronto.»

Lui annuì tenendomi stretta.

Phaedra posò il piatto e la tazza sul tavolino. «Falyn, bevi il tè, ti farà bene.» Lo indicò con un cenno. «Per me è sempre un toccasana.»

Presi la tazza, poi tornai ad accoccolarmi tra le braccia di Taylor e sorseggiai la bevanda. «Grazie. Tra un po' scendo.»

«Non pensarci nemmeno. C'è poco lavoro e possiamo cavarcela da soli. Prenditi il resto della giornata. Ci vediamo più tardi.»

«Scenderemo», annunciò Taylor.

Phaedra gli rivolse un sorriso di apprezzamento che accentuò le rughe attorno alla sua bocca. «D'accordo, allora.» Uscì chiudendosi la porta alle spalle.

Restammo di nuovo soli, abbracciati sotto la coperta azzurra.

«Non pensavo che fosse così bello stare qui», disse Taylor. «Mi sento completamente rilassato.»

«Come se non avessi mai tenuto una ragazza tra le braccia su un divano!»

Tacque, e io lo guardai.

«Dici un sacco di cazzate.»

«Io veramente non...» Si interruppe e scrollò le spalle. «Questo non è da me, però è fantastico.»

«E cosa lo è?»

«Vivere avventure di una notte, avere a che fare con donne arrabbiate e combattere gli incendi.»

«Se non fossi seduto qui a tenermi stretta, direi che sei un coglione.»

Taylor rifletté qualche istante. «Mi sta bene», replicò poi.

«Perché la cosa non mi stupisce?»

Sogghignò. «A me invece sì. Tu mi stupisci.»

Sorrisi, sentendo un'altra lacrima scivolarmi sulle labbra. La asciugai con la mano.

Mi premette la sua maglietta sulla bocca e io lo guardai.

«Perché non ti sei fatto più vedere?»

«Perché mi fai sentire strano.»

«*Strano?*»

«Non so in che altro modo descrivere quello che provo. Di solito le ragazze me le scopo senza pensarci due volte. Ma non te. È un po' come quando da piccolo sai che stai per combinare qualcosa che ti costerà una bella sculacciata.»

«Stento a credere che tu ti senta intimorito.»

«Anch'io», replicò. «Falyn?» Fece un respiro profondo, come se pronunciare il mio nome lo addolorasse, e si sfregò gli occhi. «Cazzo, pensavo di volerlo sapere ma adesso non ne sono più sicuro.»

«Dimmi!» esclamai, preparandomi a eludere la verità.

«Solo una cosa.» Tacque, incerto. «Il tuo interesse per Eakins ha qualcosa a che fare con mio fratello?»

Sospirai, sollevata. «No. Ho letto solo oggi dell'incendio.»

«Allora sai di Travis.»

«Non ho avuto tempo di leggere tutto e non c'è bisogno che me ne parli.»

A quel punto appoggiò il mento sulla mia testa e si rilassò.

Fui contenta che non potesse vedere la mia espressione. Non c'entravo niente con l'incendio, ma questo non significava che non avessi un piano. «Taylor?» chiesi con la stessa esitazione che gli avevo sentito poco prima nella voce.

«Dimmi», rispose lui facendo eco alle mie parole.

«C'è un motivo per cui voglio andare a Eakins e speravo che mi potessi aiutare. Ho risparmiato per comprare il biglietto aereo. Mi serve solo un posto dove stare.»

Inspirò ed espirò lentamente. «Immaginavo che ci fosse sotto qualcosa.»

Sussultai. «Però non è come pensi. Si tratta solo di una coincidenza. Non sto cercando di indagare sul conto di tuo fratello.»

«Allora spiegami.»

Mi mordicchiai il labbro. «Se ti dimostrassi che la cosa non riguarda tuo fratello, prenderesti in considerazione la mia richiesta?»

«Direi di sì», rispose, confuso, con un'alzata di spalle.

Andai in camera, presi la scatola da scarpe dall'armadio e tornai sul divano. Recuperai una busta e gliela tirai. «È la stessa via che ho visto sulla tua patente.»

Lui guardò l'indirizzo del mittente e si accigliò. «Sono i vicini di mio padre. Come fai a conoscere gli Ollivier?»

Scoppiai a ridere e gli occhi mi si riempirono di lacrime. «I vicini?»

«Sì», confermò restituendomi la busta.

Presi una fotografia e gliela mostrai. Lui la osservò con attenzione: ritraeva una bambina su un marciapiede, appoggiata al fratello. I capelli biondo platino lunghi fino alla vita le incorniciavano il viso e fissava l'obiettivo con i suoi occhioni verdi e un sorriso timido. Austin la abbracciava con un'espressione fiera e protettiva che ben si confaceva a un fratello maggiore.

«Sono i figli di Shane e Liza. Come mai li conosci?» chiese Taylor restituendomi la foto.

Scossi la testa e mi asciugai una lacrima. «Non importa. Quello che conta è che il motivo per cui voglio andare a Eakins non ha niente a che vedere con tuo fratello.»

«Falyn, non è che non ti creda», disse grattandosi la nuca. «È solo che... Shane e Liza sono nostri vicini e amici di famiglia. Ne hanno passate di tutti i colori.»

«Capisco», replicai sommessamente, cercando di tenere a bada la frustrazione che mi stava sopraffacendo.

Taylor sembrava mortificato. Fece per toccarmi ma si bloccò. «Dammi solo... un secondo. Ero convinto che fossi un agente sotto copertura o una spia in cerca di informazioni su mio fratello. È una faccenda complicata.» Dopo un attimo di esitazione aggiunse: «Cos'hai in mente?».

«Io... Di preciso non lo so. Non ho intenzione di causare altro dolore a quella famiglia, ma se voglio ricominciare da capo devo mettere la parola fine a una certa storia.»

Lui sbiancò in volto e distolse lo sguardo. «Non serve che tu aggiunga altro. Adesso tutto comincia ad avere senso: perché sei ripartita da zero venendo a vivere qui, lontano dai tuoi...»

«Qualsiasi cosa tu creda di sapere, ti sbagli», affermai scuotendo la testa. Riposi la busta con la fotografia nella scatola e la chiusi.

Taylor mi sfiorò la guancia. Mi ritrassi all'istante.

«Scusami», mi disse allontanando la mano. Notai la frustrazione nei suoi occhi. Non ce l'aveva con me, bensì con sé stesso

«Mi faresti un enorme favore. Andare a Eakins è il mio principale obiettivo.»

Sospirò, incapace di nascondere la delusione. «Hai le tue priorità, lo capisco. Dio solo sa quante ragazze mi sono lasciato dietro per la mia.»

«Che sarebbe?»

«Fare l'eroe», rispose storcendo la bocca.

«Senti, non sono stata onesta con te. Ora che ti conosco, vorrei essermi comportata in modo diverso.»

«Ora che mi conosci?»

«Credo di sapere come sei fatto, ma non devi salvarmi. Ho solo bisogno di un po' di aiuto per salvare me stessa.»

«Non è quello di cui abbiamo bisogno tutti?» Rise e distolse lo sguardo. «D'accordo, allora», aggiunse con un cenno.

«D'accordo cosa?» chiesi raddrizzandomi.

«Finito il turno, ti porterò a casa con me.»

«Sul serio?» dissi tirando su con il naso.

Lo vidi socchiudere gli occhi mentre rifletteva. «Se prometti di essere prudente. Non voglio che tu faccia del male né a te stessa né a loro. Non puoi sconvolgergli la vita.»

«Non è mia intenzione.»

Mi fissò e chinò il capo, lieto che io fossi stata sincera.

«Taylor...» Sentii gli occhi riempirsi di nuovo di lacrime. «Ti stai prendendo gioco di me o hai davvero intenzione di portarmi a Eakins?»

Lui mi scrutò. «Lo farò, ma c'è un'altra condizione.»

Mi rabbuiai subito. Ovviamente c'era un inghippo. Pensai che mi avrebbe chiesto di fare sesso. Aveva già detto di non volere relazioni, e quella era l'unica cosa che avevo da offrire. «Quale?» chiesi a denti stretti.

«Ho intenzione di fare il Barr Trail sul Pikes Peak e nessuno dei ragazzi vuole venire con me.»

Tirai un sospiro di sollievo. «Il Pikes Peak. È questa la condizione?»

«So che ci sei salita un paio di volte.»

«Penso di essere una dei pochi del posto ad averlo fatto.»

«Per l'appunto. Ci verrai?»

«Sul serio?» Arricciai il naso, dubbiosa.

«È una cosa tanto stupida?» mi domandò, confuso, guardandosi attorno.

«No.» Gli gettai le braccia al collo e lo strinsi, con la guancia premuta contro la sua. Aveva la pelle morbida, a parte la barba corta. «Mi sembra uno scambio equo.»

Ricambiò l'abbraccio, e sentii i suoi muscoli contrarsi. «Non proprio. Non hai idea di cosa mi faranno passare i miei fratelli se porterò a casa una ragazza, soprattutto una con cui non vado a letto.»

Mi scostai per guardarlo in faccia. «Sarò la prima?»

«Sì», ammise, corrucciato.

«Basterà dire che siamo amici. Non sarà un problema.» Tornai ad appoggiarmi a lui, rannicchiandomi contro il suo fianco.

«Già», rispose con un sospiro tirando su la coperta. «Finirò per fare a pugni con qualcuno di loro.»

«Cosa? E anche questa sarà una novità?» scherzai.

Mi diede una ditata nelle costole, e io cacciai uno strillo che gli strappò una risata. «Mi dispiace per quello che ti è successo. E per Don. Ho visto la tua espressione... Non volevo che lo perdessi», disse, di nuovo tranquillo.

«Era un bravo papà», osservai posandogli la testa sulla spalla.

9.

«Niente da fare. Non ci sono più posti sulla ferrovia a cremagliera», annunciai guardando Taylor.

Era piegato in avanti con le mani sulle ginocchia.

«Guarda.»

Cime e valli si estendevano sotto di noi per chilometri, ricoperte di un manto verde che in lontananza pareva bluastro. Eravamo sopra le nuvole, sopra tutto.

Taylor bevve un sorso dalla borraccia e la lasciò ricadere sul fianco. La portava a tracolla, appesa a una spessa fettuccia verde. Si infilò il pile nero che aveva tenuto legato in vita per gran parte della salita e si rimise gli occhiali da sole Oakley.

«È splendido, ma anche Lightning Point lo era.» Si girò verso l'edificio alle nostre spalle e aggiunse: «Davvero quassù c'è un negozio di souvenir? Pazzesco!». Aveva ancora il respiro affannoso e bevve un altro sorso d'acqua. «Un negozio di souvenir e nessuna possibilità di scendere.»

«C'è anche un ristorante. Sai, pensavo che voi ragazzi foste in forma.»

«Io lo sono», replicò raddrizzandosi un po'. «Anche se arrampicarmi su un terreno sassoso per quasi venti chilometri con l'aria sempre più rarefatta non è contemplato nel mio allenamento quotidiano.»

«Forse dovresti smettere di fumare», suggerii inarcando un sopracciglio.

«E forse tu dovresti cominciare.»

«Ti fa male.»

«Come quella barretta energetica piena di sciroppo di

mais a elevato contenuto di fruttosio e di grassi saturi che hai mangiato un'ora fa.»

Indicai un signore brizzolato che si stava mettendo in posa insieme alla moglie vicino al cartello di vetta. «Lui non si lamenta.»

Taylor fece una smorfia disgustata. «Probabilmente è salito in macchina.» Si mise le mani sui fianchi e ammirò il panorama. «Wow.»

«Eh sì.»

In entrambe le occasioni nelle quali avevo percorso il Barr Trail ero con i miei genitori. Eravamo tra i pochi residenti ad averlo fatto non una, bensì due volte. I miei volevano cogliere tutte le opportunità, e un sentiero famoso che si trovava dietro casa e che attirava migliaia di persone provenienti da ogni dove rappresentava un'occasione imperdibile.

Ciò succedeva quando ero ancora la loro Falyn, la ragazza che poi era morta una sera in bagno, rannicchiata in un angolo, madida di sudore, bisognosa di aiuto ma incapace di chiederlo. Però la Falyn che conoscevano in realtà non era mai esistita, e probabilmente la cosa più difficile per loro era accettare questo fatto, poiché equivaleva ad ammettere di non sapere chi fossi davvero. In ogni caso, ormai era troppo tardi.

Gironzolammo un po' sulla vetta della montagna. La gente chiacchierava, ma lo spazio era troppo vasto perché ci fosse confusione. Taylor scattò qualche foto di noi due con il cellulare e poi chiese alla coppia anziana di immortalarci accanto al cartello di vetta.

«Devi prenderti un telefono», mi disse. «Perché non compri un prepagato?»

«I soldi mi servono per le bollette.»

«Pensa a tutte le foto che non hai potuto fare!» Sollevando il telefono aggiunse: «Terrò queste in ostaggio».

Scrollai le spalle. «Le persone non usano più la memoria. Guardano la vita attraverso l'obiettivo di una macchina fotografica o lo schermo di un cellulare invece di ricordarsi immagini, odori...» Inalai profondamente dal naso. «Suoni», aggiunsi mentre la mia voce echeggiava tra le cime sottostanti. «E sensazioni», conclusi toccandogli il braccio.

Notai una luce familiare nei suoi occhi e mi scostai infilando le mani nella tasca della felpa.

«Sono queste le cose che voglio conservare, non una fotografia.»

«Quando avremo la loro età», ribatté Taylor indicando i due anziani, «sarai contenta di avere una fotografia.»

Cercai di trattenere un sorriso. Probabilmente non intendeva dire quello che avevo capito.

Mi diede un calcetto sul piede. «È stata una bella giornata. Grazie per avermi trascinato quassù.»

«Sapevo che potevi farcela.»

«Sono contento di esserci venuto con te.»

Ci guardammo negli occhi per alcuni istanti. Fissarsi in quel modo era strano e imbarazzante, lo sapevo, eppure non riuscivo a smettere.

Taylor fece un passo avanti. «Falyn?»

«Sì?»

«Non è stato solo bello. Forse questa è la giornata migliore della mia vita.»

«Intendi... di tutta la vita?»

Rifletté per qualche istante. «E se ti dicessi di sì?»

Battei le palpebre stringendo la cinghia dello zaino. «Dovremmo scendere.»

Assunse un'espressione delusa. «Tutto qui? Ti confido che mi hai regalato la giornata migliore che io abbia mai passato e l'unica cosa che sai dire è che è ora di andare?»

Mi agitai. «Be'... non ho portato una tenda, e tu?»

Mi guardò incredulo e sollevò le mani, esasperato. «Forse qualcuno della Summit House ci darà un passaggio.»

Scossi la testa. «No, ma possiamo scendere da lì», replicai indicando la strada.

«In autostop?»

«Non temere, ti difenderò io.»

Sogghignò seguendomi. Camminammo per una cinquantina di metri con i pollici in fuori finché un minivan rosso si fermò. La guidatrice si sporse, sorpresa quanto me.

«Corinne!» esclamai riconoscendo la madre di Kirby. «Che cosa fai quassù?»

«Sono venuta a prendere Kostas.»

Il fratello adolescente di Kirby si raddrizzò per scrutare prima me, poi Taylor. Sotto la bandana con la bandiera americana aveva la fronte tutta sporca di terra.

«Ciao, Kostas», dissi.

«Ehi, Falyn.» Riprese subito a fissare lo schermo del Nintendo 3DS che aveva in mano sprofondando nel sedile, i piedi sporchi appoggiati sul cruscotto.

«Ci serve un passaggio solo fino all'imbocco del sentiero, dove abbiamo parcheggiato il furgone.»

«Salite.» Corinne ci fece un cenno con la mano. «Potrebbe mettersi a piovere da un momento all'altro!»

Taylor si sedette dietro con me.

Corinne ripartì e iniziò subito a fare domande. «Kirby mi ha parlato del tuo nuovo amico», esordì studiando Taylor nel retrovisore come se fosse un animale selvatico. «Scherzava quando ha detto che è della squadra antincendio, vero?»

«No», risposi schiarendomi la voce.

Taylor fece un mezzo sorriso ma non aprì bocca.

Corinne lo squadrò di nuovo, quindi tornò a guardare davanti a sé, tenendo entrambe le mani sul volante. «*Apapa*, Falyn», disse esprimendo la sua disapprovazione in greco. «Che cosa direbbe tua madre?» aggiunse in inglese, senza inflessioni.

«Parecchie cose, probabilmente.»

Corinne schioccò la lingua e scosse la testa in segno di disapprovazione. «Da dove viene?»

«Dall'Illinois», rispose Taylor.

La madre di Kirby non gradì che le avesse rivolto la parola, perciò smise di fare domande. Una volta entrata nel parcheggio rallentò, e la guidammo fino al furgone. Mentre scendevamo dall'auto si girò e guardò in cagnesco Taylor, quasi volesse lanciargli il malocchio.

«Grazie, Corinne», dissi. «Ciao, Kostas.»

«Ci vediamo», rispose il ragazzo, sempre concentrato sul videogioco.

Corinne ripartì senza smettere di fissare Taylor, corrucciata, finché decise che era il caso di concentrarsi sulla strada.

Lui aprì il furgone e io salii attendendo che si sistemasse al mio fianco.

«Chi è?» domandò togliendosi il pile. Quando lo fece, la maglietta si sollevò un po' mettendo in mostra gli addominali.

"Poco più su inizia quella magnifica V che arriva fino... Smettila" mi intimai. «Quella è Corinne», risposi. «La madre di Kirby.»

«Che lingua parlava?»

«Ha origini greche. Il padre di Kirby era canadese, credo. Corinne voleva chiamare la figlia Circe, come la maga della mitologia greca. Lui per fortuna si è opposto. Il nome Kirby è stato un compromesso.»

«Grande il canadese, che ha tenuto duro! Adesso dov'è?»

«Tutto quello che Kirby sa è che faceva parte di una squadra antincendio.» Non aggiunsi altro, lasciandolo con quel pensiero.

Per quasi tutta la discesa di duemilacinquecento metri dal Pikes a Colorado Springs restammo in silenzio. Taylor imboccò Tejon Street e parcheggiò il suo mostro nero davanti all'ingresso del Bucksaw.

Scese e mi aspettò. Nel momento in cui misi piede sull'asfalto iniziò a piovere. Ci precipitammo dentro ridendo per la stanchezza, per la sorpresa e anche per il disagio creato da Corinne.

Appena ci calmammo, scese un silenzio imbarazzato.

«Non ti sto prendendo per il culo», disse Taylor. «È questo che pensi?»

«Io non penso proprio niente. Di cosa stai parlando?»

«Grazie, Taylor, anche per me questa è stata la giornata migliore della mia vita. E mi sono perdutamente innamorata dei tuoi addominali.» Sollevò la maglietta regalandomi la visione più bella di cui avessi goduto da un po' di tempo a quella parte.

Strinsi le labbra soffocando un sorriso. «Ancora con questa storia? Hai intenzione di metterti a piangere? O hai bisogno di un abbraccio?» Battei le ciglia e sporsi il labbro inferiore. Non ebbe reazioni, perciò cedetti, sospirando. «È stata una bella giornata. Ne ho apprezzato ogni secondo.»

«Wow, vedi di non sprecarti, Prof.»

Spazientita, mi diressi verso le scale.

«Ehi, non abbiamo finito», protestò.

«Allora sali.»

Mi seguì e quando chiuse la porta dell'appartamento io mi infilai in bagno.

«Voglio togliermi la montagna di dosso», annunciai.

«Poi lo farò anch'io!»

Non mi ero neppure bagnata i capelli quando bussò con forza. «Falyn?»

«Sì?»

«Mio fratello mi ha appena mandato un messaggio. È in città.»

«Quale dei tanti?» chiesi mettendo la testa sotto l'acqua.

«Ha importanza?»

«Direi di no.»

«Tyler, il terzogenito.»

Mi sembrò quasi di vederlo sorridere.

«Adesso è in albergo.»

«Non sapevi che sarebbe venuto?»

«No. Ci piacciono le improvvisate. Ti va di incontrarlo?»

«Dove, all'hotel?»

«No, al Cowboys.»

«Non tanto.»

«Dai. L'ultima volta ti sei divertita, no?»

«Credo che resterò qui.»

La porta cigolò, aprendosi. Afferrai subito la tenda della doccia e sbirciai fuori.

Taylor incrociò le braccia al petto. In quella posizione, i suoi bicipiti tatuati sembravano ancora più muscolosi. «Posso entrare? Odio parlarti da dietro una porta.»

«Fa' come vuoi.»

Lui si rilassò allungando le braccia lungo i fianchi. «Mi farebbe piacere che venissi, che conoscessi mio fratello.»

«Perché?»

«Qual è il problema? Tanto prima o poi lo incontrerai», ribatté, accigliato.

«Già.»

«È il mio compagno di stanza a Estes Park.»

«E allora?»

«Allora... niente», borbottò, esasperato. «Non importa.» Aprì la porta ma non se ne andò. La richiuse violentemente e si girò di scatto, con la faccia cupa. «Piantala.»

«Di cosa parli? Sto solo cercando di farmi una doccia!»

«Di essere così... inavvicinabile.»

«Inavvicinabile? È un parolone per te.»

«'Fanculo.» Uscì sbattendo la porta.

Dopo un attimo la riaprì. «Scusami, non volevo.»

«Fuori dal mio bagno.»

«Okay.» Era divertente vederlo KO. Si voltò a guardarmi e nello stesso tempo cercò di afferrare la maniglia, mancandola più volte.

«Va' via», intimai, brusca.

«Sto... andando.»

Uscì dal bagno e poco dopo udii sbattere la porta d'ingresso.

Mi portai una mano alla bocca soffocando una risata. Era parecchio che non mi divertivo così tanto.

10.

L'asciugacapelli emetteva un gemito acuto, abbastanza forte da coprire il rumore fatto da Kirby nell'entrare. D'un tratto la vidi sulla soglia del bagno e cacciai un grido.

Lei fece un passo indietro, con la faccia coperta dai capelli e dalle mani. Quando si riprese, si raddrizzò e strinse i pugni, le braccia lungo i fianchi. «Perché urli?»

«Perché ti intrufoli nel mio bagno?» replicai spegnendo il phon.

Alzò gli occhi al cielo e si ravviò i capelli. «Ho bussato.»

«Cosa ci fai qui?» chiesi, esasperata.

Si indicò il grembiule. «Ho appena finito. Sono passata a vedere come stai.»

«Lo ha già fatto Phaedra mezz'ora fa. Sto bene», dissi voltandomi per pettinarmi. Nello specchio, la vidi incrociare le braccia al petto, imbronciata.

«Gunnar è di nuovo in ritardo. Pensi che abbia un'altra?»

Mi girai verso di lei, ancora con la spazzola in mano. «Assolutamente no. Ti adora.»

«Lo so, ma tutti passiamo dei momenti difficili. E lui è un uomo.» Si appoggiò allo stipite. Pronunciando l'ultima parola aveva sgranato gli occhi.

«Questo non lo scuserebbe. E comunque Gunnar non ha bisogno di giustificarsi perché non ti tradisce.»

Mi guardò di sottecchi, arrendendosi all'evidenza. «Allora perché non chiama? Perché non risponde al telefono?»

«Perché sta guidando.»

«E non può neanche mandare un messaggio?»

«Vuoi che arrivi a casa sano e salvo o no? Sei ridicola»,

dissi tornando a voltarmi verso lo specchio. «Quando riavrà il furgone?»

«Domani.»

«Era ora.»

Kirby notò la mia trousse. «Esci?»

«Non lo so. Il fratello di Taylor è in città, e lui vorrebbe che andassi al Cowboys per conoscerlo.»

«Buon segno! Allora immagino che oggi sia filato tutto liscio», replicò illuminandosi.

«Nel complesso, sì. In vetta abbiamo visto tua mamma. Era venuta a prendere Kostas.»

Kirby fece una smorfia. «È fissato con quel sentiero. Ha in mente di andare in Perù, a Macho Pikachu, o come cavolo si chiama.»

«Machu Picchu.»

Annuì.

«Forse lo farà.»

«Deve salire su qualche monte di più alto di Pikes Peak.»

«Machu Picchu è quasi la metà di Pikes Peak, Kirby.»

«Smetti di fare come Phaedra! La mamma vi ha dato un passaggio in città?»

«Fino all'imbocco del sentiero. Taylor aveva lasciato lì il furgone. Lui non le piace.»

«Ovvio, è di una squadra antincendio.»

«A *te* perché piace?» le domandai.

«Anche se fa quel lavoro, non significa che sia come mio padre. Inoltre, è difficile disprezzare qualcuno che salva le cose.»

«Le cose», ripetei, divertita.

«Gli alberi, le case, le persone.»

«Dovrei preoccuparmi?»

Kirby arricciò il naso. «Avrà circa venticinque anni. Credi che non abbia mai conosciuto una ragazza disperata in vita sua? Non è per questo che ti sta dietro. Gli piaci e basta.»

Aprii la trousse e rimasi a guardare i trucchi che conteneva.

Superare una certa linea con Taylor sarebbe stato pericoloso. Aveva acconsentito a portarmi con sé in Illinois, ma quando? Prima che succedesse un sacco di cose potevano andare storte. Adesso non sembrava interessato a conoscere le mie motivazioni, però un giorno avrebbe potuto ripensarci. E se in cambio del favore che gli avevo chiesto avesse voluto qualcos'altro?

"E se fossi io a volerlo?"

Kirby sorrise. «Ti stai chiedendo se valga la pena di truccarti per lui?»

Socchiusi gli occhi. «Esci dalla mia testa. Non capisco perché Taylor voglia farmi conoscere suo fratello. Che senso ha?»

«Sei tu a dover uscire dalla tua testa.»

Riflettei per un attimo su quelle parole. Taylor si stava comportando in modo molto diverso dagli altri ragazzi delle squadre antincendio, soprattutto da quelli che gli assomigliavano. Faceva il duro e ostentava tanta sicurezza, ma quando lo spiazzavo si trasformava in una specie di Jim Carrey.

Trattenni una risata.

«Cosa c'è di così divertente?»

«Taylor... Niente», dissi scuotendo la testa.

Prima di incontrare Taylor non ridevo più da un bel pezzo. Lui mi aveva tenuto fra le braccia, si era assicurato che stessi bene, aveva fatto programmi e voleva presentarmi suo fratello.

Per la prima volta in tanti anni l'idea che un uomo si interessasse a me non mi appariva oltraggiosa.

Mi misi il fondotinta, il mascara, una spennellata di fard e un velo di lucidalabbra, poi sfilai goffamente davanti a Kirby. «Può andare?»

Mi ero impegnata parecchio per sistemarmi i capelli e truccarmi con le poche cose che avevo, eppure mi sembrava di non essere diversa da prima.

«Sei sexy, e anche lui lo è. Avrete bambini splendidi.»

Borbottai guardandomi allo specchio. Non facevo che combinare casini, perciò era logico presumere che avrei rovinato tutto anche in quel caso. Taylor aveva un non so che di speciale, e non si trattava di semplice fascino. Non era l'idiota per cui cercava di spacciarsi... almeno non per me.

Ma valeva la pena di correre il rischio?
«Vai, Falyn. Smettila di scervellarti. Nonostante abbiate passato tutta la giornata insieme, hai ancora voglia di vederlo. Questo significa qualcosa, soprattutto per te.»
Sorrisi ripensando alla delusione che gli avevo visto sulla faccia. «Hai detto una cosa giusta. Aspetta qui Gunnar.»
«Sicura?»
Afferrai le chiavi e scesi di corsa le scale lasciandola da sola in casa.
Udii la musica attutita del Cowboys ancora prima di aver messo piede in strada. Sapere che Taylor era a meno di un isolato di distanza mi fece venire il batticuore.
Spinsi la porta a vetri e inspirai l'aria della sera. Varie persone si dirigevano verso la fila che si snodava già sul marciapiede. Mi chiesi se sarei riuscita a sgattaiolare dentro anche senza Taylor.
Feci un bel respiro, con lo stomaco contratto per il nervosismo. In ballo c'era qualcosa di ben più grosso di una semplice serata al Cowboys.

11.

Tejon Street era più affollata del solito, sia di auto sia di gente. Jeep scoperte cariche di ragazzi e di famiglie transitavano lentamente in entrambi i sensi consentendo ai pedoni distratti di attraversare la strada per raggiungere le loro destinazioni.

Taylor era solo davanti al locale e si guardava attorno con le mani in tasca.

«Ehi», dissi.

«Ehi», fece lui illuminandosi.

«Entri o stai aspettando qualcuno?» domandai.

Scosse la testa senza staccarmi gli occhi di dosso. «Aspettavo te.»

Inarcai un sopracciglio e feci un cenno al buttafuori. «Ehi, Darren.»

«Falyn», rispose lui.

Non pagammo l'ingresso e sgattaiolammo dentro. Mi chiesi cosa avesse fatto o chi conoscesse Taylor per saltare sempre la coda. Ci dirigemmo allo stesso tavolo della volta precedente.

Però lui mi guardava in modo diverso, come se ci fossimo appena conosciuti.

«Cos'è che ti meraviglia tanto?» gli chiesi.

«Niente.» Si diede un'occhiata attorno, poi tornò a posare lo sguardo su di me. «Sto solo cercando di decifrarti. Vuoi bere qualcosa?»

Feci di no con la testa.

Ne prese atto e rimase dov'era.

«Tu non prendi niente?»

«No.»

L'atmosfera tra noi era strana. Pareva che Taylor fosse a chilometri di distanza e nel contempo profondamente concentrato su di me. Qualcosa non tornava.

«È stata una cattiva idea. Ora vado», dissi alzandomi.

«A cosa ti riferisci?»

«Alla mia decisione di venire qui.»

«Perché? Ti annoi?»

«No. Non lo so. Penso di essere solo esausta. È stata una lunga giornata», risposi sedendomi.

«Sì», convenne guardando prima la pista da ballo e poi di nuovo me. «Immagino che tu sia troppo stanca per ballare.»

La prima volta era stato divertente. La prospettiva di volteggiare tra le sue braccia mi tentava, ma dopo il Barr Trail le gambe mi dolevano dalle anche agli alluci. Ce l'avevo fatta a fatica ad attraversare la strada e percorrere il mezzo isolato fino al Cowboys.

«Sono piuttosto distrutta. E tu?»

Taylor rifletté qualche istante prima di rispondere: «Penso di sì».

Aveva sbuffato salendo sul Pikes Peak quel pomeriggio e adesso non voleva ammettere di essere stanco. Perché si comportava in modo così strano?

«Ho visto un sacco di belle ragazze in questa città», disse.

«Ottimo», replicai, impassibile.

«Ma tu sei splendida, cazzo. Te lo ha mai detto nessuno?»

«Solo tu.» Lo guardai come se fosse impazzito. «Mi sono scordata di informarti che qui sono una reietta.» Amavo fare del sarcasmo. Quando ci eravamo conosciuti, avevo deciso di girare alla larga da Taylor e dai suoi amici, ma in realtà quello che rischiava di rovinarsi la reputazione frequentandomi era proprio lui.

«Eh?»

«Niente. Diversamente da quanto si crede, gli uomini non corrono dietro alla puttana della città.»

«Chi ti ha dato della puttana?» chiese, il volto contratto dalla rabbia.

«Apertamente solo i miei genitori.»

La risposta sembrò coglierlo alla sprovvista. «È assurdo.»
«Concordo.»
La mia reazione lo divertì. «Qualsiasi ragazzo che non ti stia dietro in questa città è un idiota.»
«Perché?» Non capivo dove volesse andare a parare, ma quei discorsi mi irritavano. «Non sono niente di speciale.»
«Ma insomma... guardati.»
«Hai appena detto che qui ci sono un sacco di belle ragazze, quindi non raccontare balle.»
«Ecco, vedi: gran parte delle donne sarebbe disposta a passare sopra al novantotto per cento delle stronzate purché un uomo interessato a loro diventi qualcosa di più.»
«Ti stai ispirando alle statistiche di "GQ"?»
«Parlo per esperienza personale. Con te le cazzate non attaccano. L'ho capito nel momento stesso in cui hai aperto la bocca. Non sei solo una ragazza attraente. Non ti interessa fare colpo e non hai bisogno di nessuno. Questo mi affascina.»
«Sei ridicolo.»
Si protese fissandomi le labbra. «Quello che è ridicolo è l'improvvisa voglia che ho di baciare la tua bocca da sputasentenze.»
«Cosa?» esclamai.
Girò attorno al tavolino per fermarsi vicinissimo a me, e dovetti sollevare il mento per guardarlo. Qualcosa era cambiato dall'ultima volta che ci eravamo visti. Nei suoi occhi adesso c'era un profondo desiderio.
«Devo baciarti. Ora.»
«Oh. Okay.» Le mie parole erano ancora più assurde della situazione che stavo vivendo, ma il suo comportamento mi aveva colto tanto alla sprovvista che non riuscii a dire altro.
Restai immobile, con la bocca socchiusa. Taylor si fece ancora più vicino e abbassò lo sguardo sulle mie labbra per poi fissarmi negli occhi.
Mi cinse la vita e mi attirò a sé, forte e sicuro. Chiusi gli occhi e aspettai, incerta se avrebbe esitato in attesa del mio permesso. In quel momento capii di desiderare che mi baciasse, anche se sentivo che non era il momento giusto.

Quella consapevolezza rovinò l'atmosfera che si era creata fra noi.

Le sue labbra erano morbide e calde proprio come avevo immaginato, la sua lingua esperta e languida. Mi sfiorò la guancia con la mano e fece scorrere delicatamente il pollice sulla mascella e sul collo, ma non provavo più le stesse sensazioni di qualche istante prima.

Continuò a baciarmi in modo straordinario, perfetto: qualsiasi donna lo avrebbe supplicato di non smettere. Mi stava scopando con le labbra. Con ogni tocco delicato della lingua mi trasmetteva non solo il suo desiderio, ma anche il suo bisogno. Si aggrappava ai miei vestiti come se quel bacio non gli bastasse.

Niente. Non provai assolutamente niente.

Il disincanto fu tanto forte e nauseante che mi scostai.

Taylor impiegò qualche istante ad accorgersi che lo stavo spingendo via. Chinai la testa e quando la rialzai vidi Shea, la barista, immobile dietro il banco, intenta a osservarci con un'aria confusa e disgustata. Dopo aver tentato per anni di scrollarmi di dosso l'etichetta di puttana della città, avevo appena dimostrato di esserlo davvero, perciò reagii d'istinto. Lo spintonai e gli diedi un ceffone.

«Ma che cazzo succede?» La voce era quella di Taylor, il quale però non aveva parlato.

«Merda!» esclamò Zeke.

Mi voltai nella sua direzione. Taylor era di fianco a lui. L'altro Taylor si trovava a pochi centimetri dalla mia faccia. Mi ritrassi di scatto, persi l'equilibrio e scivolai giù dallo sgabello.

Il Taylor numero due accorse per arrestare la mia caduta. Mi liberai dalla sua presa e voltai attonita la testa di qua e di là, come se stessi assistendo a una partita di tennis.

«Falyn», disse Taylor a denti stretti. «Vedo che hai conosciuto mio fratello Tyler.»

«Tyler?» replicai pulendomi la bocca con la mano per togliermi il suo sapore dalle labbra.

«Il mio gemello», precisò.

Neanche Tyler sembrava particolarmente contento. «La conosci?» domandò sfregandosi la guancia arrossata.

«Sì», rispose Taylor avvicinandosi al suo doppio. «Tyler, ti presento Falyn.»

Appena ebbe pronunciato il mio nome, tutto accadde molto in fretta. Tyler mi guardò e Taylor gli sferrò un pugno sulla stessa guancia su cui lo avevo schiaffeggiato. Un momento dopo erano a terra ad azzuffarsi.

Zeke assistette alla scena tenendosi a debita distanza.

«Ehi!» urlai. «Falli smettere!»

Lui incrociò le braccia e fece un cenno di diniego. «Non mi metto fra due Maddox. Voglio vivere.»

Si formò un assembramento e poco dopo Darren accorse. Quando li riconobbe, assunse un'espressione rassegnata.

«Darren!» strillai. «Separali!»

«Li hai mai visti fare a pugni?» mi chiese, perplesso.

Scossi la testa.

«Io sì. Finiranno quando ne avranno avuto abbastanza.»

«E cioè?» Non riuscivo a capire chi stesse colpendo chi.

«Va bene! Va bene! Ci farete arrestare tutti, brutte teste di cazzo!»

I due fratelli si alzarono, sporchi di sangue e con le magliette strappate. Cercai di ricordare cosa indossasse Tyler ma non ci riuscii. Uno portava una T-shirt bianca, l'altro una blu. Pur avendoli davanti, non ero in grado di distinguere il mio amico dal ragazzo che avevo appena baciato. Era sconvolgente.

Li superai con uno spintone e mi diressi all'uscita.

«Falyn!»

Una mano mi afferrò per la spalla e mi fece girare. Eccolo, il mio amico Taylor, con la maglietta blu costellata di piccole macchie di sangue attorno al colletto e un labbro rotto.

Sospirai e gli sfiorai una ferita sotto l'occhio, che poteva essere stata provocata dallo sfregamento contro la moquette. «Stai bene?»

«Sì, io...»

«Perfetto. Vado a casa.»

Mi seguì bloccandomi pochi passi fuori dalla porta. «Falyn. Fermati!»

Obbedii, riluttante.

«Mi dispiace, okay? Non immaginavo che succedesse una cosa simile.»

«Hai un gemello identico. Come potevo immaginarlo? Avete persino gli stessi tatuaggi.»

«Te l'avevo detto.»

«Ma ti eri scordato di informarmi che avete anche la stessa faccia!»

«Lo so, avrei dovuto avvertirti. Se avessi saputo che saresti venuta, ti avrei dato una dritta», ribatté, mortificato.

«In che senso?»

«È la storia dei gemelli. Nel nostro caso è ancora peggio perché siamo uguali. Pur essendo due persone distinte, quando siamo insieme sembriamo fenomeni da baraccone.»

«Be', in ogni caso me ne vado.»

«Falyn.» Mi afferrò per il polso e mi attirò a sé. «Falyn.»

Lo guardai. Aveva un'aria così seria che se non lo avessi conosciuto mi avrebbe intimorito.

«Mi manda in bestia il fatto che mio fratello ti abbia baciato prima di me.»

«Cosa ti fa credere che mi lascerei baciare da te?»

La sua espressione si addolcì. «Pensavi che fossi io, no?»

Mi scostai, irritata dall'idea che aveva ragione.

«Allora... vuoi ancora che ti baci?»

«Sì, se dopo posso darti uno schiaffo.»

Rifletté per un istante. «Credo che ne valga la pena», rispose.

Trattenni un sorriso. «Sono contenta che non fossi tu. È stato deludente.»

«Bacia male?» chiese divertito.

«No. È solo che non ho provato niente.»

«Uhm. Adesso sono curioso.»

«Non ho intenzione di baciare due fratelli in una sera.»

Taylor guardò l'orologio. «Mezzanotte è passata da quattro minuti.»

«No.»

Arrivata all'angolo della strada, premetti il pulsante per attraversare. Taylor mi seguì e rimase in silenzio finché non arrivammo al Bucksaw.

Quando inserii la chiave nella serratura, sogghignò. «Dai. Non sei neanche un po' curiosa?»

«Per niente.»

«Io invece sì», ribatté entrando con me.

«Dovrei cedere solo perché tu sei in competizione con tuo fratello?»

«Non è per questo.»

«E allora cos'è, sei geloso?» chiesi voltandomi verso di lui. «O ti dà fastidio tornare al Cowboys sapendo che lui mi ha baciato e tu invece no? Non ho intenzione di baciarti per questioni di rivalità o per rafforzare la tua autostima.»

«Ma per andare a Eakins sì, giusto?» Si pentì subito delle sue parole, mi prese per la spalla e mi scostò la frangia dal viso. «Sono un coglione, scusami. Ero solo incazzato.»

«Sapevo che ci sarebbero state delle condizioni, ma non mi piacciono le minacce. Ho lasciato i miei genitori, Taylor. Posso mollare anche te.»

«Credi che non lo sappia?» osservò, corrucciato.

«Voglio andare a Eakins e non mi sta bene che vada tutto a monte a causa di una stupida gelosia.»

Taylor indietreggiò e cambiò espressione. Parlò a voce bassa, come se faticasse a tenere a freno la rabbia. «Non sono geloso, però non sopporto l'idea che la sua bocca abbia sfiorato la tua. Prima di stasera non me l'ero mai presa tanto con uno dei miei fratelli. Ho tentato di passarci sopra, ma qualsiasi cosa sia... non si tratta di una sciocchezza, Falyn.»

«È stato solo uno stupido bacio, Taylor. Mi sono comportata troppo cordialmente perché lo avevo scambiato per te, e questo ha suscitato il suo interesse.»

Distolse lo sguardo, la mascella contratta. «So che non è stato intenzionale, ma la cosa non mi fa stare meglio.» Sospirò e si grattò la nuca. «Io... io vado. Con te non sono più... me stesso.»

«Okay. Be', buonanotte.»

Il mio atteggiamento noncurante lo mise ancor più in

agitazione. Si avvicinò e si fermò a poca distanza da me. «Con te non sono più me stesso, ma mi piaci.»

«Dai, Taylor. Mi conosci appena.»

Annuì, pensieroso. «Però ci ho provato, a conoscerti.» Indietreggiò e aprì la porta.

Quella replica mi lasciò sbigottita. Nella mia smania di non fare casini ne avevo appena combinato uno bello grosso. Mentre mi avviavo verso il retro, nel buio udii una voce fonda e sommessa.

«Ehi», fece Chuck dall'ultimo sgabello del bar, poi bevve un sorso di birra dalla lattina.

«Maledizione!» strillai. «Oggi è la seconda volta che qualcuno mi spaventa!»

«Scusami.»

«Stai bene?»

«Sì. Ho solo dovuto aspettare un furgone delle consegne in ritardo. Alla fine sono riuscito a mettere via tutto. Sai che Phaedra è una maniaca dell'ordine.»

«Dov'è lei?» chiesi. Di solito c'era quando arrivava un furgone dopo l'orario di chiusura.

«Non si sente molto bene. È ancora scossa per Don. Hanno pubblicato il suo necrologio sul giornale. Il funerale è lunedì. Dovresti partecipare.»

«Voi ci andate?»

Scosse la testa. «Io no. Phaedra sperava che la accompagnassi tu.»

«Sì, sì, lo farò», dissi scostandomi la frangia dagli occhi.

«È un po' preoccupata per te.»

«Per me?»

«Sì, e adesso lo sono anch'io. Quel ragazzo è coperto di sangue per causa tua?»

Sospirai e mi sedetti sullo sgabello accanto al suo. Il locale buio e vuoto sembrava amplificare le nostre voci. «Ha fatto a pugni con il fratello gemello. L'avevo baciato credendo che fosse lui. È un gran casino.»

«Capisco.»

«Penso che mi porterà con sé a Eakins.»

Chuck schiacciò la lattina vuota. «Glielo hai detto?»

«No», risposi. Quando fece una smorfia, sollevai le mani. «Non vuole saperlo.»
«E a te sta bene così.»
«Probabilmente sì.»
«Falyn...»
«Lo so, lo so. Alla fine lo capirà.»
«Non intendevo questo. Se è ciò che vuoi veramente, io e Phaedra intendiamo darti una mano.»
«No», replicai alzandomi.
«Falyn», mi supplicò.
«Ne abbiamo già parlato. Avete fatto fin troppo. Mi avete dato un lavoro e un posto dove vivere.»
«Non è stato facile convincerti ad accettare un po' di aiuto», osservò inarcando un sopracciglio.
«Grazie anche solo per averci pensato, ma il mio piano è Taylor.»
«Sembra un bravo ragazzo.»
Annuii.
«E anche tu sei una brava ragazza. Credo che si meriti di essere preparato a quello che lo attende... ma probabilmente sai già anche questo. Capisco che è difficile perché è da tanto che non ne parli, ma i fatti non cambiano. Se ti porterà là, forse dovrebbe sapere come comportarsi.»
Riflettei per qualche istante. «Non ti preoccupi delle sue reazioni, bensì delle mie.»
«Sarà un viaggio difficile, piccola.»
«Ti ho ascoltato. Ci dormirò sopra.»
Chuck strinse le labbra. «Buona idea.»
«'Notte», dissi arrancando su per le scale. Avevo le gambe molli e doloranti.
Mi chiesi se Taylor fosse altrettanto a pezzi. Il giorno dopo sarebbe stato anche peggio, per più di una ragione.

12.

Le ultime ore del turno furono tranquille, senza il consueto brusio in sala. Le uniche voci che rompevano il silenzio erano quelle dei dipendenti e di cinque clienti.

«È solo settembre», osservò Phaedra guardando cupa il marciapiede bagnato e le gocce di pioggia che scorrevano sui vetri. «Perché diavolo piove tanto?»

Chuck scosse la testa. Era impegnato a preparare i primi piatti e durante l'ora di cena raramente metteva piede fuori dalla cucina. «La pioggia ci serve, ricordi, tesoro?»

Lei sospirò e andò nel retro. «Preparo le torte. Kirby, va' a casa.»

Kirby sbuffò afflitta e si slacciò il grembiule. «Per fortuna ho la macchina.» Afferrò le chiavi e la borsetta e uscì dall'ingresso principale.

Andai dietro il banco per vedere se c'era qualcosa da lavare.

«Falyn?» Alzai lo sguardo e soffocai il panico che mi stava chiudendo in gola.

Kirby era in piedi davanti alla sua postazione assieme a Taylor.

«Ehi, Tay», dissi.

Lui scoppiò a ridere. Sul suo volto vidi susseguirsi diverse emozioni, ma non c'era allegria. «Ehi, Prof.»

Subito dopo notai lo spallaccio dello zaino. «Cos'hai lì dentro?»

Taylor lo posò su uno sgabello. «Ti ho portato una cosa.» Dopo qualche istante lo aprì, estrasse un sacchetto bianco e lo mise sul banco.

«Un regalo?» chiesi cercando di non far trapelare l'agitazione.

«Aprilo solo una volta che me ne sarò andato.»

«Dove vai?»

«Non al lavoro.»

«Oh.»

«Piove, Falyn. Leviamo le tende.»

Feci una smorfia. «Cosa vorresti dire?»

«Il terreno è abbastanza umido e i ragazzi di qui sono in grado di cavarsela da soli. Parto.»

«Ma... avevi detto che saresti rimasto fino a ottobre.»

Si strinse nelle spalle, abbattuto. «Non posso fermare la pioggia.»

Lo guardai, senza parole. Nubi scure si addensavano nel cielo serale.

«Niente storie per il regalo, okay? Per una volta nella vita non fare la rompipalle.»

«Come vuoi», risposi, avvilita.

Batté le palpebre. «Davvero?»

«Ci si vede, allora.» Presi il sacchetto e lo posai dietro il banco.

«Falyn...»

«È tutto a posto», dissi passando un panno asciutto sul piano, anche se non serviva.

«Non devono esserci malintesi fra noi. Tornerò e faremo quello che abbiamo programmato», replicò sospirando.

«Certo.»

«Non prendertela», aggiunse, scoraggiato.

Smisi di pulire e mi stampai un sorriso sulla faccia. «Se lo faremo, bene. In caso contrario troverò un altro modo. Non sentirti obbligato.»

Taylor mi diede un'occhiata sospettosa, chiuse lo zaino e se lo mise in spalla. «Ti mancherò.»

«Nient'affatto.»

«Invece sì. Sei incazzata perché ti mancherò da matti.»

«No», ribadii tracciando piccoli cerchi con il panno sul banco. «Sarebbe solo una perdita di tempo.»

«Piantala di fare la dura», tagliò corto. «Anche tu mi mancherai.»

I miei movimenti rallentarono.

«Per questo tornerò a prenderti il prossimo fine settimana. Per portarti a casa mia, a Eakins.»

«Cosa?» Lo guardai e gli occhi mi si velarono di lacrime.

«Volevo partire domani, ma poi Chuck mi ha detto del funerale...»

«Il prossimo fine settimana?» Due rivoli mi rigarono le guance.

Da compiaciuta l'espressione di Taylor divenne disperata. «Possiamo partire domani. Pensavo solo che...»

«No», dissi asciugandomi il viso. «Il prossimo fine settimana è perfetto. Ma...» aggiunsi, l'indice puntato nella sua direzione, «non farmi promesse.»

«No, cazzo. Se vuoi, prometto di non fartene.»

Salii sul banco e gli saltai addosso, aggrappandomi a lui con le braccia e le gambe. «Grazie!» Gli diedi un bacio sulla guancia. «Grazie.»

Lui rise sotto i baffi cercando di nascondere la sua sorpresa. Mi mise una mano sulla nuca e premette la guancia contro la mia. «Ci vediamo tra una settimana.»

Lo lasciai andare e lui mi depose a terra. Ero tanto euforica che lo abbracciai. «Adesso sarà difficile non nutrire grandi speranze.»

«Se ti deludessi, credo che Phaedra cercherebbe di ammazzarmi... ma a quel punto Chuck mi avrebbe già tagliato la gola.»

Guardai Chuck, che si era portato un coltello al collo e faceva il gesto di affondarlo con un'espressione tutt'altro che scherzosa.

Quando mi scostai, Taylor mi diede un bacio sulla guancia e si allontanò. «In quel sacchetto c'è un telefono su cui ho memorizzato il mio numero. Mandami i tuoi dati, così posso comprare i biglietti.»

Lanciai una rapida occhiata al banco. «Tu...» Ero rimasta senza fiato. «Tu mi ucciderai.»

«Però non chiamarmi mai più Tay, altrimenti l'accordo salta.»

Scossi la testa. «Non ti darò neanche più del coglione.»

Lui proseguì riluttante verso la porta sistemandosi lo zaino in spalla. «Mandami anche qualche tua foto senza veli!» esclamò facendo il segno della pace prima di uscire in strada.

Guardai Chuck e Phaedra. «Adesso non capisco più niente. Cosa sta succedendo?»

Corsi dietro il banco, afferrai il sacchetto e strappai i vari strati di carta velina in cui era avvolto il telefono. Ero piuttosto sicura che i tre culi nudi del salvaschermo fossero quelli di Taylor, Dalton e Zeke, malgrado le loro facce non si vedessero.

Soffocai le lacrime e mi coprii la bocca con la mano.

«Chi può fare una cosa del genere?» chiesi senza rivolgermi a nessuno in particolare. Guardai Phaedra, anche lei con gli occhi lucidi. «Parto. Il prossimo fine settimana andrò a Eakins.»

«Sono davvero felice per te, tesoro!» esclamò avvicinandosi a braccia spalancate. Mi strinse con forza e mi diede una pacca sulla schiena. «Ma se non manterrà la promessa, a Chuck non resterà molto da fare a fette una volta che avrò finito con lui.»

Quando ci sciogliemmo dall'abbraccio, il telefono nella mia mano vibrò. Sul display apparve la scritta TAYLORBEAST. Lo sfiorai per leggere il messaggio.

Smettila di pensare a me. È imbarazzante.

Scossi la testa e infilai il cellulare nella tasca del grembiule. Glielo avrei restituito appena fossimo arrivati a Eakins, però il suo era stato un gesto incredibilmente gentile.

Da quel momento non riuscii più a concentrarmi sul lavoro: immaginavo di entrare in città per espiare le mie colpe – da una considerevole distanza – senza che nessuno lo sapesse. Lo sognavo da così tanto che il pensiero che sarebbe avvenuto nel giro di una settimana mi faceva quasi male.

Senza Kirby a darci una mano, chiudere avrebbe richiesto più tempo, ma poiché c'erano pochi clienti mi misi all'opera ben prima che Phaedra girasse il cartello.

Contai le mance, misi nella cassa quelle di Kirby e salutai Pete e Hector prima di andare di sopra.

Mi buttai sul divano, presi il cellulare e lo tenni davanti a me. Taylor mi aveva mandato altri messaggi.

Be', cazzo ora sì che mi manchi. Grazie per la tua cattiva influenza.

A che ora stacchi?

Mandami un messaggio quando hai finito.

Aspettare è proprio uno schifo.

Digitai la risposta.

Spero che tu non stessi guidando.

Sullo schermo apparvero subito tre puntini in movimento. "Che cavolo vuol dire?" mi chiesi.

Poi arrivò un messaggio.

No, ho messo Dalton al volante.

"Oh. Vuol dire che sta scrivendo", mi risposi. Digitai:

Allora siete arrivati sani e salvi?

Sì.

Non sapevo più cosa dire. Era passato parecchio dall'ultima volta che avevo comunicato con qualcuno via telefono. Ero arrugginita.

Il cellulare fece un rumore sordo quando lo posai sul tavolino. Sarei dovuta andare quanto prima al negozio dell'usato a comprare una custodia. Mi domandai se le tenessero. Forse Kirby ne aveva una vecchia da prestarmi.

Il telefono vibrò di nuovo.

Mi mandi i tuoi dati?

Prenoti adesso?

Perché no?

Sei sicuro?

Sì.

Digitai il mio nome completo e la data di nascita.

Imogene? È il secondo nome più terribile che abbia mai sentito. Non so scriverlo.

Lo hai appena fatto.

Complichi sempre le cose.

Per questo ringrazia mia madre. E il tuo qual è?

Dean.

Piuttosto facile.

È quello che dicono tutte le ragazze. Prenoto stasera.

Posai di nuovo il telefono sul tavolo, mi appoggiai allo schienale del divano e tirai su le gambe. Stavo messaggiando e nel giro di pochi giorni sarei andata a Eakins, in Illinois. Fino a qualche giorno prima la mia vita era completamente diversa e ora, malgrado fossi un po' spaventata, sentivo che tutto sarebbe andato per il verso giusto.

La stanza era silenziosa, udivo solo il pulsare sordo dei bassi del Cowboys in lontananza. Pensai a Taylor Dean che ballava il two-step, che camminava sul sentiero, che guardava un film in videocassetta, che faceva il bucato. E a quanto sarebbe stato bello se avessi potuto mettere la parola fine a tutto.

Mentre iniziavo rilassarmi, udii bussare energicamente alla porta. Balzai in piedi e andai ad aprire.

Nel corridoio in penombra c'era Gunnar, la faccia chiazzata di rosso e gli occhi lucidi.

Restai a bocca aperta. «Stai bene? Dov'è Kirby? Come hai fatto a entrare?»

«Kirby mi aveva mostrato dove tenete la chiave di riserva. Non mi vuole parlare, Falyn. Stavolta ho combinato un bel casino.»

«Cioè?»

Lo guardai mentre mi superava e andava a sedersi sulla sedia. Si prese la testa fra le mani e appoggiò i gomiti sulle ginocchia.

«Cos'è successo?» lo incalzai chiudendo la porta.

«Crede che la tradisca. Ho cercato di spiegarle, ma non vuole ascoltarmi.»

Attraversai la stanza a braccia conserte.

Lui mi rivolse uno sguardo disperato. «Le parlerai?»

«Certo, non appena mi avrai detto qual è il problema.»

«Le ho mentito», ammise fissando il pavimento.

«Su cosa?»

«Sulla ragione per cui arrivo sempre in ritardo. Non è per colpa del traffico. La sera lavoro a scuola per guadagnare qualcosa di più.»

«E perché non gliel'hai detto?» chiesi studiandolo.

«Non le sarebbe piaciuto.»

«Cosa fai di preciso?»

«Lavoro in nero. Aiuto un tizio nella manutenzione di un edificio poco fuori dal campus: raccolgo i rifiuti, taglio l'erba, dipingo, mi occupo delle piccole riparazioni.»

«Okay. Ma perché glielo tieni nascosto?»
Deglutì. «Perché l'edificio è di una confraternita femminile, la Delta Gamma.»
Dovetti mettermi una mano sulla bocca per non ridere.
«Stavolta l'ho combinata grossa, Falyn. Devi aiutarmi.»
«Non saprei come fare. E poi da quando una confraternita femminile della UCCS ha un edificio tutto suo?»
«È a Boulder», rispose, esausto.
«E fai un'ora e mezzo di macchina ogni giorno fino a Boulder? Perché?»
«Perché è vicino a Denver, e volevo avere un lavoro da quelle parti per quando ci trasferiremo. È capitata questa occasione e l'ho colta.»
«Ci scommetto», commentai sogghignando.
Nonostante io e Kirby fossimo amiche, niente di quello che avrei potuto dire l'avrebbe indotta a deporre le armi.
«Non è divertente, Falyn. Guadagno bene, però lei non vuole credermi. Parlale, ti prego. Tu sai che la amo e che non la tradirei mai. Di sicuro lo sa anche lei, ma è furiosa.»
«Le hai mentito.»
«Mi vuole mollare per una stupidaggine.» Mi guardò con aria afflitta. «Ti prego.»
«Le parlerò, ma non ti prometto niente.»
Annuì e andò alla porta. La socchiuse prima di tornare a voltarsi verso di me. «Non potrei mai tradirla, Falyn», ribadì. «È l'unica ragazza che abbia mai amato.»
«Ti credo.»
Spalancò la porta, e sulla soglia c'era Kirby, con il volto rigato di lacrime e una bottiglia di vino in mano.
Lui restò senza fiato.
A lei tremava il labbro.
«Io... non sapevo che altro fare», disse Gunnar.
A quel punto Kirby gli gettò le braccia al collo, senza posare la bottiglia. Lui la sollevò da terra e la strinse sprofondando il viso nei suoi capelli.
«Sei uno stupido!»
«Lo so», ammise Gunnar.

Lei si scostò per guardarlo negli occhi e tirò su con il naso. «Non mentirmi mai più.»

«Non succederà. Mi sono preso un bello spavento.»

Kirby lo baciò sulle labbra e mi porse la bottiglia. «Ho portato questa da bere insieme.»

«Non hai l'età per comprare alcolici», osservai afferrandola.

«Ero sconvolta. L'ho fregata a mia madre.»

Guardò Gunnar e si abbracciarono di nuovo.

«Andate da un'altra parte», li esortai mentre li spingevo in corridoio e chiudevo la porta.

Ridendo mi appoggiai al frigorifero e guardai la bottiglia di vino che tenevo ancora in mano. Quei due erano adorabili perfino quando facevano i melodrammatici.

«Be'», dissi a voce alta, «almeno stanotte dormirò bene.» Ero sola e mi sarei concessa un paio di drink.

Stappai la bottiglia, versai il moscato in un bicchiere e me lo portai a letto. Aveva il sapore di un vino da dodici dollari, era caldo e troppo dolce, ma faceva comunque al caso mio.

Lo scolai in pochi sorsi e riempii di nuovo il bicchiere fino all'orlo.

Dieci minuti dopo me ne stavo versando un terzo.

"Alla faccia dei due bicchieri", mi dissi.

Misi il telefono in carica sul comodino, mi spogliai e mi infilai a letto. Uno dei tanti vantaggi di vivere da sola era che potevo dormire nuda.

Le lenzuola mi accarezzarono la pelle mentre mi stendevo e posavo la testa sul cuscino di piume.

D'un tratto il cellulare vibrò e allungai la mano di scatto per prenderlo, ridacchiando.

Non riesco a dormire. Vorrei essere ancora a Colorado Springs.

Dovetti reprimere l'impulso di portarmi il telefono al petto. Assistere al bisticcio tra Gunnar e Kirby e bere tre bicchieri di vino in meno di venti minuti mi aveva resa stranamente sentimentale.

Neanch'io. Gunnar se n'è appena andato.

E Kirby?

Anche lei. Avevano litigato.

È un amore giovanile.

Immagino di sì.

Non fare la cinica. Sono cose che capitano.

A chi?

Mio fratello Travis l'anno scorso si è innamorato perdutamente. Adesso è sposato e non ha nemmeno l'età per bere.

Quanti anni ha?

Venti.

Si è sposato a diciannove? Strano.

Non tanto. Stanno bene insieme.

Oh, allora approvi?

Se si amano, sì.

A diciannove anni come fai a sapere se ami qualcuno?

Li conoscerai la settimana prossima. Vedrai.

È un appuntamento.

;)

Posai il telefono e bevvi un sorso di vino, con la sensazione che tutto intorno a me stesse rallentando. Persino le mie palpebre si muovevano più lentamente. Allungai le gambe, e le lenzuola accarezzarono i punti più sensibili della mia pelle. Guardai il cellulare, sorrisi e lo presi di nuovo. Toccai lo schermo, lo allontanai da me e attesi finché non lo udii squillare.

«Sei ancora sveglia?» domandò Taylor, con voce stanca ma non assonnata.

«Questo telefono ronza ogni volta che mi mandi un messaggio, e io sono stesa a letto, nuda», biascicai. «Mi viene voglia di mettermelo tra le gambe sperando che tu continui a scrivermi.» Sapevo di dire cose fuori luogo, ma non me ne fregava niente.

Per dieci secondi ci fu silenzio.

«Secondo te funzionerebbe?» domandai, impaziente di sentire la sua risposta.

«Sei sbronza?»

Strinsi le labbra cercando invano di soffocare una risata. «Forse Kirby ha portato una bottiglia di vino.»

«Credevo che non bevessi.»

«In genere non lo faccio, ma adesso sono sola. Quindi, perché no?»

«Oh, allora non bevi in pubblico.»

«Neanche in privato... se c'è qualcuno.»

«Sono incerto», disse Taylor in tono indifferente. «Il gioco mi tenta, ma sono sicuro che domani ti odieresti. E odieresti anche me.»

«Mi manchi già», confessai tornando seria. «Ho fatto del mio meglio per detestarti.»

«Lo sapevo», esclamò divertito, poi sospirò. «Sono stato spacciato fin dal primo giorno. Tu sei incredibilmente perfida e questo mi fa impazzire, ma in senso buono.»

«Sono perfida?» chiesi sentendo le lacrime pizzicarmi gli occhi.

«Sì, ma... Cazzo, hai la sbronza triste, vero? Non dovresti bere da sola.»

«Mi manca tutto», dissi sommessamente portandomi le dita alla bocca.

«Tutto cosa? Sai, mio padre è stato incasinato per parecchi anni, ma poi si è rimesso in sesto. A volte devi perdonare i tuoi genitori. Anche loro hanno dei limiti.»

Scossi la testa, incapace di rispondere.

«Falyn, adesso dormi, baby. Altrimenti può solo peggiorare.»

«Come lo sai?»

«Anche mio padre aveva le sbronze tristi.»

Annuii, benché non potesse vedermi.

«Tieni il cellulare vicino all'orecchio. Stenditi e chiudi gli occhi. Resterò con te finché non ti sarai addormentata.»

«Okay.» Feci quello che mi aveva detto.

Anche se non parlava, potevo sentire il suo respiro. Cercai di non cedere al sonno, se non altro per vedere quanto sarebbe rimasto al telefono, ma ben presto lo stordimento ebbe la meglio.

13.

I terribili postumi della sbornia, il funerale di Don e il conto alla rovescia in vista della partenza per Eakins fecero di quella settimana una delle peggiori che avessi passato negli ultimi tempi. I messaggi che ogni tanto Taylor mandava mi regalarono qualche momento di gioia e mi aiutarono a ingannare il tempo fino alla sera prima del volo, una sorta di breve tregua allo strazio. Lui non aveva più accennato alla mia telefonata inopportuna, e di questo gli ero molto grata.

La vigilia della partenza per Chicago ero in preda all'agitazione. Taylor sarebbe venuto a prendermi alle cinque e mezzo del mattino per andare in aeroporto. L'imbarco era alle otto.

Per la prima volta in cinque anni avrei voluto avere qualche vestito in più nell'armadio. Piegai i miei jeans preferiti e li posai sul resto delle cose. Quando ero matricola al college, anche se andavo via solo per il fine settimana avevo sempre almeno un trolley grande, oltre al bagaglio a mano. Stavolta ero riuscita a stento a riempire la borsa che mi aveva prestato Chuck.

In piedi davanti alla sacca, mi torsi le mani chiedendomi come avrei fatto a dormire. Erano già le undici. Se non fossi andata a letto subito, tanto valeva restare sveglia.

Mi rabbuiai. Nel weekend che mi aspettava non c'era spazio per la stanchezza.

In quell'istante sentii bussare e sussultai.

«Sono io», disse una voce fonda in corridoio.

Corsi alla porta e la spalancai.

Taylor era lì, con un ampio sorriso sul volto e uno zaino in spalla. «Ho pensato di passare la notte qui. Ti sta bene?»

Gli gettai le braccia al collo. Mi sembrò di tornare indietro nel tempo, all'ultimo momento che avevamo trascorso insieme. Non appena mi alzai in punta di piedi e lo strinsi, forse un po' troppo, tutto mi apparve molto più roseo. Era come se quell'orribile settimana fosse stata spazzata via.

Quando ci scostammo, mi scrutò da capo a piedi. «Non mi aspettavo di vederti così.»

Guardai il sottile top bianco senza maniche che copriva a malapena le mutandine blu e lo tirai giù. «Mi stavo preparando per andare a letto.»

«Perfetto. Sono stanco morto», disse gettando lo zaino per terra e chiudendo la porta.

«Non riesco ancora a credere che tu faccia tutto questo per me. Non sai cosa significhi.»

«Lo hai ripetuto spesso ultimamente, ma devi ancora spiegarmi perché», replicò Taylor togliendosi il giubbotto e il cappellino, che buttò sul tavolo.

«Sto ancora pensando a come fare.»

«Non ho intenzione di chiederti niente, ma vorrei essere preparato.»

«Non ce ne sarà bisogno.»

«Di qualsiasi cosa si tratti, Falyn, desidero essere al tuo fianco», disse inclinando la testa.

«E così sarà.»

«Se ne sei convinta...» ribatté, frustrato.

Non potevo biasimarlo per il suo stato d'animo. Mi stava facendo un favore enorme pur essendo all'oscuro di tutto. Non parlavo dell'accaduto da sei anni e mi spaventava l'idea di farlo proprio ora che ero tanto vicina alla meta, forse per scaramanzia.

Ci guardammo entrambi attorno mentre un silenzio imbarazzato calava nella stanza.

«Vuoi... delle lenzuola per il divano?» chiesi.

«Posso scegliere? In tal caso sul divano ci dormi tu.»

Gli diedi una pacca sul braccio e subito dopo mi agitai.

«Ehm... ha una molla rotta», dissi indicandolo con il dito. «È una vera tortura.»

Inarcò un sopracciglio e gli si formarono tre rughe sulla fronte. «Me lo ricordo. Quindi non ci resta che fare un pigiama party», osservò avviandosi in camera.

«Taylor?»

«Sul serio, Prof, dimmi solo cosa devo fare. Sono maledettamente stanco e domani ci aspetta una lunga giornata.»

Alzai le mani, poi le lasciai ricadere sulle cosce. «D'accordo, vieni a letto. Ma solo per dormire.»

Lo superai, spensi la luce, scostai le coperte e mi infilai sotto osservando il suo corpo massiccio che occupava quasi completamente il vano della porta. Mi guardò mentre mi sistemavo, poi si avvicinò e si sfilò le Nike e la maglietta. I suoi muscoli si contrassero quando slacciò la cintura di cuoio marrone e si tolse i jeans, che lasciò cadere sul pavimento.

Per quanto cercassi di mostrarmi indifferente, Taylor aveva un fisico statuario e ne era perfettamente consapevole. Del resto passava diverse ore alla settimana in palestra. Però non gli avrei dato la soddisfazione di restare a fissarlo. Mi sforzai di controllare la mimica facciale, la respirazione e ogni movimento, nonostante sentissi crescere dentro di me il desiderio per l'uomo seminudo che avevo davanti.

I tatuaggi che gli coprivano completamente le braccia fino ai pettorali – spessi disegni tribali, fiamme e un teschio – erano molto dettagliati e sfumati alla perfezione.

Non che lo stessi guardando, s'intende.

"Piantala di fissarlo, Falyn", ingiunsi a me stessa.

Si infilò nel letto al mio fianco con addosso un paio di boxer grigi. Mi girai dall'altra parte, le guance in fiamme. Mi strinse e mi attirò a sé. La mia schiena si scaldò all'istante a contatto con la sua pelle.

«Sarei voluto venire con te al funerale di Don. Sarà stata dura.»

«Orribile», mormorai. «Non piangevo così da tempo. Non riesco nemmeno a immaginare come stia la sua famiglia.»

«Anche tu ne facevi parte. Illuminavi le sue giornate, come quelle di molta altra gente.»

«Sono contenta che tu non ci fossi. Ho consumato una scatola di fazzoletti.»

Mi strinse ancora di più. «Con il tempo diventa meno difficile, però il dolore non scompare mai. E ti cambia per sempre.»

«Hai perso qualcuno?» chiesi.

«Ora dormiamo. Non voglio parlarne stasera.» Mi lasciò andare, mise un braccio sotto la testa e con l'altro mi cinse la vita.

Intrecciai le dita alle sue. Lui mi strinse la mano e fece un respiro profondo.

«Falyn?» sussurrò.

«Sì?»

«So che questo fine settimana per te è importante, ma devi sapere che quando torneremo non voglio più essere tuo amico.»

«Significa che non vuoi più frequentarmi o che aspiri a qualcosa di più?» domandai irrigidendomi.

«Visto che questa settimana di lontananza mi ha fatto impazzire, puoi trarre da sola le tue conclusioni.»

Provai un enorme sollievo. Nel breve istante in cui avevo temuto di perderlo, il mio mondo si era fermato per la seconda volta. Ero sempre stata prudente per evitare di ricaderci, e adesso invece mi sentivo di nuovo vulnerabile. «Davvero?» replicai.

«È stato pazzesco.»

«È una condizione?»

«No, è una non-promessa.» Si protese, mi baciò la spalla nuda e tornò a distendersi, sprofondando nel materasso.

Benché non avessi mai dormito con qualcuno, neanche con i miei da bambina, per qualche ragione essere sdraiata accanto a Taylor mi sembrò del tutto naturale.

«Buonanotte», mormorai.

Lui però si era già addormentato.

«La prendo io», disse Taylor recuperando la mia borsa dal nastro.

Ci eravamo alzati un po' tardi e stavamo cercando di superare i controlli di sicurezza prima che iniziassero le operazioni di imbarco del nostro volo.

Saltellai su un piede per rimettermi un sandalo e gettai l'altro a terra per infilarmelo. Scarpe e abiti usati erano sempre incredibilmente comodi. Non era la prima volta che apprezzavo il fatto di non dover slacciare la fibbia dei miei Steve Madden di tre stagioni prima e di mezzo numero più grandi.

Anche se aveva fretta di arrivare al cancello, Taylor mi rivolse un sorriso paziente. «Pronta?» chiese tendendomi la mano.

«Sì e no. Smetti di chiedermelo. Sto cercando di mantenere la calma», risposi stringendogliela.

Ci incamminammo.

«Hai mai volato?»

«Un sacco di volte. I miei amavano viaggiare», dissi lanciandogli un'occhiata.

«Ah sì? E dove sei stata?»

«Non a Eakins.»

«Mi sforzo di non farti pressioni, ma muovermi così alla cieca mi innervosisce.»

«Per essere uno nervoso ti sei addormentato subito.»

«Merito tuo», disse stringendomi la mano.

«Dormire con te non è stato brutto come pensavo.»

«Credo che non me lo abbia mai detto nessuna.»

Guardai i quattro grandi schermi appesi al soffitto. I voli erano ordinati alfabeticamente per città, con accanto il rispettivo numero di gate.

Indicai il primo schermo. «Gate sei. Stanno imbarcando adesso.»

«Merda, andiamo!»

Partimmo di corsa e arrivammo al gate ansimanti. C'era una lunga coda, ma eravamo così felici di avercela fatta che non ci importava.

«Maledizione!» esclamò Taylor. «Per fortuna che è un piccolo aeroporto. Se fossimo stati a Denver, saremmo rimasti fregati.»

Dopo aver percorso il corridoio telescopico e individuato la fila venti, Taylor sistemò i bagagli nella cappelliera e crollò sul sedile di fianco al mio.

«Cazzo, Prof, mi farai morire», osservò.

«Chi di noi due non voleva svegliarsi stamattina?»

«Io.»

«Bene.» Gettai indietro la testa e chiusi gli occhi.

Sentii la sua mano calda infilarsi sotto la mia e stringerla.

«Falyn?» mormorò.

Lo guardai. «Non ancora.»

Anche lui aveva appoggiato il capo al poggiatesta e si era voltato verso di me. «Ieri notte hai avuto un altro incubo.»

«Davvero? Per questo hai dormito troppo?»

«Quello che ti è successo... è stato brutto?»

«Sì.»

«Tornare ti farà male?» chiese con una smorfia.

«Sì.»

Sbuffò e guardò davanti a sé. «Allora perché lo stiamo facendo?»

«Perché è necessario affinché le cose migliorino.»

Mi scrutò e indugiò con lo sguardo sulle mie labbra. «Non voglio che tu soffra.»

«Lo so», dissi stringendogli la mano. «Ma tu sarai con me, giusto?»

«Sì, se me lo permetterai.» Si vedeva che era agitato. «Ho parlato con Tyler. Sostiene che baci in modo fantastico.»

«Ah sì?» replicai, con un sorriso compiaciuto. «E tu cos'hai fatto?»

«Gli ho tirato un pugno.»

«Discuti mai senza alzare le mani?»

«Non direi. Io...» Mi fissò di nuovo la bocca. «Non capisco perché non riesco a smettere di pensare a te. Dal momento in cui ho alzato lo sguardo dal menu al Bucksaw è cambiato tutto.»

«Se non sbaglio, voi Maddox non siete abituati a sentirvi dire di no. Amate le sfide. Anche Tyler lo ha ammesso.»

«Non è solo per questo. Ho visto qualcosa nei tuoi occhi, un non so che di familiare.»

«Un senso di perdita.»

Batté le palpebre, e io mi girai dall'altra parte fingendo di prestare attenzione alle istruzioni di sicurezza date dalle hostess.

«Perché dici così?» mi chiese, perplesso.

«Lo capirai.»

«Presumo di non poter pretendere che mi racconti i tuoi problemi se io non ti parlo dei miei», ammise con un sospiro.

In quell'istante si udì la voce del comandante che invitò gli assistenti di volo a prepararsi per il decollo. Taylor si allacciò la cintura di sicurezza e mi strinse la mano.

«Non ce n'è bisogno», gli dissi

«Lo so, ma voglio che ti fidi di me, perciò mi fiderò di te.»

Deglutii per controllare il panico che rischiava di sopraffarmi. Non avevo modo di sapere a cosa si riferisse.

«Mio fratello minore, Travis, è nella merda fino al collo», mi bisbigliò all'orecchio, sovrastando di poco il frastuono dei motori. «Alcuni mesi fa è rimasto coinvolto in un incendio.»

L'aereo avanzò sulla pista e la fusoliera non smise di vibrare finché il carrello non si staccò dal terreno. Le ali si inclinarono e virammo a destra, il sole accecante che entrava dal finestrino. Taylor tirò giù la tendina e mi guardò, in attesa di una reazione.

«Lavora anche lui per il Servizio forestale?» chiesi.

«Studia al college. Io e i miei fratelli facevamo sempre a pugni, prima con i ragazzi del posto e poi con gli studenti del college che scatenavano risse alle feste. Una sera Tyler ha gonfiato di botte una matricola, un certo Adam, durante una serata della confraternita. Qualche tempo dopo lui lo ha avvicinato per parlargli di un giro di scommesse. Da quel momento hanno cominciato a organizzare incontri clandestini alla Eastern.»

«Combattimenti illegali?»

Taylor scoppiò a ridere, divertito. «Sì, decisamente, ma Adam era molto prudente. Nessuno ne era a conoscenza fino a un'ora prima, a volte anche meno. Facevamo parecchi soldi e non siamo mai stati scoperti. Anche nostro fratello

Trent ha partecipato ad alcuni incontri quando era una matricola, ma la vera rockstar era il più piccolo, Travis. Non ne ha mai perso uno.»

«Sembra un tipo adorabile.»

Lui sollevò il mento, con un'espressione orgogliosa. «È un duro.»

«Sta bene?» domandai.

Il sorriso compiaciuto gli svanì dal volto. «Gli incontri si tenevano negli scantinati degli edifici del campus e un sacco di ragazzi si stipavano sottoterra. Adam ne ha organizzato uno durante le vacanze primaverili, l'ultimo dell'anno. Travis avrebbe potuto fare una montagna di soldi, ma qualcosa è andato storto. È scoppiato un incendio e molti non sono riusciti a scappare. Adam è stato arrestato e credo che Travis sia indagato.»

Ero perplessa. «Perché?»

«Ho ragione di credere che abbiano mandato qualcuno qui per avere informazioni da me, anche se non sono in grado di confermarlo; non ancora. So che pensano che Travis sia coinvolto.»

«Di chi parli?»

Lui abbassò lo sguardo. «Non ne sono sicuro. Qualcuno della polizia locale, o forse dell'FBI.»

«Ed è coinvolto davvero?»

Taylor si agitò, nervoso. «Quella sera era a Las Vegas a sposarsi.»

«Allora il motivo per cui ci sarà una seconda cerimonia è che si erano sposati di nascosto.»

Annuì e mi diede un'occhiata. «Se ti chiedessi di venire con me al matrimonio, accetteresti?»

«Mi sembra che tu stia cercando di cambiare argomento. Ti ho detto di non farmi promesse, ma ciò non significa che sei autorizzato a mentirmi», replicai scrutandolo con sospetto.

Lui non distolse lo sguardo. «Sì, ti sto mentendo, così come mentirei a chiunque facesse domande.»

«Potresti finire in galera.»

«Già.»

Strinsi le labbra, poi sbuffai. «Mi stai mettendo alla prova. Pensi che io sia una specie di spia.»

«Andrei in prigione per Travis. Voglio solo che tu sappia che, se si arrivasse a questo, lo seguiremmo tutti, compresa sua moglie.»

«D'accordo. Io comunque sono dalla tua parte.»

Mi fissò le labbra e si avvicinò.

Chiusi gli occhi sentendo il suo alito caldo sul volto. Desideravo solo che mi abbracciasse e mi stringesse a sé. «Forse dovremmo aspettare», mormorai. «Siamo così vicini.»

«È vero», disse prima di premere le labbra sulle mie.

Schiusi la bocca per accogliere la sua lingua. Avvertii una scossa in tutto il corpo. Ero smaniosa che mi toccasse e reagii in maniera diametralmente opposta rispetto a quando Tyler mi aveva baciato e non avevo sentito nulla. Stavolta non rimasi delusa. Le sue labbra morbide e il modo in cui mi attirava a sé, come se non potesse allontanarsi neanche per un minuto, mi fecero provare una miriade di sensazioni in un solo istante, inducendomi a volere di più.

Il trillo di un campanello mi riportò alla realtà. Taylor si scostò con il respiro affannoso.

«Scusate», disse guardando le persone sedute dall'altro lato del corridoio.

Due uomini ci stavano fissando spudoratamente.

Sprofondai nel sedile.

«Lo hai sentito anche tu, vero?» chiese Taylor a bassa voce.

Lo guardai. «Promettimi che non lo farai mai più.»

«Hai la mia parola», disse mentre sul suo volto compariva un sorriso raggiante.

14.

Alla guida dell'auto noleggiata all'aeroporto, Taylor imboccò il vialetto di casa. Per gran parte del viaggio aveva parlato del suo lavoro, dei posti che aveva visitato, dei fratelli, del cugino Shepley e della novella sposa di Travis.

Prestai poca attenzione alla casa, concentrata com'ero su quella adiacente. Era un edificio in mattoni a un piano, a una trentina di metri dalla strada, con un lungo viale d'accesso vuoto.

Era circa l'ora di cena. Osservai il sole basso sull'orizzonte e rimasi affascinata dal fatto che lì non scomparisse dietro la cima di un monte.

«Casa dolce casa!» esclamò Taylor aprendo la portiera. «Eccolo.»

Distolsi gli occhi dalla casa dei vicini per guardare l'uomo anziano sulla porta. «È tuo padre?» chiesi.

Lui annuì e sorrise al signore robusto dai capelli bianchi che ci salutava dal portico. In quel momento mi accorsi che Taylor aveva parcheggiato dietro una Toyota Camry color argento e che alle spalle del padre c'era una giovane coppia. Lei teneva in braccio un cagnolino nero e lui assomigliava tantissimo a Taylor.

Recuperate le borse dal sedile posteriore, salimmo i gradini. Taylor abbracciò il padre e quello che immaginai fosse il fratello.

«Falyn, ti presento Jim Maddox.»

L'uomo mi tese la mano e io gliela strinsi.

«Lieta di conoscerla», dissi.

Aveva occhi miti, simili a quelli di Chuck e Phaedra. Nella sua espressione placida colsi un pizzico di eccitazione e di curiosità.

«Questi sono mio fratello Travis e mia cognata Abby.»

Strinsi la mano anche a loro. Abby aveva lunghi capelli color caramello che le ricadevano sulle spalle, molto simili ai miei. Era più bassa di me, mentre Travis superava Taylor in altezza. Lui parve felice di conoscermi; lei invece mi studiò con attenzione, osservando ogni particolare, come se si stesse chiedendo che cosa avessi di tanto speciale da indurre Taylor a portarmi a casa.

«Be', si sta facendo tardi. Entriamo», propose Jim.

Quando aprì la porta, la zanzariera cigolò. Seguii Taylor all'interno.

La casa era piuttosto malconcia. La moquette ricordava molto la mia e i mobili avevano una storia da raccontare. Il corridoio portava in cucina e in fondo c'era una scala.

«Potete sistemarvi nella stanza di Thomas», disse Jim. «Vi aspettiamo per cenare. Hanno cucinato Abby e Trav.»

«Devo preoccuparmi?» fece Taylor inarcando un sopracciglio.

Abby gli diede una pacca sul braccio.

«D'accordo. Portiamo di sopra i bagagli e arriviamo. Dov'è Trent?»

«Stasera è da Chicken Joe», rispose Jim.

«Non ha perso il vizio, eh?» commentò Taylor lanciandomi una breve occhiata.

«Ci va più o meno una volta alla settimana.»

Travis e Abby si diressero in cucina. Taylor mi prese per mano e mi condusse su per le scale, che terminavano in un altro corridoio. Si fermò davanti all'ultima porta a destra e la aprì.

Posò i bagagli su un'asse sconnessa, che cigolò sotto la moquette.

Da bambina non mi fermavo spesso a dormire dagli amici e avevo fatto fatica a lasciare casa mia per andare al college. Se trasferirmi nell'appartamento sopra il Bucksaw da una parte era stato un sollievo, dall'altra mi aveva stressato perché non mi trovavo bene nei posti che non conoscevo.

Tuttavia quei vecchi mobili e la carta da parati logora mi facevano sentire a casa.

Mi battei una mano sulla fronte. «Non riesco ancora a credere di essere qui. Loro stanno nella casa accanto.»

«Neanch'io riesco ancora a credere che tu sia qui», replicò Taylor in tono adorante.

La stanza era piena di trofei sportivi, medaglie e fotografie ricoperti da uno spesso strato di polvere. Quel posto odorava di cibo, di fumo stantio e di dopobarba.

Mi avvicinai a una parete. Il sole al tramonto si rifletteva su un ritratto di Jim molto giovane e della moglie Diane.

«Dov'è tua mamma?» domandai voltandomi verso Taylor.

Lui si grattò la nuca. «Non... qui. È morta quando ero piccolo.»

Restai a bocca aperta. «Perché non me lo hai detto?»

«Non c'è stata l'occasione.»

«Eccome se c'è stata. Tutti quei discorsi sulla fiducia reciproca, e non avevo la minima idea che tu fossi orfano.»

«Non mi va di parlarne. È un po' come la storia dei gemelli. La gente mi guarda in modo diverso una volta che lo sa.»

«Chi se ne frega del giudizio di qualcuno che si fa un'idea sbagliata sul tuo conto solo perché tua madre è morta!»

Scoppiò a ridere.

«Non sto scherzando. Avresti dovuto dirmelo.»

«Per quale motivo?»

«Perché siamo amici.»

Mi guardò, ferito. «Davvero sostieni che il nostro rapporto dovrebbe basarsi sulla franchezza? Perché ho solo una vaga idea del motivo per cui sei qui.»

«È morta in un incidente?» mi informai.

Scosse la testa. «Aveva un tumore.»

«Oddio, è terribile!»

Taylor mi indicò. «Basta guardare la tua espressione per capire perché non te l'ho detto.» Iniziò a togliere i vestiti dalla borsa con malagrazia.

«Per fortuna non ho fatto gaffe con tuo padre. Non ti avrei mai perdonato.»

«Non ci avevo pensato. Hai ragione, scusami», replicò sospirando.

«Perdonato.»

«Devo dirti un'altra cosa.»

Mi preparai, incrociando le braccia al petto.

«Mio padre non sa che lavoro faccio. Molto tempo fa gli abbiamo dovuto promettere che non avremmo scelto professioni pericolose. Lui era nelle forze dell'ordine e prima di morire la mamma gli aveva chiesto di lasciarle. È una specie di patto fra noi.»

«E tu per onorarlo sei entrato subito in una squadra antincendio boschivo?» ribattei, incredula.

«No. Quando vivevamo qui, io e Tyler eravamo consulenti assicurativi.»

«Stai scherzando!» esclamai scoppiando a ridere.

«No.»

«E Tyler cosa fa?»

«È nel Servizio forestale, come me.»

«Anche lui fa parte di una squadra antincendio?» Ero rimasta a bocca aperta.

«Sì, ma abbiamo turni diversi. Non parlarne, okay? Non voglio mettere in agitazione papà.»

«Avete promesso di non rischiare la vita, e tuo fratello minore partecipa a degli incontri di lotta, mentre tu e il tuo gemello domate gli incendi. Thomas invece che lavoro fa? La spia?»

«No, è un dirigente pubblicitario in California. Lui si comporta sempre come si deve.»

«Almeno uno di voi lo fa.»

«Dovremmo andare di sotto», mi disse tendendomi la mano.

La fissai e scossi la testa. «Non voglio che si facciano un'idea sbagliata.»

Taylor si rabbuiò e divenne rosso in volto. «Dammi tregua, cazzo, Falyn. Sei qui. Non possiamo smetterla con i giochetti?»

«A cosa ti riferisci?»

«Non ho più intenzione di far finta di non aver sentito quello che hai detto», rispose avvicinandosi.

«Di che parli?» strillai.

«Al telefono, l'altra sera. So che eri ubriaca ma... non è solo il frutto della mia immaginazione.»

In quell'istante sentimmo delle risate provenire dal piano di sotto.

«Hai ragione», ammisi.

Mi rivolse uno sguardo carico di aspettativa.

«Dovremmo scendere.»

La sua espressione severa mi fece trasalire. Aprì la porta e lasciò che lo precedessi.

Abby era ai fornelli. Travis, alle sue spalle, le cingeva la vita sfiorandole il collo con il naso.

«Posso dare una mano?» domandai.

Smisero entrambi di ridere e quando si voltarono verso di me mi pentii di averli interrotti.

Lei indicò una pila di piatti di vetro marrone con la forchetta che teneva in mano. «Puoi apparecchiare la tavola se vuoi.»

Taylor prese i piatti facendomi cenno di seguirlo. Afferrai le posate ed entrai con lui nella stanza accanto, dove Jim aspettava seduto a tavola.

Taylor gli mise davanti un piatto e io aggiunsi forchetta e coltello. Abby non aveva tirato fuori i cucchiai, perciò immaginai che non avremmo mangiato la minestra. Nelle case accoglienti non c'erano cene di più portate, cameriere o piani egoistici per sconvolgerti la vita.

Travis mise sul tavolo un sottopentola su cui Abby posò una terrina di vetro che conteneva braciole di maiale molto speziate ricoperte di sugo. Nonostante quei due fossero giovani, era evidente che si amavano davvero perché si baciavano e si accarezzavano in continuazione.

Taylor scostò una sedia accanto al padre e mi invitò a sedermi.

Il cuscino color granata pieno di aloni e piuttosto sbiadito era comodo e accogliente, proprio come la famiglia che viveva lì.

Jim si sistemò gli occhiali sul naso e mi sorrise. La pelle leggermente gonfia delle palpebre si tese.

Quando arrivarono il purè, la salsa al pepe bianco e i piselli, annuì. «Sembra tutto ottimo, figliolo.»

«Ne ho trovata una in gamba», commentò Travis sorridendo alla moglie.

«Senza dubbio», convenne il padre facendo l'occhiolino a Abby.

Una volta che Jim ebbe iniziato a mangiare, presi la forchetta e la affondai nel cibo. Durante il viaggio avevo dato qualche morso al sandwich di Taylor, ma evidentemente non era bastato a placare la mia fame. «Oddio, che buono!» esclamai chiudendo gli occhi.

Phaedra era una brava cuoca e al Bucksaw mangiavo sempre bene, però la mancanza di varietà faceva sembrare quel piatto inedito una vera prelibatezza.

«Tu cucini?» mi domandò Abby.

I suoi occhi grigi mi trafissero fin nel profondo dell'anima. Non potevo biasimarla se desiderava proteggere la sua famiglia da chiunque non ne fosse degno. Ne avevano passate tante, e qualsiasi donna mettesse piede in quella casa doveva essere esaminata attentamente.

«Pochi piatti. Ma quelli mi riescono bene», risposi.

«Per esempio?» Mi scoccò un sorriso dolce mentre masticava.

«Le colazioni, soprattutto.»

«Taylor si sveglia abbastanza presto da riuscire a farla?» scherzò Travis.

«Sta' zitto, coglione», borbottò lui.

«Non lo so», risposi.

Mi fissarono tutti.

«Siamo solo amici», precisai.

Abby guardò Travis, perplessa. «Oh.»

«Baby», fece lui. «Passami il sale e il pepe, per piacere.»

Lei gli porse i due piccoli contenitori di vetro. Erano troppo giovani per portare la fede, eppure la loro unione sembrava del tutto naturale, come se fossero destinati ad amarsi e a passare insieme il resto della vita.

«Un tempo anche noi eravamo amici», osservò Travis.

Abby strinse le labbra sforzandosi di non sorridere. «Non che io gli abbia reso le cose facili.»

Lui scosse la testa. «Dio sa se è vero.»

«Mi pare di capire che ti è piaciuto corteggiarla», dissi.

La stanza si riempì delle risate basse dei Maddox e di quella più stridula di Abby. La conversazione e gli scambi di battute mi facevano sentire a mio agio. Mi sembrava di essere al Bucksaw.

«Quindi mi capisci?» domandò Abby.

Smisi di masticare.

Taylor mi fissò speranzoso. Quando non risposi, si rivolse al fratello. «Voi come avete fatto ad arrivare a questo? Solo... per curiosità.»

I due si scambiarono uno sguardo d'intesa. Travis addentò un pezzo di carne e lei posò il mento sulla mano e gli rivolse un sorriso amorevole.

«Non abbiamo aspettato di risolvere i nostri casini», rispose lui. «Altrimenti le starei ancora dando la caccia», aggiunse baciandola sulla guancia. «E per fortuna quella fase è finita. Stare con lei e poi perderla è stato un po' come morire lentamente e impazzire allo stesso tempo.»

Taylor mi guardò di sottecchi e tagliò la braciola.

«Non è stato poi così brutto!» esclamò Abby alzando gli occhi al cielo.

Travis smise di masticare e la fissò. «E invece sì.»

Mentre lei gli dava una carezza, la porta d'ingresso si aprì. Udimmo dei passi in corridoio, accompagnati da un fruscio di carta e di plastica.

Poco dopo comparve un altro dei fratelli Maddox con un sacchetto tra le braccia. Al suo fianco c'era una bambina che teneva una borsa di plastica per mano. I capelli color platino le ricadevano in morbide onde sulla giacca alla marinara. Ci fissò a uno a uno con i suoi occhioni verdi.

«Olive!» esclamò Jim. «Com'è andata da Chicken Joe?»

Sentii la bile salirmi in gola, le mani presero a tremarmi e la mia pelle si imperlò di sudore. Avevo voglia di ridere e di piangere, di esultare e di scomparire nello stesso tempo.

«Bene», rispose la bimba con una vocina adatta alla sua corporatura. «Cami non è potuta venire. Trent avrebbe dovuto lavare i piatti prima di uscire, ma si è dimenticato. Lei si arrabbierà tanto, tanto, tanto.»

Risi sommessamente. Parlava in modo tanto compito che mi commossi.

Taylor notò la mia reazione e mi prese la mano. «Ehi, stai bene?» mormorò.

«Doveva lavorare, eh?» domandò Travis guardando il fratello.

«Come sempre», fece lui posando il sacchetto.

Sentii tutta l'aria uscirmi dai polmoni e le lacrime mi rigarono le guance. Dopo aver cercato di reprimere i miei sentimenti per tanti anni, in quel momento non ero preparata a ritrovarmela davanti. La sua voce innocente mi risuonava nelle orecchie. Fra tutti gli scenari che mi ero prefigurata, non mi era mai passato per la mente che Olive potesse fare irruzione in quella casa in compagnia del fratello di Taylor.

Taylor, preoccupato, mi strinse la mano.

Anche Jim si accorse della mia reazione, ma fece finta di niente. «Allora non avrai fame.»

«Ciao, Olive», disse Abby. «Cosa c'è nei sacchetti?»

La bambina corse da lei e ne aprì uno.

«Oh!» esclamò Abby osservandola con un luccichio negli occhi. «Da leccarsi i baffi! Tua mamma strozzerà Trent!»

Travis si chinò per sbirciare e sogghignò. «È una montagna di caramelle, Olive.»

«Non sono tutte per me.»

Trenton la richiamò accanto a sé. «Siamo passati al supermercato a prendere alcune cose che ti servivano, papà. Liza è a casa. Ora accompagno Olive, poi vado al Red da Cami.»

«Buona idea», replicò Jim infilzando gli ultimi bocconi di carne. «Vi piace ancora l'appartamento, ragazzi?»

«È una favola», rispose Trenton con un gran sorriso.

Portò il sacchetto di carta in cucina, poi condusse Olive in corridoio tenendola per mano. Stavano parlottando. Lui aveva chinato la testa per guardarla e lei allungava il collo per ricambiare lo sguardo.

Mi accorsi di essere ancora girata, aggrappata allo schienale della sedia.

Vedendo che Olive se ne stava andando mi sentii male.

«Falyn, cosa c'è?» mi chiese Taylor in tono sinceramente preoccupato.

Buttai giù un sorso d'acqua. «Sono solo stanca. Non ho dormito molto la notte scorsa, e poi c'è stato il viaggio.»

«Portati l'acqua di sopra», mi consigliò Jim. «In aereo ci si disidrata. Anch'io non sono in forma dopo aver volato.»

Ringraziai Travis e Abby per la cena e scusandomi mi alzai da tavola con il bicchiere in mano. Feci i gradini a due a due, corsi in corridoio e spalancai la porta della camera. Dopo aver posato il bicchiere sul comodino, mi buttai sul letto rannicchiandomi in posizione fetale.

Per quanto cercassi di respirare profondamente, mi sentivo soffocare. Avevo le palpitazioni e mi girava la testa. Più mi sforzavo di ritrovare il controllo, più il senso di panico diventava opprimente.

«Falyn?» disse Taylor aprendo lentamente la porta. Non appena mi vide restò sbigottito e posò il piatto di avanzi sul comodino accanto alla porta. «Cazzo, sei bianca come un lenzuolo!» esclamò sedendosi accanto a me. Prese il bicchier d'acqua e mi scostò la frangia dal viso. «Non mi stupisce che i tuoi non volessero che venissi qui. Qualsiasi cosa tu abbia in mente di fare, non sei pronta.»

Scossi la testa.

«Bevi», mi sollecitò aiutandomi ad alzarmi e mettendomi il bicchiere in mano.

Mandai giù un sorso d'acqua. «Sto bene.»

«No, maledizione, non stai affatto bene.»

Bevvi un altro sorso e sospirai. «Non è niente, davvero.»

«Sapevo fin dall'inizio che se mi fossi avvicinato troppo mi sarei scottato. E che io sia dannato se non sei tu la prima che tenta di tenermi a distanza!»

«Forse sto solo cercando di proteggerti.»

«Smettila di respingermi, Falyn. Io non me ne vado. Resterò finché non andrò in cenere.»

«Adesso devi darci un taglio», replicai.

«Non posso. Non avevo mai avuto bisogno di nessuno prima di conoscerti», ammise con voce più dolce.

I nostri sguardi si incrociarono, ma dalle labbra non mi uscì nulla. Taylor mi faceva sentire al sicuro, come quando Kirby imboccava un vicolo buio con Gunnar, come una ragazza accanto a un supereroe.

«Anch'io ho bisogno di te», mormorai alla fine.

«Lo so», disse lui abbassando lo sguardo.

«Non mi riferivo al fatto che mi serve il tuo aiuto.»

Mi fissò, speranzoso.

Accanto a lui non mi sentivo debole. Non ero la ragazza indegna che viveva nella luce riflessa dei genitori. Taylor era un eroe, eppure non mi considerava una vittima. Una persona che mi dava forza e sicurezza poteva essere solo un bene per me, e questo non potevo ignorarlo.

«Cos'è successo prima di sotto?» chiese indicando con un cenno la porta.

«Non ero preparata.»

«A cosa?»

«A vederla. Adesso sto bene.»

«Ne sei sicura?» chiese toccandomi il ginocchio.

«Perché Olive era con Trent?»

«A volte Shane e Liza gliela affidano.»

«Al tuo fratello ventenne coperto di tatuaggi? Com'è possibile?»

«Falyn...»

«Rispondi e basta, ti prego», dissi bruscamente.

«Io... non lo so, davvero. Trenton è un bravo ragazzo. Shane e Trent vanno d'accordo. Da quando il fratello di Olive è morto...»

«Austin. Puoi dire il suo nome.»

Taylor si agitò, a disagio. «Da quando Austin è morto, Shane e Liza vanno da un terapeuta. Hanno avuto bisogno di una mano per superare il lutto perché temevano di non essere dei buoni genitori per Olive.»

«E non sono riusciti a trovare una studentessa che le faccia da baby-sitter?» chiesi in tono stridulo.

«Trenton ucciderebbe chiunque cercasse di fare del male a Olive. Si prenderebbe anche un proiettile per lei. Shane e Liza lo sanno. Non potrebbero trovare un baby-sitter migliore. È strano, me ne rendo conto. Ma anche Trent ha perso qualcuno. Olive è la sua migliore amica.»

«Una bambina è la migliore amica di tuo fratello? Non lo trovi singolare?»

«No, perché conosco Trent e la loro storia.»

Feci un respiro profondo.

«Falyn, non andrai da loro, vero? Non sanno che sei qui e dubito che tu riesca a gestire questa faccenda.»

Scossi la testa.

Lui tacque per qualche istante, poi sospirò. «Puoi dirmelo. I miei sentimenti per te non cambieranno. Sei stata tu?»

«Sono stata io a fare cosa?»

«Non sono molto informato... So solo quel poco che papà e Trent mi hanno raccontato, e cioè che si è trattato di un incidente e che nessuno è stato arrestato. Vorresti essere perdonata, Falyn, ma loro potrebbero non essere pronti per questo.»

Non replicai.

«Sei stata tu a investire Austin in macchina?»

Scoppiai in lacrime e guardai per terra.

Taylor mi mise un braccio sulle spalle e mi strinse a sé. «Va tutto bene. È stato un incidente.»

«Non è vero», ribattei asciugandomi gli occhi.

Ci fissammo intensamente.

«Cosa vuoi dire?» domandò esitante.

«Non sono stata io a uccidere Austin, Taylor. Ho dato loro mia figlia.»

15.

Taylor indietreggiò ritraendo la mano.

«Credevi che fossi stata io a investire e uccidere il fratello di Olive?» Non disse nulla, perciò aggiunsi: «Ora capisco quelle allusioni al fatto che non guido».

«Di che diavolo parli?» chiese.

«Non sono qui per Austin ma per Olive.»

«Olive?» ripeté arricciando il naso.

«I miei non volevano che si sapesse di lei a causa dei progetti di mio padre. Era sindaco di Colorado Springs e aveva deciso di candidarsi a governatore dello stato.»

«Alle elezioni di quest'anno», osservò mesto. «Ma cos'ha a che vedere questo con Shane, Liza e... Olive? Cazzo, ho una gran confusione in testa. Tu parli tanto ma in realtà non dici un bel niente.»

Mi asciugai una lacrima sulla guancia. «Lei... è mia.»

Taylor mi fissò come se avessi preso fuoco. «Ma lei ha... l'età per andare all'asilo.» Scosse la testa. «Com'è possibile che nessuno ne sia al corrente? Non capisco come tu abbia potuto tenere il segreto per tutto questo tempo.»

«I miei lo sanno. E anche Phaedra e Chuck. Molti lo sospettano. Sono girate voci, *parecchie* voci.»

«Kirby?» domandò.

Scossi la testa.

«Per questo i tuoi sono inorriditi nel sentire che venivo da Eakins. Non volevano che questa storia saltasse fuori né tantomeno che io ti portassi qui.»

Il labbro prese a tremarmi. «Per loro dovrei fingere che non sia mai successo, che *lei* non esista. Mi hanno ricattato con il college. Se non avessi rinunciato a mia figlia, non si sarebbero accollati le spese della retta e io avrei buttato via la mia vita.» Bisbigliando, aggiunsi: «Poi però ho capito che non mi interessava. Niente aveva più importanza, dal momento che lei non c'era più».

«Falyn, non capisco cosa stia succedendo...» Fece una smorfia, imbarazzato a causa di ciò che stava per dire. «Olive non è stata adottata. È la figlia di Shane e Liza. Dev'esserci stato un equivoco», concluse scuotendo la testa.

«Non mi credi?»

«È solo che... questa storia è maledettamente strana. Olive viene adottata da una coppia di Eakins che vive accanto a mio padre, poi io e te ci conosciamo e diventiamo amici. Non voglio turbarti, ma qualcosa non torna. Mi ricordo di quando Shane e Liza sono arrivati. In casa avevano appeso le foto della bimba appena nata; in una Liza la teneva in braccio in ospedale. Si sono trasferiti qui quando lei aveva due anni. Non hanno mai detto di averla adottata.»

«Già.» Mi asciugai di nuovo la guancia e lo indicai con un dito. «È tutto perfetto. Io e te dovevamo incontrarci perché questo potesse accadere.»

Si alzò facendo una smorfia. «Parli sul serio? Stai davvero dicendo che Olive è tua figlia?»

«Non l'hai vista? Secondo Phaedra è identica a me. Pensa a Shane e Liza. A chi dei due assomiglia, Taylor?» replicai, sconcertata.

Rifletté per qualche istante con lo sguardo fisso per terra. «È vero. Ha i tuoi stessi occhi e capelli. Anche il naso e le labbra sono identici. Ma il mento è diverso.»

Scoppiai in una risata priva di allegria. «Lo ha preso dal padre.»

Taylor batté le palpebre cercando di digerire le mie parole. «E le fotografie che avevano a casa?»

«Alcune sono state scattate fuori dalla mia stanza d'ospedale. Se guardi bene, vedrai che Liza non indossa un camice, te lo assicuro. Posso portarti al centro maternità del Saint Francis a Colorado Springs. Senz'altro le fotografie di Olive neonata sono state fatte là.»

«Non è che non ti creda», si affrettò a dire grattandosi la nuca. «È solo che... Ti ho portata qui, e ora tu vuoi sconvolgere la vita di quelle persone. Non mi sta bene.»

«Non lo farei mai.»

«Ormai devi avere capito cosa provo per te. Sarei disposto a fare di tutto per compiacerti. Suona patetico quando lo dico a voce alta», commentò, disgustato. «Ma questo è...» Distolse lo sguardo e si interruppe. «Non possiamo distruggerli.»

«Sono d'accordo. Neanch'io voglio fare loro del male.»

«E allora qual è il piano, Falyn? Non credo che Olive sappia di essere stata adottata. Non vorrai...»

«No. Io...» Feci un respiro profondo. «I miei mi hanno convinta di non avere scelta e da allora ho convissuto con la decisione che ho preso. Sarà così per sempre, anche se mi trovo nella casa accanto alla sua. So che ha già sofferto per la perdita del fratello. Non voglio stravolgerle di nuovo la vita.»

«Ti hanno costretto a darla in adozione?» mi chiese con l'aria di chi ha ricevuto un pugno nello stomaco.

«Non avevo detto ai miei che ero incinta. Mia madre mi ha trovata per terra in bagno, gattoni, madida di sudore, in preda alle contrazioni. Avevo diciotto anni.»

Quell'immagine lo turbò. Spostò il peso da un piede all'altro, agitato.

«Mia madre mi ha portata al pronto soccorso.» Mi avvicinai le dita alla bocca. «Quando è nata Olive, ho avuto solo poche ore per decidere. I miei hanno detto che, se non avessi rinunciato a lei, avrei perso tutto. Avevo intenzione di andare al college, di fare carriera, di renderli orgogliosi di me.» Mi venne un groppo in gola. «Firmare quelle carte mi è sembrata la soluzione migliore. Non mi rendevo conto delle conseguenze.»

«Come hanno potuto obbligarti a fare una cosa simile? Cazzo, Falyn, è atroce.»

Nella stanza calò il silenzio. Eravamo troppo imbarazzati per parlare.

Sentii un singhiozzo salirmi in gola e lo soffocai. «Sono

andata al college. Quando non hai qualcuno sempre addosso, pensi più lucidamente. Mi sono resa conto dell'errore che avevo fatto, ma ormai era troppo tardi. Non potevo strappare Olive da sua madre. Di lì a poco mi sono ammalata. Credevo che fosse a causa dello stress. Perciò dopo un anno ho lasciato Dartmouth e sono tornata a casa. Il ginecologo mi ha diagnosticato un'endometriosi. Era il castigo per i miei peccati.»

Taylor scosse la testa, perplesso. «In che senso?»

«Non posso più avere figli.»

Lui abbassò gli occhi sul pavimento riflettendo sulle mie parole.

«Me ne sono andata perché nella casa dei miei ero circondata dalle cose che loro mi avevano promesso e che io non volevo più... Tutto ciò che mi offrivano era sporco. Avevo barattato mia figlia per quei beni materiali.»

Quando fece per toccarmi, mi scostai.

«Volevo solo vederla», aggiunsi. «Non posso crescerla, lo so. Ma almeno posso far parte di uno dei suoi ricordi. A volte penso che sia l'unico luogo in cui valga la pena di esistere.»

«Non mi stupisce.»

«Cosa?» chiesi asciugandomi le guance con la manica.

«Che odi così tanto i tuoi.»

«Odio di più me stessa», lo corressi, capendolo solo in quell'istante.

«È difficile credere che qualcuno possa farti sentire tanto solo da indurti a rinunciare a tuo figlio», disse serrando la mascella.

Mi persi nei ricordi, lo sguardo fisso nel vuoto. «L'ho tenuta in braccio solo per pochi preziosi istanti. Era così piccola che stava nel palmo delle mie mani. Piangevo più di lei. La amavo già e sapevo che non l'avrei più rivista. Mio padre non è voluto entrare nella stanza ed è rimasto in corridoio. Si è rifiutato di guardare la nipote, il potenziale pericolo per la sua campagna.» Scoppiai a ridere. «Era solo una neonata! Mentre la tenevo in braccio e piangevo, mia madre, senza farsi sentire dalle infermiere, mi ha bisbigliato all'orecchio: "Si chiama sacrificio. È l'atto d'amore più grande che tu possa fare per lei". E forse aveva ragione. Olive è felice con Shane e Liza.»

«Sì», confermò Taylor.

«Alla fine io ce l'ho fatta da sola... Sarei riuscita a prendermi cura anche di lei. Sarebbe stato duro, ma avremmo potuto contare l'una sull'altra. Sarei stata una brava mamma», dissi tirando su con il naso.

«No», fece Taylor. «Tu *sei* una brava mamma.»

Lo guardai vedendolo in una nuova luce. E vidi anche me stessa attraverso i suoi occhi, una donna che non meritava di essere odiata. In poche settimane era riuscito a mettere insieme i cocci della mia vita. Io avevo cercato di farlo per sei anni.

«Devi smetterla», gli dissi.

«Di fare cosa?» domandò, turbato.

«Io...» Mi morsi con forza il labbro per punirmi delle parole che stavo per pronunciare. «Sono un disastro. Una nullità che non combinerà mai niente.»

«Sei con me, no? Qualcosa l'hai combinato», replicò con un mezzo sorriso.

«Tu non mi vuoi. Sono una vigliacca», mormorai. «Ho dato più importanza al mio benessere che a mia figlia.»

«Ti sbagli. Io ti voglio più di qualsiasi cosa abbia mai voluto in vita mia.»

Gli posai la testa sul petto e quando lui mi attirò a sé fui scossa da violenti singhiozzi. Più piangevo e più mi stringeva. Mi baciò i capelli bisbigliandomi parole di conforto per placare il mio dolore.

«Siamo a Eakins. In qualche modo sistemeremo tutto», disse non appena mi tranquillizzai.

Alla fine feci un respiro profondo e mi abbandonai nel suo abbraccio.

«È piuttosto chiaro che non solo ti voglio», aggiunse con una risatina nervosa, «ma che non posso stare lontano da te.»

Abbozzai un sorriso. «Cerchi di nuovo di fare l'eroe.»

Mi asciugò una lacrima con il pollice e mi prese con delicatezza il viso tra le mani, con l'aria corrucciata. «Non è solo questo. Ho idea di cosa sia, ma me la faccio sotto al pensiero di dirlo ad alta voce.»

Vedendo la disperazione nei suoi occhi, strinsi le labbra. «Allora non parlare, dimostramelo.»

Scosse lentamente la testa e mi fissò. Aveva il respiro accelerato per la trepidazione.

L'aria tra noi divenne elettrica. Il cuore mi batteva talmente forte che ero sicura che lui potesse sentirlo. Desideravo solo che mi stringesse di più, che mi stesse più vicino.

Sentii le sue dita sulla pelle e la sua bocca sfiorare la mia. In quell'istante bussarono alla porta e trasalimmo entrambi.

«Falyn?» disse Abby dall'altra parte. «Stai bene? Mi è sembrato di sentirti piangere.»

Taylor andò ad aprire, abbattuto.

Appena Abby mi vide, la sua preoccupazione si trasformò in rabbia. «Che diavolo succede?»

«Sta bene», disse Taylor.

Lei lo fissò con aria accusatoria. «È disperata, non sta affatto bene.»

Taylor si rabbuiò. «Ma non per colpa mia. Mi lascerei pestare a sangue da Travis piuttosto di farla piangere così.»

«È tutto a posto», intervenni, rivolgendole un sorriso di gratitudine. «Non stiamo litigando.»

Travis entrò nella stanza e si fermò accanto alla moglie. «Un Maddox che non litiga con la sua donna?» scherzò.

Abby trattenne un sorriso e gli diede una gomitata nelle costole.

«Non ho sfasciato la stanza o cazzate del genere», disse Taylor.

Non capii a cosa si riferisse, ma il sorriso compiaciuto di Travis svanì all'istante.

«Stavamo parlando di un fatto successo molto tempo fa», spiegai, in difesa di Taylor.

«Oh», fece Travis illuminandosi . «Allora si tratta di qualche casino del passato. Siamo degli esperti in materia.»

«Cosa le hai detto?» domandò sospettosa Abby a Taylor.

«Niente!» rispose lui, sulle difensive.

«Sarà meglio che tu non l'abbia portata qui solo per farla piangere, Taylor Dean!» esclamò Abby.

«Non è così!»

«Cosa le hai detto?» ripeté, autoritaria.

«Che la amo! Più o meno.» Tacque e si girò verso di me.

Restai senza fiato. «Tu... cosa? Sono piuttosto sicura di non aver sentito niente del genere.»

«Be', è quello che cerco di dirti da un po'», borbottò lui.

Abby rimase a bocca aperta, poi sorrise.

Taylor ignorò gli spettatori e si avvicinò a me. Mi rivolse uno sguardo tanto adorante che gli occhi mi si riempirono di nuovo di lacrime.

«Non piangere», mi disse.

«Non hai le palle», esclamò Travis cingendo la moglie con un braccio.

Taylor avanzò minaccioso verso il fratello minore ma più alto di lui, che fece un balzo indietro, con aria divertita. Quando gli afferrai la maglietta per trattenerlo, non oppose resistenza.

«Fammi sapere se ti serve aiuto, Falyn. Sono pronta a prenderlo a calci in culo da adesso fino a domenica», dichiarò Abby, spazientita.

«Dai, Abby», intervenne Taylor. «Le ho solo detto che la amo e tu mi tratti come uno stronzo.»

«Ma tu sei uno stronzo», ribatté lei. «Smetti di farla piangere.»

Taylor, sbigottito, li spinse fuori sbattendo la porta.

«Era per loro?» chiesi asciugandomi gli occhi e sedendomi ai piedi del letto.

«Che cosa?»

«La storia che mi ami. C'entra qualcosa con il fatto che hai portato a casa una ragazza che non ti scopi?»

«Oddio, Falyn, no», rispose, affranto, inginocchiandosi davanti a me.

«Allora... tu mi ami davvero», dissi, incredula.

«Altro che, maledizione. Ti avevo spiegato che dopo questo viaggio non saremmo più stati amici.» Notando la mia espressione, aggiunse: «Cosa c'è?».

«Ti va male.»

«È tutto quello che hai da dire?» chiese, ferito.

«Sono un disastro, Taylor. È inevitabile che...»

«Falyn, tu sei fantastica. Non sono mai stato così orgoglioso di conoscere qualcuno in vita mia, e sappi che un sacco di miei amici sono degli eroi. Hai ragione tu: eravamo destinati a incontrarci. Non può essere solo una coincidenza.» Mi guardò negli occhi. «So cosa pensi, ma non ti mollo, Falyn. E non lascerò che tu te ne vada.»

«Questo non puoi saperlo.»

«Anche se non mi ricambi, per me è comunque troppo tardi.»

Trattenermi a quel punto – mentre mi guardava negli occhi e mi dichiarava i suoi sentimenti – sarebbe stato inutile. Dietro la speranza di un lieto fine, tuttavia, si celava il timore di subire un'altra perdita. Che fossi io ad allontanarmi o che coloro che amavo mi venissero portati via, ormai mi ero rassegnata al dolore delle separazioni.

«Ho paura di perderti se lo dico ad alta voce», bisbigliai.

«Allora mi ami», replicò, sorpreso.

Annuii circospetta, in attesa della sua reazione.

Lui mi strinse con forza, sollevato. «È pazzesco, cazzo. Prima non avevo mai creduto a queste cose, ma adesso è difficile negarlo.»

«Parli dell'amore?»

«Prima che io entrassi nella squadra antincendio, prima che Shane e Liza decidessero di adottare un bambino... È assurdo pensare che la nostra storia sia iniziata tanto tempo fa? Che fosse scritto nel destino?»

«Sei poetico.»

«Le rose sono rosse», disse con un sorriso malizioso.

«Piantala», lo ammonii.

«I tuoi occhi sono verdi», continuò buttandomi sul letto.

Risi e provai a respingerlo, ma senza troppa convinzione.

«Del verde più bello che io abbia mai visto.»

Non appena smise di farmi il solletico, mi rilassai. Avevo il respiro affannoso.

Taylor divenne serio. «Ti amo», disse sommessamente.

«È una poesia terribile, non c'è nemmeno una rima.»

«Invece è bellissima.» Si chinò e mi sfiorò le labbra con le sue.

Quando mi prese il viso tra le mani, schiusi subito la bocca, in preda alla stessa eccitazione che avevo provato quando ci eravamo baciati sull'aereo. Stavolta però era diverso. Stavolta eravamo soli.

Gli sollevai la maglietta e lui se la sfilò. Appena gli accarezzai la schiena gemette. Erano passati anni dall'ultima volta che avevo toccato un uomo in quel modo, e ora le mie mani volevano esplorare il suo corpo. Gli slacciai i jeans, tesi per via dell'erezione.

Le sue labbra mi sfiorarono il collo mentre lui mi accarezzava il seno per poi scendere fino alla vita. Mi sganciò il reggiseno e con l'altra mano mi sbottonò i jeans.

Il suo modo di fare sicuro, esperto, accrebbe la mia trepidazione per quanto stava per accadere. Malgrado fosse la prima volta che mi toccava, sapeva esattamente come eccitarmi. Avevo avuto un solo amante, ma con Taylor era molto meglio. Mi amava per quella che ero, e dal suo sguardo capivo che fare l'amore con me sarebbe stata un'esperienza nuova anche per lui.

Infilò la lingua sotto la stoffa dei pantaloni. Sospirai contraendo i muscoli del bacino. Lo desideravo disperatamente. Posò le labbra sul mio ventre e mi abbassò i jeans, tempestandomi le gambe di minuscoli baci fino alle caviglie prima di gettarli per terra.

Risalì leccandomi l'interno della coscia e assaporando ogni centimetro della mia pelle mentre mi contorcevo sotto di lui.

La lentezza con cui mi spogliava era una deliziosa agonia. Mi tolse la maglietta, abbassò le spalline del reggiseno e lo gettò sul pavimento.

Il materasso cigolò quando si alzò e rimase in piedi davanti al letto studiandomi mentre si toglieva i jeans. Poco dopo tornò da me.

Appoggiò la fronte contro la mia e sospirò.

«Cosa c'è?» sussurrai baciandogli le labbra.

Si stese sopra di me. A quel punto l'unica barriera tra noi erano i suoi boxer Calvin Klein e le mie semplici mutandine di cotone.

«Un quarto d'ora fa eri in lacrime. Mi sembra di approfittare della situazione. A me sta bene se ci fermiamo.»

Allungai la mano per accarezzargli l'addome scolpito, poi la infilai sotto i boxer. Quando gli toccai il pene, emise un gemito gutturale.

«E se ti implorassi?»

Restò per un attimo senza fiato, quindi mi diede un bacio sulla bocca, capitolando. Gli abbassai i boxer, lui mi scostò gli slip e avvicinò il corpo al mio.

Mi preparai ad accoglierlo e ansimai quando mi penetrò, affondando le dita nella sua schiena. Le molle del materasso presero a cigolare a ogni spinta delicata.

Taylor si chinò per assaporare di nuovo le mie labbra e gemette mentre mi penetrava più a fondo. Incrociai le caviglie per attirarlo a me.

Dal piano di sotto provenivano le risate della sua famiglia, a ricordarci di non fare rumore. Tutte le volte che mi veniva voglia di gridare Taylor premeva le labbra sulle mie. Persi la cognizione del tempo, in preda a un'eccitazione crescente, consapevole solo del piacere che mi procurava ogni suo gesto. Da una parte avrei voluto che quegli istanti si protraessero all'infinito, dall'altra anelavo a raggiungere il culmine. Taylor realizzò entrambi i miei desideri più volte nel corso della notte finché non fui completamente esausta.

Quando crollò al mio fianco, sorridente e ansimante, mi sentivo rilassata e indolenzita.

«Cavolo, e io che pensavo già di amarti...»

Cercai la sua mano e intrecciai le dita alle sue. «L'importante è che mi ami ancora. Per me questa sarebbe una novità.»

Si girò sul fianco e appoggiò la testa sul palmo. «Non sono parole vuote. Non le ho mai dette a nessuno, a parte i miei familiari.»

«Io solo a un'altra persona.»

«Soltanto una?»

Guardai la finestra da cui penetrava la luce di un lampione. «A Olive.»

«A nessun altro?»

«No», risposi guardandolo di nuovo e accarezzandogli la guancia. «Solo a te.»

Quella rivelazione parve rassicurarlo, e si rilassò.

Mentre si metteva comodo al mio fianco, chiusi gli occhi e lasciai con gioia che la stanchezza mi trascinasse nell'oblio. Per la prima volta dopo tanto tempo non ero sola al buio.

16.

Quando riaprii gli occhi nella vecchia stanza di Thomas a casa di Jim, temetti che non appena anche Taylor si fosse svegliato tra noi sarebbe sceso l'imbarazzo. Era presto e lui stava ancora dormendo, il respiro lento e regolare.

Fuori gli uccellini cantavano. Dalla mia posizione vedevo solo il cielo azzurro e i cavi elettrici fuori dalla finestra. Quello che mi attendeva sarebbe stato uno dei giorni più belli della mia vita. Che Olive se ne rendesse conto o no, sarei entrata a far parte dei suoi ricordi e avrei potuto portare con me quegli istanti per il resto della mia vita.

«Baby?» fece Taylor. Mi strinse con il braccio che fino a poco prima giaceva abbandonato sul mio corpo.

«Sì?» dissi, meravigliandomi di quell'appellativo affettuoso, che avevo sempre considerato privo di significato.

«Non so se riuscirò mai più a svegliarmi senza averti accanto.» Aveva la voce assonnata ma allegra.

Scoppiai a ridere e gli sfiorai il collo con il naso. «Certo che ci riuscirai.»

«Ma non voglio.»

«A Estes Park sentirebbero la tua mancanza.»

«Immagino di sì», replicò coprendomi la guancia di baci. «Allora qual è il programma? Non voglio diventare complice di un rapimento ancor prima di aver fatto colazione.»

Sospirai. «Non voglio che lei sappia chi sono né perché mi trovo qui. Desidero solo... vederla. Adesso sono pronta ad assaporare il momento in cui lascerò una piccola impronta nella sua vita, anche se sarò l'unica a saperlo.»

«Lo saprò anch'io.»

«So che sembra egoistico», aggiunsi coprendomi gli occhi con una mano.

Taylor mi sollevò il mento e me la scostò dal viso. «Probabilmente è il gesto meno egoistico che io possa immaginare. Olive vive qui accanto e tutto quello che desideri è esserle presentata come un'estranea per poter conservare il ricordo di quel momento mentre lei va avanti con la sua vita.»

Non l'avevo mai vista in quel modo. Era triste ma dignitoso. Anche in quel caso Taylor mi fece sentire degna di essere perdonata. Non gli sarei mai stata abbastanza grata per questo.

«Lo dici solo perché devi», lo stuzzicai.

Sorrise, ma nei suoi occhi c'era solo sincerità. «Lo dico perché è vero.»

Non replicai, e lui distolse lo sguardo. Quell'improvviso cambiamento d'umore mi sconcertò.

«Cosa c'è?» gli chiesi.

«Voglio farti una domanda, anche se la risposta non ha importanza.»

Restai in attesa.

«Dov'è finito il padre di Olive?»

Esitai. «È un discorso lungo.»

«Lo amavi?»

Feci un cenno di diniego. Ero sincera. Anche prima di conoscere Taylor sapevo che desiderare le attenzioni di un uomo più vecchio, di una figura autoritaria, non significava esserne innamorati.

«Lui... ti ha fatto del male?»

Scossi di nuovo la testa. «È importante?»

«Voglio saperlo», affermò dopo aver riflettuto per un attimo.

Mi voltai dall'altra parte. Non riuscivo a guardarlo. «Era un insegnante, il mio allenatore delle superiori. È sposato. La moglie sa che l'ha tradita, ma non con una studentessa. Non è al corrente di Olive.»

«Oddio, Falyn. E lui ha lasciato che tu affrontassi tutto da sola?»

«Si è offerto di pagare per quella che definiva "la soluzione". Non mi sono presentata al primo appuntamento, e neanche al successivo. Non mi illudevo che avrebbe lasciato la moglie per me, e comunque non era ciò che volevo. Non so ancora perché l'ho fatto.»

«Perché eri una ragazzina. Perché avevi un pessimo rapporto con tuo padre. Le motivazioni sono tante.»

«Non ci sono scuse. Ho fatto delle scelte sbagliate e ora devo conviverci.»

«Però non sei sola.» Mi abbracciò e sprofondò il viso nei miei capelli.

«Da oggi starò bene. Potrò lasciarla andare alle mie condizioni.»

«Dimmi solo come aiutarti. Se hai bisogno di spazio, di qualcuno che ti ascolti, di una spalla su cui piangere, di una mano da stringere...»

«Probabilmente mi servirà tutto questo», risposi attirandolo ancora più vicino.

«Per te qualsiasi cosa, baby.»

Sorrisi ricordando che aveva detto lo stesso davanti al Bucksaw quando ci eravamo conosciuti. A quel tempo, anche se si trattava solo di una finta, mi aveva fatta sentire al sicuro. Ora invece era tutto vero, e per qualche ragione le sue parole avevano il potere di rassicurarmi.

«Taylor!» urlò Jim dal piano di sotto. «La colazione è in tavola!»

Lui si alzò, si infilò una maglietta, un paio di jeans e un cappellino da baseball blu elettrico, calandoselo sugli occhi. «Pronta ad affrontare la giornata?»

Mi feci una doccia veloce e indossai i miei jeans preferiti con una camicetta rosa che avevo comprato all'ARC Thrift Store appositamente per il giorno in cui avrei rivisto mia figlia. Volevo che avesse un ricordo perfetto, seppur fugace, di me.

Taylor scese di sotto mentre mi pettinavo e mi truccavo. Li raggiunsi a tavola. Jim aveva quasi terminato di fare colazione quando Trenton bussò e poi spalancò la porta.

«Buongiorno, Maddox!» Mi scrutò per un attimo. «E anche a te, amica di Taylor.» Andò in cucina, e di lì a poco lo udimmo armeggiare con i piatti, sbattere le ante degli armadietti e aprire e chiudere il frigorifero.

«Basta con la stronzata dell'amica», affermò Taylor.

Trenton si illuminò e si sedette fra il padre e il fratello posando davanti a sé una ciotola di cereali. «Ah sì? Hai siglato il patto stanotte? Trav sostiene che l'hai fatta piangere.»

Jim gli diede una sberla sulla nuca. «Trenton Maddox!»

«Ahia! Cos'ho detto?» protestò lui sfregandosi la testa.

Jim sorseggiò il caffè cercando di togliersi l'espressione seccata dalla faccia. «Stai meglio, Falyn?»

«Molto meglio, grazie.»

«Che programmi hai oggi, Taylor?» chiese al figlio.

Lui scrollò le spalle e guardò il fratello. «Tu che programmi hai, cazzone?»

Jim sospirò. «Maledizione! Possibile che dobbiate dire le parolacce anche a tavola?»

I due scossero la testa, subito imitati dal padre.

«Lavoro», rispose Trenton affondando il cucchiaio nei cereali.

«Oggi non fai il baby-sitter?» indagò Taylor.

«No, perché?» Pareva perplesso.

«Olive è così adorabile, e non sono più riuscito a vederla.»

Trenton mise in bocca una cucchiaiata di cereali riflettendo sulle parole del fratello. «Se sei smanioso di passare la mattinata con una bambina di cinque anni, possiamo portarla al parco prima che io vada al lavoro.»

«Sei», precisai.

Trenton batté le palpebre.

«Ha sei anni.»

«È vero», confermò. «Li ha compiuti la settimana scorsa. Mi ci vorrà un po' ad abituarmi all'idea.»

«Il parco mi sembra una buona idea», osservò Jim scrutandomi.

Capii che aveva subodorato qualcosa. «Pare proprio che tu ti diverta a stare con lei», dissi a Trenton.

Lui mi scoccò un sorriso. «È una bambina in gamba.» Si alzò, prese il cellulare dalla tasca e compose un numero.

«Ehi, Trenton», lo chiamò Taylor, ma il fratello stava già parlando al telefono.

«Shane!» esclamò. «Come va? No. Sì, certo. Che cosa fa oggi Ew?»

Guardai Taylor e con le labbra mimai: "Ew?".

Lui si limitò a stringersi nelle spalle.

«Mio fratello è qui in città con la sua ragazza. Taylor. No, vende ancora assicurazioni. Sì, tutti e due, in Colorado. Non hanno le palle.» Scoccò un sorriso compiaciuto al fratello maggiore.

Taylor non sembrava affatto contento.

Trenton continuò a parlare. «Vuoi raggiungerci al parco? O hai qualcos'altro in programma?»

Mentre Shane gli rispondeva, mi sentii male. Se lui e Liza fossero venuti al parco, mi avrebbero riconosciuta e non sapevo quale sarebbe stata la loro reazione alla mia visita inaspettata.

«Okay, perfetto. A dopo.» Trenton posò il cellulare sul tavolo e disse: «Shane è al lavoro, Olive è a casa con Liza. Ci chiamerà lei tra una ventina di minuti, poi potremo passare a prendere la bambina».

«Mi sembra una buona idea», replicò Taylor. «Bagby Park è sempre il suo posto preferito?»

«Sì», confermò Trenton sorridendo.

«Bene. Vado a comprare le sigarette. Ci vediamo là.»

«Ehi», obiettò Trenton con la faccia seria. «Non si fuma in presenza di Olive.»

«Lo so, cazzone. Ci vediamo tra poco. A dopo, papà.»

Io e Taylor ci alzammo e Jim ci salutò con un cenno. Raggiungemmo la macchina tenendoci per mano. Non era la prima volta che lo facevamo, ma stavolta era diverso. Taylor si era offerto di starmi accanto nel giorno che avrebbe cambiato il mio futuro così come il mio passato.

Mi allacciai la cintura di sicurezza e lo guardai avviare il motore.

«Hai preso il telefono?» mi chiese.

«No. Perché?»

«Per scattare qualche foto. Ma non c'è problema. Puoi usare il mio.»

«No. Niente foto, solo ricordi.»

«Ne sei sicura?»

Annuii e feci un respiro profondo mentre lui percorreva il vialetto in retromarcia.

Ci fermammo al minimarket in fondo alla strada. Taylor entrò e quando tornò con due pacchetti di sigarette feci una smorfia.

«Sono per la serata del poker», mi disse con sguardo supplichevole.

«E fumerai due pacchetti?»

«Forse.»

Arricciai il naso. Lui sogghignò e mi baciò la mano prima di ripartire

Fu un viaggio breve perché il parco era a soli tre chilometri di distanza. Quando Taylor si fermò nel piccolo parcheggio di ghiaia, spalancai la portiera e saltai giù. Udii i sassolini scricchiolare sotto i piedi finché non raggiunsi l'erba.

«Cavolo, è un bel po' che non vengo in un posto del genere!» esclamò lui trascinandomi all'altalena basculante. Si mise a cavalcioni a un'estremità e attese che prendessi posto dall'altra parte.

«Non farmi cadere. Non voglio trascorrere la giornata al pronto soccorso invece che con Olive.»

Mi rivolse uno sguardo deluso ma subito dopo scoppiò a ridere. «Mi conosci bene, eh? Sono contento che in questa coppia ci sia almeno un adulto.»

«Perché, siamo una coppia?» ribattei.

La mia osservazione lo colse alla sprovvista. «Ehm... sì. Giusto?»

«C'è tempo fino a lunedì. Avevi detto che non saremmo più stati amici dopo questo fine settimana.»

«A un'amica non faccio quello che ho fatto a te ieri sera. La nostra amicizia è ufficialmente chiusa», dichiarò inarcando un sopracciglio.

Quando si sedette, i miei piedi si staccarono dal prato.

«Mi pare giusto», ammisi mentre toccavo di nuovo terra.

Sulla sua faccia comparve un'espressione di trionfo. Mise una sigaretta fra le labbra. «Porca miseria, mio padre aveva detto che sarebbe successo, ma io non ci credevo.»

«A cosa ti riferisci?»

«Al fatto che mi sarei legato a una donna.»

Una Dodge Intrepid rossa malandata si fermò nel parcheggio accanto all'auto di Taylor. Quando la portiera del guidatore si aprì, Trenton balzò giù e raggiunse velocemente quella del passeggero per far scendere una splendida bambolina biondo platino.

Appena lui si scostò e io vidi il visetto angelico di Olive, ebbi un tuffo al cuore. Liza le aveva fatto la treccia e messo ai piedi un paio di scarpe con la suola di gomma spessa, graziose ma anche pratiche, adatte per giocare al parco.

Olive corse alle altalene. Mi avviai con i fratelli Maddox verso la panchina più vicina e la guardai sedersi. Con la sua vocina dolce chiese a Trenton di spingerla, e a quel punto mi vennero le lacrime agli occhi. Il giorno tanto atteso era arrivato.

«Ci penso io», mi offrii balzando in piedi.

«Oh, okay», disse Trenton.

«Va bene?» chiesi a Olive.

Lei annuì.

Afferrai le catene. «Quanto in alto?»

«Fino a cielo!» strillò.

La spinsi una, due volte.

«Di più!» gridò Olive ridendo.

«Così va bene», intervenne Trenton. «Se esageri, poi ha paura.»

«Non è vero!» protestò Olive.

La spinsi con cautela, ma abbastanza da farla divertire. Guardai Taylor, che ci stava osservando come un padre orgoglioso.

Dopo una decina di minuti Olive volle che salissi anch'io sull'altalena, perciò mi sistemai sul sedile accanto. Quando cominciai a muovermi, mi prese per mano. Ci dondolammo per un po', ridacchiando.

A un certo punto gettò la testa indietro e fece la risata più bella che io avessi mai sentito. Il resto del mondo scomparve: in quell'istante esistevamo solo io e lei, artefici di quel ricordo cui avevo sognato di potermi aggrappare fin da quando era nata.

«Lo scivolo!» strillò balzando a terra, i piedini già in movimento.

Salimmo insieme sulla scala, poi la seguii sul ponte verso il doppio scivolo. Quando ci sedemmo fianco a fianco, osservai mia figlia, identica a me nelle tante foto che mi ritraevano da bambina. Ci lanciammo e toccammo terra nello stesso momento. Con uno sguardo d'intesa ci precipitammo di nuovo alla scala.

Nelle ore seguenti, mentre le correvo dietro nel parco giochi, mi sentii pervadere da una pace che non avevo mai provato prima. Olive era felice e, nonostante mi fossi persa tutto, ci stavamo godendo un momento perfetto, solo mio e suo, che lei avrebbe serbato nella memoria.

Fin troppo presto Trenton la chiamò. «Ew! La mamma è tornata dalla spesa! È ora di andare.»

«Oh!» gemette e mi guardò. «Vuoi venire a giocare a casa mia?»

«Mi piacerebbe tanto ma non posso», risposi. «Mi è piaciuto molto stare con te.»

Olive allargò le braccia, in attesa. Mi chinai e la strinsi con delicatezza, sentendo i suoi capelli sul viso e le sue dita paffute sulle spalle.

«È stato bello conoscerti», disse salutandomi con la mano.

Trenton la prese in braccio e la portò all'auto.

«Ciao, signora!»

Quando lui le allacciò la cintura di sicurezza, mi sforzai di trattenere le lacrime finché non si fossero allontanati.

«È stata la scena più emozionante cui abbia mai assistito», osservò Taylor. «Era quello che volevi?»

Riuscii solo ad annuire e a sedermi sulla panchina con la schiena rigida, aggrappandomi al bordo.

Taylor prese posto al mio fianco, e nel suo sguardo c'erano un amore e una comprensione che nessuno mi aveva mai dimostrato. Fui pervasa allora dal profondo senso di pace che si prova quando una vicenda giunge alla sua conclusione. Inspirai e assieme al fiato buttai fuori sei anni di dolore, rabbia e vergogna.

«Falyn?» fece Taylor in tono allarmato.

Una lacrima solitaria mi rigò la guancia. Gli rivolsi un sorriso sfuggente. «È felice», mi limitai a dire. «E lo sono anch'io. Non so cosa mi aspettassi, ma questo è stato molto di più. Non ti ringrazierò mai abbastanza.»

Accostò la mia mano alle labbra. «L'espressione che hai ora mi basta.»

Gli gettai le braccia al collo e lui mi strinse forte a sé.

«Glielo dirai?» chiesi.

«A Trent? No. Oggi era per te e Olive, perché aveste un ricordo condiviso e tu ti liberassi di tutto il resto.»

Mi sciolsi dall'abbraccio per poi appoggiarmi alla sua spalla. «L'idea mi piace.»

«Ho intenzione di fare un sacco di cose che ti piacciono, ma prima di tutto me ne starò seduto qui con te finché lo vorrai. Non c'è fretta.»

Sospirai e mi aggrappai al suo braccio stampandomi nella mente l'immagine del campo giochi e del boschetto una cinquantina di metri più in là. Gli uccellini cantavano e una lieve brezza smuoveva le foglie per terra. «È perfetto», osservai.

«Dieci minuti fa, quando vi guardavo... avrei voluto fermare quel momento perché potessimo viverlo in eterno.»

«Possiamo farlo. Possiamo vivere qui nel ricordo di Olive. Forse ogni volta che verrà in questo parco ripenserà al tempo che abbiamo passato insieme.»

«Scommetto di sì.»

Gli posai la testa sulla spalla. «Sono serena. Nel mio cuore non c'è spazio se non per te, per lei e per la felicità.»

17.

Taylor si alzò prima dell'alba e armeggiò al buio nella mia stanza mentre imprecava in cerca dei vestiti. Mi girai sul fianco, mi appoggiai sul gomito e posai la testa sulla mano tentando di soffocare una risata.

«Non è divertente, baby», mi disse saltellando per infilarsi i jeans. «Se non esco tra un paio di minuti, resterò imbottigliato nel traffico di Denver e arriverò tardi al lavoro!»

«Allora forse non dovresti venire qui per farmi una sorpresa la sera prima di iniziare il turno.»

Si lanciò sul letto e io cacciai uno strillo.

«Non fingere di non essere andata in estasi», esclamò dandomi un bacio sulle labbra.

«Non ci provo neanche», risposi e mi sollevai per baciarlo a mia volta. «Grazie ancora per la cena, il film... e il dopo.»

Si rialzò di malavoglia per finire di vestirsi. Si mise gli scarponi e afferrò il telefono e le chiavi. «Chiamami quando ti svegli.»

«Sono già sveglia.»

Nella fievole luce che entrava dalla finestra notai la sua espressione corrucciata. «Scusami», disse.

«Non c'è problema. Vai.» Guardai fuori. «Nevica. Sta' attento.»

«Mi fa un baffo, la neve», ribatté con una smorfia. Si chinò per baciarmi di nuovo, tre volte. «Mi mancherai, cazzo! Sono stanco di sentire la tua mancanza.»

«Va' a lavorare», lo sollecitai accarezzandogli la guancia.

«Sì. Chiamami più tardi!» Corse alla porta, e udii il rumore dei suoi scarponi pesanti sulle scale.

Mi stesi supina e sospirai frustrata. Anche a me mancava da impazzire, ma eravamo da poco tornati da Eakins, dove avevamo passato le vacanze di Natale, per poi festeggiare il Capodanno e il compleanno di Taylor e Tyler nella stazione di Estes Park. Mancavano solo sette settimane al rinnovo dei voti di Travis e Abby a Saint Thomas e poi il mese successivo Taylor sarebbe tornato a Colorado Springs, o almeno lo speravo. Non che aspettassi con ansia l'inizio della stagione degli incendi, ma era l'unica ragione per cui sarebbe stato in città.

Mi rilassai e giocai al cellulare per mezz'ora, poi decisi di farmi una doccia, di prepararmi per il lavoro e di scendere di sotto. Mi sedetti in fondo al banco a guardare Pete, che stava preparando gli ingredienti per cucinare. «Buongiorno», gli dissi dondolando le gambe.

Lui mi salutò con un cenno.

«Ha passato di nuovo la notte qui. Penso... penso di amarlo *sul serio*», confessai sgranando gli occhi per dare enfasi alle mie parole. «Ormai la fase dell'infatuazione è finita. Ogni settimana che passa mi dico: "Lo amo sempre di più. Forse questo è vero amore".»

Pete si strinse nelle spalle.

«Tu hai qualcuno con cui festeggiare San Valentino?»

Si accigliò e fece di no con la testa.

«Dovresti. Sei un uomo buono.»

Annuì continuando a lavorare.

«Buongiorno!» esclamò Chuck entrando dalla porta a vento. «Non ti si vedeva così presto da un bel pezzo, Falyn.»

«Non sono più riuscita a dormire dopo che Taylor se n'è andato.»

Phaedra si tolse dalla spalla lo zainetto di pelle e lo gettò in un armadietto in basso scostandosi la coda ispida. «Com'è andata la cena?»

Balzai giù dal banco. «È stata fantastica, come sempre.»

«Ci lascerai per trasferirti a Estes Park?»

«Taylor ha accennato all'idea, ma gli ho detto di no.»

«Gli hai detto di no?» ripeté lei guardando Chuck.

Lui si legò il grembiule in vita. «Potrebbe chiedere il trasferimento. Se qui ci fosse un posto libero, lo prenderebbero.»

«Non c'è», replicai. «Si è già informato un paio di settimane fa.»

«Be', dovrebbe comunque presentare la domanda», osservò Phaedra con la sua voce stridula.

«Forse lo farà.»

«Oh, quindi potrebbe essere quello giusto, eh?» chiese Chuck.

Tre paia di occhi mi fissarono.

Sbuffai. «È troppo presto per questo genere di discorsi.» Afferrai un vassoio e andai in sala a prendere saliere e pepiere da riempire.

Phaedra preparò il caffè, mise in funzione la cassa e contò i soldi, senza smettere di scrutarmi mentre disponevo i contenitori pieni sui tavoli. Hector entrò nel locale quando il sole stava scacciando le ombre da Tejon Street. Nel retro, lui e Chuck presero a raccontare barzellette così stupide che persino Pete rise fragorosamente. All'arrivo di Kirby era già tutto pronto. Il personale del Bucksaw Café era dunque ufficialmente di buonumore.

Il sole del mattino si rifletteva sulla neve bianca ai bordi del marciapiede, così abbagliante da filtrare attraverso le tende spesse di Phaedra. Nonostante la luce forte, in sala regnava una profonda sensazione di pace. Forse era sempre stato così, ma finalmente anch'io riuscivo ad avvertirla.

«Mi piace quando Taylor si ferma a dormire», commentò Kirby mettendosi il grembiule. «Mi semplifica la vita.»

«Come sta Gunnar?» le chiesi.

«È sotto pressione. Questo semestre ha troppi corsi e lavora ancora a Boulder nella sede della confraternita. Devo ammettere che è un buon impiego. Il suo capo gli permette di fare un orario flessibile e le ragazze lo trattano come un fratello... o almeno così sostiene.»

Nel momento stesso in cui Phaedra girò il cartello per segnalare che eravamo aperti, il mio cellulare vibrò.

Arrivato puntuale. Ti amo.

Feci un sospiro di sollievo. «Il viaggio è andato bene», annunciai.

«Fantastico!» esclamò Kirby. «Non è mai bello guidare quando nevica.»

«Questo non è rassicurante.»

«Scusami», disse apprestandosi ad accogliere i primi clienti della giornata.

Risposi al messaggio, infilai il telefono nella tasca del grembiule e portai due bicchieri d'acqua a un tavolo. Una coppia di turisti – un signore anziano e sua moglie – si era seduta al posto preferito di Don. Chuck aveva fatto scrivere una dedica che Phaedra aveva appeso sul muro in sostituzione di una targa automobilistica dell'Alaska, tutta arrugginita e ammaccata. Guardai le parole incise sul metallo dorato.

QUESTO TAVOLO È DEDICATO ALLA MEMORIA
DELL'AMATO DONALD MCGENSEY

L'uomo si tolse il cappello e appoggiò il bastone al muro.

«Sono Falyn e stamattina vi servirò io. Posso portarvi una tazza di caffè per cominciare?»

«Sì», rispose lui aprendo il menu che Kirby gli aveva messo davanti. «Con latte e panna, per favore.»

«Lo stesso per me», aggiunse la moglie.

«Certo.» Tornai al banco e versai due tazze di caffè.

Kirby lasciò la sua postazione e girò attorno al banco per raggiungermi. «Hai quello sguardo.»

«Quale?»

«Lo sguardo felice, anzi esultante. Le cose con Taylor sembrano andare bene.»

«Sì.»

«Devo dire che mi ha un po' sorpreso la tua decisione di dargli una possibilità. Da quando ti conosco non l'hai mai fatto con nessun altro delle squadre antincendio.»

«Lui è diverso.»

«Sono le parole che da queste parti pronuncia ogni ragazza mollata. Non avrei mai pensato di sentirle dalle tue labbra.»

«Non sei spiritosa.»

«Lasciala in pace», la ammonì Phaedra mandandola via.

Kirby sancì la tregua con una strizzatina d'occhio e tornò alla sua postazione.

«Ti sta solo prendendo in giro», mi disse Phaedra. «Sappiamo tutti che Taylor è uno a posto.»

Disposi sul vassoio le tazze con i piattini, una lattiera d'argento colma e il contenitore della panna. «Lo è davvero.»

Quel giorno il lavoro procedette a ritmi incostanti. Dapprincipio non entrò molta gente, ma poi ci fu un gran da fare e le ore volarono fino alla chiusura. Da quando vivevo solo per i weekend, il tempo scorreva o troppo in fretta o troppo lentamente. Se ero con Taylor andava a velocità doppia.

San Valentino arrivò e passò. Quella sera avevamo lavorato entrambi, perciò lui era rimasto a Estes Park, ma nel fine settimana ci rifacemmo con gli interessi.

Iniziavo e terminavo ogni giornata al telefono con Taylor. Quando ero fortunata, insisteva perché mi prendessi una giornata di ferie e veniva a trovarmi per poi ripartire prestissimo il mattino seguente. Nelle rare occasioni in cui avevamo entrambi il weekend libero, arrivava il sabato di buon'ora e restava fino all'alba di lunedì.

Ero impaziente di andare con lui a Saint Thomas.

«La cerimonia sull'isola è sabato prossimo, giusto? Taylor arriverà venerdì sera?» si informò Phaedra.

Pulii l'ultimo tavolo.

«No, parte per Eakins giovedì. Venerdì sera c'è l'addio al celibato. Io lo raggiungerò a Saint Thomas sabato», risposi.

Bussarono alla porta. Alzai lo sguardo e vidi Gunnar indicare Taylor al suo fianco.

Kirby aprì e li fece entrare. Mollai lo straccio all'istante per saltargli addosso.

Lui mi diede un bacio sulle labbra. «Ciao, bellezza!» esclamò posandomi a terra.

Lo baciai di nuovo e recuperai lo straccio dal pavimento. Il cuore mi martellava nel petto come se avessi corso una maratona. Non contava quante sere lo avessi visto dall'altra parte del vetro: ogni volta provavo la stessa emozione.

Chuck oltrepassò la porta a vento e si mise una mano sul grosso ventre. «A che ora sei partito da Estes Park?»

«Puntuale», rispose Taylor.

Chuck scoppiò a ridere. «Guidi come un pazzo. Devi darti una calmata, ragazzo, altrimenti un giorno o l'altro volerai giù da un ponte.»

Feci una smorfia.

Taylor mi baciò. «Ho corso un po' ma sono stato attento. Avevo fretta di arrivare.»

«Nevica», obiettai. «È impossibile andare veloci senza rischiare.»

«Io posso», ribatté raddrizzandosi.

Gunnar e Taylor si sedettero sugli sgabelli per raccontarsi le ultime novità e scambiare qualche parola con Chuck e Hector. Io e Kirby finimmo il lavoro, in modo che Hannah il giorno dopo trovasse tutto in ordine.

«Venite su, ragazzi?» chiesi asciugandomi le mani con uno strofinaccio pulito.

Kirby e Gunnar si guardarono.

Lui annuì. «Certo. Questo fine settimana ho solo un saggio da scrivere. Può aspettare.»

Salutammo tutti e loro ci seguirono di sopra.

«Volete sapere il lato positivo di avere una ragazza astemia?» Taylor era in cucina, chino a frugare nel frigorifero. Si girò di scatto con una bottiglia di birra in mano. La aprì con un sorriso e gettò il tappo nel secchio dell'immondizia. «So che non si scolerà mai la mia scorta quando non ci sono.» Si avvicinò lentamente al divano, poi si buttò sul cuscino accanto a me, facendomi rimbalzare.

Mi accoccolai al suo fianco e mi lasciai avvolgere dalla meravigliosa sensazione di pace che pervadeva l'appartamento ogni volta che c'era lui.

Allungò un braccio sullo schienale e mi sfiorò la spalla con le dita, poi alzò la bottiglia verso Gunnar. «Ce ne sono altre in frigo.»

Lui lo guardò bere un sorso e scosse la testa. «Mi servirà tutta la lucidità possibile per scrivere quel saggio.»

Kirby gli diede una pacca sul ginocchio.

«Non mi manca il college», ammise Taylor. «Per niente.»

«A me piace studiare», disse Gunnar indicando Kirby. «Però detesto stare lontano da lei.»

Kirby gli strinse il braccio. «Continua a darci sotto e in men che non si dica saremo a Denver.»

«Avete intenzione di andare a vivere insieme a Denver?» domandò Taylor, perplesso.

Gunnar aveva un'aria fiera ed eccitata. «Devo solo mettere da parte un po' di soldi e trovare un posto per noi.»

«Gunnar vuole iscriversi al corso di assistente sanitario», spiegai.

«Ah sì? Fantastico, amico. Buon per te.» Taylor sollevò di nuovo la birra, stavolta per brindare, e mi guardò. «Cosa faranno Phaedra e Chuck quando vi perderanno tutte e due?»

Io e Kirby ci scambiammo un'occhiata.

«Che c'è?»

«Hai ottenuto il trasferimento?» volle sapere Kirby.

«No, sono fisso alla stazione di Estes.»

«Ma non vivi con tuo fratello?» insistette lei.

Taylor posò la bottiglia sul sottobicchiere, malgrado il tavolino fosse tutto graffiato e pieno di segni. «Okay. Voi due ne avete parlato. Sentiamo un po'.»

«È solo che... mi sembra da ingrata piantare in asso Phaedra dopo tutto quello che ha fatto per me. Inoltre non credo che mi piacerebbe condividere l'appartamento con tuo fratello, e non voglio nemmeno chiedergli di andarsene. Questo è un buon posto. Posso risparmiare se resto qui», spiegai nervosa.

«Ti ho detto che penserò io all'affitto.»

«E io ti ho detto che si fa a metà o niente.»

«Posso fermarmi qui al massimo cinque mesi all'anno», osservò.

«Questo finché non otterrai il trasferimento.»

«Non assumono, baby. Ho insistito parecchio.»

«Per il momento.»

Taylor guardò prima Kirby e poi me. «Allora cosa proponete? Che continui a viaggiare finché non troverò un posto qui? O che mi trasferisca senza avere un lavoro?»

Trasalii. Sapevo che non gradiva nessuna delle due prospettive. «Se mi trasferissi a Estes Park, tu saresti a Colorado Springs o da qualche altra parte per cinque o sei mesi all'anno.»

«Come ti ho detto, mi assumerebbero full-time se lo volessi.»

«Non posso lasciare Phaedra e Chuck proprio ora. Presto Kirby se ne andrà...»

Taylor sospirò e distolse lo sguardo. «Non ho intenzione di continuare così. Odio vederti solo nel fine settimana.»

«Forse adesso è meglio che noi ce ne andiamo», intervenne Gunnar.

Lo ignorammo entrambi.

«Quindi siamo in stallo», osservai.

«Che diavolo intendi?» Taylor era più frustrato che arrabbiato.

Da Natale parlava di andare a vivere insieme, e io continuavo a tergiversare adducendo scuse di ogni genere, dal fatto che era troppo presto per un passo simile alle spese per il trasloco.

«Non ho l'auto. Come farò ad andare al lavoro se verrò a vivere da te?»

Scrollò le spalle. «Vedremo. Potrei accompagnarti io. Sarà sempre meno impegnativo che venire qui ogni fine settimana.»

«Non dobbiamo decidere ora.»

Taylor finì la birra e portò la bottiglia in cucina per gettarla nel bidone. Aprì il frigo, ne prese un'altra e la stappò prima di tornare da me, irritato.

«Taylor...» esordii.

«Non sei tu a fare avanti e indietro, Falyn.»

«Hai ragione.»

«Ora dobbiamo proprio andare», disse Gunnar.

«Che fretta c'è?» chiese Kirby.

Lui si adombrò. «La volta che mi darai ragione come ha appena fatto Falyn, gli asini metteranno le ali.»

Lei scoppiò a ridere e gli diede una gomitata, strappando un sorriso anche a noi.

Taylor mi abbracciò e mi diede un bacio sulla testa. «Farò il pendolare finché sarà necessario. È starti lontano che non mi piace.»

«Lo so. Non piace neanche a me. Il lato positivo è che cinque settimane dopo il viaggio a Saint Thomas sarai a lavorare qui.»

«Non è sicuro. Non c'è modo di sapere dove sarò.»

Inclinai la testa, irritata dal suo pessimismo. «Hai detto che la tua squadra è stata mandata qui nelle ultime tre estati.»

«È vero, ma se quest'anno non fosse così?»

«E se io mi trasferissi a Estes e ti mandassero altrove, cosa cambierebbe?» insistetti.

«Te l'ho detto, a Estes sceglierei di rimanere alla base.»

Gunnar si alzò.

«Tesoro», lo supplicò Kirby con voce lamentosa.

«Se restiamo, accetterò una di quelle birre», le disse stagliandosi sopra di lei.

Allungò la mano, e Kirby la prese.

«Andiamo da qualche parte», le propose.

«Potremmo fare un salto al Shisha.»

Io e Taylor ci guardammo in cagnesco.

«È stupido sprecare il tempo che possiamo passare insieme a litigare per questo», dichiarai.

«Vedi come siamo diversi? Io non penso affatto che sia stupido.»

Sospirai. Per lui la vera questione non era decidere chi dovesse trasferirsi e in quali circostanze, ma l'opportunità di stare insieme. E a quello cosa potevo ribattere?

«Andiamo!» esclamò Kirby tirandomi su. «Credo che faccia bene a tutti uscire un po'.»

Scendemmo di sotto e mi fermai accanto al furgone di Taylor a guardare la neve che cadeva fitta.

«In Illinois la neve non è così.» Allungò un braccio lasciando che i fiocchi gli si sciogliessero sul palmo. Poi si fregò le mani, chiuse il giubbotto e mise in bocca una sigaretta.

«Vorrei poter andare al Cowboys», disse Kirby sedendosi vicino a Gunnar sul pianale del furgone e dondolando i piedi per scaldarsi.

«Non hai ancora ventun anni, vero?» Taylor tirò una boccata ed emise un denso sbuffo di fumo bianco. «Forse potrei farvi entrare.»

«No», ribatté Gunnar.

Kirby gli diede una pacca sul petto. «Non vogliamo rischiare che ci becchino, eh?»

«No», convenne attirandola a sé.

Taylor scrollò le spalle e fece ancora qualche tiro. Poi staccò la brace, sfregò il mozzicone sul bordo del pianale e se lo cacciò in tasca. Si abbassò il berretto sulle orecchie e incrociò le braccia al petto per tenere le mani al caldo.

«Hai il naso rosso», osservai dandogli una gomitata.

Lui mi rivolse un sorriso forzato e guardò in direzione di Tejon Street.

Kirby e Gunnar stavano parlando tra loro e Taylor era perso nei suoi pensieri. Gli restai accanto sentendomi esclusa.

«Sei insolitamente meditabondo», osservai.

Lui scoppiò a ridere. «Sai che odio i paroloni, Prof.»

«Era un po' che non mi chiamavi così.»

Strinse le labbra e la sua espressione si indurì. «Detesto sentire la tua mancanza ogni giorno di più.»

«Anch'io.»

A quel punto si voltò verso di me. «Allora facciamo qualcosa. Troviamo una soluzione.»

«Il che significa che mi devo trasferire da te.»

«Ne parleremo in settimana. Adesso basta litigare», replicò sospirando.

Gunnar e Kirby chiacchieravano evitando di guardare nella nostra direzione, probabilmente per non intromettersi.

«Non stiamo litigando. Solo perché non faccio quello che vuoi...»

«Non è questo il punto, e lo sai.»

«Si tratta di un passo importante, Taylor. Bisogna pensarci bene.»

«Oh, allora il fatto è che andare a vivere insieme ti spaventa a morte.»

«Non è vero, ma se anche fosse così, non sarebbe irragionevole.»

«Certo che no, però mi irrita non poco che quando eravamo a Eakins facevi tutti quei discorsi sulla sorte, dicevi che eravamo destinati a conoscerci, e adesso sembri convinta che corriamo troppo.»

Lo guardai, perplessa. «Mi stai forse rinfacciando qualcosa?» Lo lasciai solo e andai a sedermi accanto a Kirby.

Taylor fece per parlare, ma un rumore di passi nella neve attirò la sua attenzione.

Un gruppetto di adolescenti avanzava barcollando verso di noi: si scontravano, sbattevano contro i muri e inciampavano nel cordolo del marciapiede.

«Ehi», esclamò uno di loro sorridendo. «Avete un po' d'erba?»

«No», rispose Gunnar prima di rimettersi a sedere sul pianale a parlare con Kirby.

Il ragazzo pestò un pugno sul furgone. «Ehi! Dico a voi!» insistette.

Gunnar e Taylor si scambiarono un'occhiata.

Un istante dopo Taylor rivolse uno sguardo truce al gruppo. «Non toccare il mio furgone, ragazzino.»

L'altro gonfiò il petto per cercare di intimorirlo, ma era così perso che non riusciva nemmeno a tenere la testa dritta. Sembrava piuttosto carino. Aveva un velo di barba e braccia muscolose che riempivano bene le maniche della camicia di flanella.

«È fatto?» chiese Kirby.

Gunnar scosse la testa. «I drogati non cercano grane. È solo sbronzo.»

Kirby restò impassibile a fissare il ragazzo vacillante, in attesa di sentire quello che avrebbe detto.

«Fila!» esclamò Taylor.

Il tipo era almeno cinque centimetri più basso di lui, ma

non parve badarci. Guardò me e Kirby. «Quasi quasi mi imbuco alla vostra festa.»

Gli altri alle sue spalle scoppiarono a ridere dandosi pacche sulla schiena e faticando quanto lui a tenersi in equilibrio.

Gunnar scese dal pianale e avanzò verso i tre, che fecero un passo indietro.

«Il vostro amico è un gigante», osservò il primo sollevando la testa.

Taylor si rilassò all'istante e scoppiò a ridere. «Sì, è vero. Adesso piantatela di romperci le palle e tornate da dove siete venuti.»

I ragazzi sogghignarono e fecero per proseguire, ma poi quello con la barba si fermò.

«Tu non lavori al Bucksaw?»

Non capivo a chi si stesse rivolgendo. Né io né Kirby rispondemmo.

«Verrò a trovarti», aggiunse, cercando di flirtare mentre faceva del proprio meglio per non perdere l'equilibrio.

«No che non ci andrai», ribatté Taylor serrando la mascella.

L'altro rise e si chinò in avanti afferrandosi le ginocchia. Poi si rialzò e mi indicò. «È la tua ragazza? Scusami, amico. Non te la porterò via.»

«La cosa non mi preoccupa.»

«Invece sembra di sì.» Si aggrappò al furgone e posò una mano accanto a me sul pianale.

Taylor gli lanciò un'occhiataccia. «Già non mi piace che tocchi il mio furgone; pensa a cosa ti farò se sfiorerai la mia ragazza.»

«Mi ucciderai?» replicò l'altro cercando di risollevarsi.

Taylor sorrise. «No, te ne darò tante che ti passerà la voglia di vivere.»

Il ragazzo impallidì, poi, ricordandosi di avere un pubblico, tentò di darsi un contegno.

Quando fece per parlare, lo stroncai all'istante. «Ehi, Jack Daniel, non vuoi perdere la faccia, vero?»

Mi guardò, più perplesso che offeso.

«Vattene subito», aggiunsi. «Non sopporteranno ancora a lungo le tue stronzate.» Lanciai un'occhiata a Taylor, che lo stava trafiggendo con lo sguardo.

Il ragazzo trasalì, quasi si fosse appena reso conto che il gigante era ancora là, e si allontanò incespicando senza aggiungere altro.

Gunnar si rilassò. «Sarà meglio rientrare, Kirby. Sono troppo stanco per andare in un locale.»

Lei ridacchiò. «Siamo già come una vecchia coppia sposata.» Mi abbracciò e disse: «Ci vediamo lunedì».

Li osservai incamminarsi verso la loro auto mentre Taylor seguiva con lo sguardo gli ubriachi che si allontanavano. Chiuse la ribalta del furgone ed entrò con me al Bucksaw.

Mi scrollai la neve dai capelli e salii le scale fregandomi le mani per scaldarle. Taylor, seppure taciturno, sembrava essersi rasserenato. Io chiacchieravo del più e del meno, evitando di toccare il discorso del trasferimento a Estes Park. Lui annuiva e sorrideva, tuttavia più parlavo più avevo l'impressione che il suo atteggiamento fosse forzato, cosa che mi fece arrabbiare.

Quando si accorse che ero irritata, divenne serio. «Dai, Falyn. Non voglio passare il fine settimana a litigare.»

«Anche se fai finta di niente, si vede benissimo che ce l'hai con me.»

Distolse lo sguardo cercando di controllarsi. «Ieri ho ricevuto un pacco.»

Restai in silenzio, troppo infastidita per cedere alla curiosità.

«Ho detto a mio padre che avevi un videoregistratore, così lui mi ha mandato una cassetta.» Si alzò per andare a prendere lo zaino. Lo aprì ed estrasse un nastro. «*Balle spaziali*. Da bambino lo guardavo quasi ogni fine settimana con i miei fratelli. Era il preferito di Tommy.»

«Okay», dissi. «Vediamolo.»

A quel punto si illuminò, e io mi placai. Inserì la cassetta nell'apparecchio e quando tornò sul divano mi posò una mano sul ginocchio. Non appena partirono i titoli sorrise come gli avevo visto fare di rado negli ultimi tempi.

Il film fu lo svago perfetto: ci permise di trascorrere un'ora e mezzo seduti l'uno accanto all'altra in silenzio, senza affrontare il problema.

Quando comparvero i titoli di coda, andai a farmi una doccia. Tirai bene la tenda, lieta di stare per un po' per conto mio.

"Non sarò pronta ad andare a vivere con lui?" mi interrogai.

Mentre mi sciacquavo i capelli, mi diedi della stupida: quante volte avevo pensato che non sarei resistita un giorno di più senza Taylor? Quanto mi mancava la sera a letto?

Ce l'avevo con me stessa.

Uscii dalla doccia e mi avvolsi in un asciugamano. Nello specchio appannato vidi solo una sagoma indistinta, che pareva riflettere alla perfezione la confusione nella mia testa.

Indossai una maglietta larga e mi infilai a letto accanto a Taylor, ma capii che diversamente dal solito lui non aveva tanta voglia di togliermela. Mi abbracciò mentre entrambi ci sforzavamo di non rivangare l'argomento.

Quando avvertii il calore del suo corpo attraverso la stoffa, mi sentii sciogliere. Lo volevo accanto a me. A volte ne avevo bisogno. Andare a letto sola dopo aver trascorso anche solo una notte con lui era una tortura.

«Falyn», mormorò, e la sua voce mi sembrò lontana.

«Sì?»

«Io...» Sospirò. «Io voglio solo stare con te.»

«Lo so. Anch'io.»

«Forse non quanto me, o magari non lo vuoi per niente.»

«Non è vero. Ci serve solo un piano. Ma non dobbiamo deciderlo per forza stasera.»

Lui appoggiò la fronte alla mia spalla. «Quanto vuoi aspettare ancora? Solo per farmi un'idea.»

Riflettei per un po'. Non riuscivo a capire perché io non fossi in grado di dargli quello che desiderava e avevo bisogno di tempo per scoprirlo. «Fino a quest'estate. Me lo puoi concedere?»

«Per fare un piano?»

«Per traslocare.»

Si puntellò su un gomito per guardarmi. «A Estes Park?»

Annuii.

«Ne sei sicura?» chiese dopo avermi scrutata per qualche istante.

«L'idea mi rende nervosa.»

«Okay, parliamone. Perché?»

«Perché è un cambiamento e... Non lo so, Taylor. Qualcosa non quadra, anche se non so cosa sia.»

Assunse un'espressione ferita.

«Non riguarda noi due. È che non mi sembra giusto.»

«Lo sarà», affermò senza indugio. «Ti chiedo solo un piccolo atto di fede.»

Gli sfiorai il viso. C'era tanta speranza nei suoi occhi. «Perché vuoi che andiamo a vivere insieme? Ci frequentiamo da poco e prima tu non hai mai avuto un legame serio.»

«Sono sicuro di amarti. So che quando non sei con me mi manchi da impazzire. Non mi serve altro per decidere.»

«Stare lontani è un vero schifo, su questo non si discute. Se riesci a viaggiare per altri tre mesi, darò a Phaedra il tempo di assumere e addestrare un'altra ragazza.»

Taylor espirò lentamente, come se volesse buttare fuori tutto il fiato che aveva in corpo, e un istante dopo un vago sorriso gli incurvò le labbra. «Chiederò l'assegnazione full-time questa settimana.» Scosse la testa, meravigliato della mia decisione. Era rimasto senza parole, perciò si limitò a chinarsi e a sfiorarmi le labbra con le sue. Mi accarezzò le guance, e io socchiusi la bocca.

Festeggiammo tra le lenzuola per ore, dopodiché crollai al suo fianco. Nel giro di pochi minuti anche Taylor si addormentò.

Quando il suo respiro divenne pesante, aprii gli occhi e rimasi a fissare il soffitto. L'incertezza e il senso di colpa mi attanagliavano lo stomaco. Mi dissi che avevo già cambiato radicalmente vita una volta ed ero sopravvissuta.

"Perché ho più paura ora di andare a vivere con il mio

migliore amico, l'uomo che amo, di quando ho lasciato la casa dei miei senza un soldo in tasca?" pensai.

Mi sfregai la tempia sentendomi confusa come il mio riflesso nello specchio del bagno. Avevo creduto che una volta presa una decisione quella sensazione sarebbe svanita, ma mi sbagliavo. Il malessere peggiorò. Più cercavo di capire ciò che provavo, meno chiarezza riuscivo a fare nella mia testa. C'era qualcosa di irrisolto.

Quando Taylor si mosse e mi posò una mano sulla pancia, capii di cosa si trattava. Se fosse rimasto con me, avrebbe dovuto fare un sacrificio che mi era fin troppo noto. Mi aveva detto che per lui la famiglia era importante. Come potevo pretendere che rinunciasse ad avere dei figli?

Mi sentii male. Aveva fatto tanto per me, e io lo avrei privato di quella possibilità.

"Se lo amo davvero, posso permettergli di fare una scelta simile?"

18.

Mentre parlavo, Pete affettava i peperoni verdi facendomi di tanto in tanto un cenno per lasciarmi intendere che ascoltava. Il sole non era ancora sorto e aveva già il grembiule tempestato di macchie verdi e marroni.

In cucina regnava il silenzio, a parte il rumore del coltello sul tagliere: colpi regolari che si interrompevano quando lui spostava i pezzi per poi ricominciare daccapo.

Sussultai nell'udire passi pesanti sulle scale. Taylor entrò dalla porta a vento con addosso solo un paio di pantaloncini grigi di cotone e gli scarponi slacciati. Appena vide Pete puntargli contro il coltello si bloccò all'istante.

Mi guardò.

«Non avvicinarti al cibo», spiegai.

Lui restò immobile. «Cosa fai?» chiese stringendosi le braccia al petto per ripararsi dal freddo.

Mi asciugai le guance bagnate. «Parlo con Pete.»

«Ma...» fece sollevando una mano. «Senza offesa, amico», aggiunse guardandomi, «Pete non apre mai bocca.»

«Lui non racconta i miei segreti e io non gli chiedo perché non parli.»

L'atteggiamento di Taylor cambiò all'istante. «Nemmeno io racconto i tuoi segreti. Ma questo valeva una volta, quando mi dicevi tutto.»

Balzai giù dal banco di acciaio inossidabile addossato al muro e salutai Pete prima di prendere Taylor per mano e tirarlo. «Torniamo di sopra.»

«Hai pianto?» Esitò per un istante prima di lasciarsi trascinare nella sala da pranzo e su per le scale.

Dal suo atteggiamento mi accorsi che aveva capito che c'era un problema. Chiusi la porta e mi ci appoggiai contro.

«Falyn», disse agitato, «è quello che penso? Perché si è trattato solo di un fottuto disaccordo. Non puoi mandare tutto in malora per questo. Insomma, è stata una... discussione animata. E l'ultima cosa che mi hai detto ieri sera era che ti saresti trasferita a Estes. Se questo ti spaventa tanto da indurti a scaricarmi, prendiamo in considerazione le alternative.»

«Non ti sto mollando», replicai. Vederlo così nel panico mi faceva male al cuore.

«Allora che cavolo sta succedendo? Perché sei sgattaiolata di sotto a parlare con Pete alle quattro e mezzo del mattino?»

Lo superai per andare a sedermi sul divano e mi feci lo chignon usando l'elastico che avevo attorno al polso. «Non sono sgattaiolata via. Parlo spesso con Pete il mattino, quando non c'è nessuno in giro.»

«Non se ci sono io», obiettò Taylor sedendosi accanto a me. «Qual è il problema, Falyn? Parlami.»

«Devo dirti una cosa.»

Si preparò ad ascoltare la mia rivelazione.

«Non posso avere figli.»

Rimase immobile per un istante, poi il suo sguardo prese a guizzare nella stanza. «Io... questo lo so.»

«Se la nostra storia proseguirà, se andremo a vivere insieme e via discorrendo, saremo sempre solo io e te. Non so se tu lo capisca davvero.»

Lo vidi rilassarsi completamente. «Maledizione, ragazza, mi hai messo una gran strizza.»

«Eh?»

«Credevo che volessi scaricarmi perché sono una testa di cavolo impaziente. Invece ti preoccupavi solo che non avessi riflettuto sul fatto che non potrai mai restare incinta?»

«Sì», risposi, vagamente seccata all'idea che ne parlasse con tanta disinvoltura.

«Ci ho riflettuto, baby. Non preoccuparti», disse gettando indietro la testa.

«Dalla tua reazione è chiaro che in realtà non lo hai fatto.»

«Ci sono milioni di modi per avere un figlio. Se no, c'è sempre l'adozione.»

«No.» Scossi la testa. «Non capisci. Te l'ho detto. Tutto questo doveva accadere. Non puoi interferire con l'ordine delle cose.»

«Non crederai davvero a queste stronzate? Al fatto che sia il tuo castigo?»

Annuii impercettibilmente. Detto a voce alta sembrava assurdo.

«Baby, non pensi di essere già stata punita abbastanza?»

Sentii le lacrime bruciarmi gli occhi. Nonostante non sapessi cosa aspettarmi e non fossi preparata, immaginavo che sarebbe stato un discorso dal forte impatto emotivo.

«Sei la cosa più bella che mi sia capitata. Smettila di fare la martire.» Mi attirò a sé e mi strinse, baciandomi i capelli.

«E se ti dicessi che sono contraria all'adozione?» domandai, sollevata di non doverlo guardare in faccia.

«Questo mi... stupisce», replicò, esitante.

«So che desideri avere figli e non ti voglio privare di questa esperienza. Dopo averci riflettuto a lungo sono giunta alla conclusione che l'adozione mi fa paura. Mi chiederei di continuo chi abbia rinunciato al bambino e perché. E se la famiglia decidesse di riprenderselo? Non posso permettermi di perdere due figli. Io... proprio non posso.»

«Io non la vedo così.»

«Lo so.»

«Capisco. Voglio dire... ce ne preoccuperemo quando sarà il momento.»

«È un discorso che dobbiamo affrontare ora. Tu vuoi dei figli. Io non posso averne e non sono dell'idea di adottarne. Si tratta di un problema serio. È impossibile aspettare e vedere come andrà, Taylor. A quel punto sarebbe troppo tardi.»

«Io ti voglio.»

Gli occhi mi si riempirono di lacrime. «Devi rifletterci.»

«Dannazione, Falyn, sei davvero convinta che sia necessario? No. Io non rinuncerò a te. E tu non rinuncerai a me.»

«Non prendi seriamente la faccenda», dissi cupa.

«Ho ascoltato la tua richiesta. La mia risposta è no. Se alla fine io e te ci ritroveremo da soli... Be', mi vengono in mente prospettive peggiori.»

«Andare a vivere insieme non mi sembra giusto. Non posso lasciare che tu faccia un passo del genere senza averci prima riflettuto bene», affermai tirando su con il naso.

«E invece ti sembra giusto mollare? 'Fanculo alla tua bella idea!» esclamò alzandosi. Camminò avanti e indietro per un po' e alla fine si fermò.

Si inginocchiò davanti a me, mi cinse la schiena con le braccia e mi attirò a sé.

«Sono incazzato per questo, ma ti amo. Devi sapere che non c'è niente che io voglia più di quanto voglio te.»

«E se te ne pentissi?»

Impallidì e assunse un'espressione delusa. «Hai detto di non avere intenzione di mollarmi, ma stai cercando di indurre me a farlo.»

«Devi pensarci bene.»

«Cos'è che ti spinge a comportarti così, Falyn? Sei tu che devi pensarci bene. La storia diventa seria e scattano gli allarmi. È ora che tu ti faccia qualche domanda.»

«Ci serve solo una pausa. Se dopo non avrai cambiato idea...»

«Dopo? Quando cazzo è dopo?»

«Taylor», dissi, mentre lo vedevo infuriarsi ogni secondo di più.

«Una pausa. Sono un adulto, Falyn. Di che stai parlando? Mi metti da parte perché io possa pensare a quello che vuoi tu nel modo che ritieni più opportuno?»

«Mi rendo conto che sembra così, ma sto solo cercando di fare la cosa giusta. Un giorno forse mi ringrazierai. Non voglio complicare le cose. Io...»

«Non dirlo. Non dire che lo fai perché mi ami, altrimenti vado fuori di testa.»

Si alzò e sparì in camera. Qualche minuto dopo tornò con addosso i jeans, una felpa nera e un cappellino grigio e nero calcato sulla fronte. Si chinò per allacciarsi gli scarponi.

«Te ne vai?» Ero un po' sorpresa e mi sentivo in colpa.

Era ovvio che se ne stava andando. Cosa mi aspettavo che facesse? Malgrado le mie buone intenzioni, avevo combinato un disastro; iniziai a pentirmi di ciò che fino a pochi momenti prima mi era parso così sensato.

Taylor cacciò gli abiti sporchi nello zaino, se lo mise in spalla e recuperò le chiavi. «Non è quello che vuoi?» disse allargando le mani. Afferrò la maniglia e mi puntò l'indice. «Vado a casa e invece di fare domanda per il posto full-time rifletterò su questa faccenda per una settimana. Poi tornerò, e tu mi chiederai scusa per aver rovinato un weekend che aspettavo da un mese.» Spalancò la porta e senza voltarsi aggiunse: «Ti amo».

Quando la porta sbatté, trasalii e chiusi gli occhi. Mi buttai sul cuscino del divano coprendomi la faccia con le mani. Forse Taylor aveva ragione. Forse lo stavo respingendo. Adesso che se n'era andato mi sentivo esattamente come mi aveva detto Travis a Eakins. Era un po' come morire lentamente e impazzire allo stesso tempo.

«Ti odio», dissi a me stessa.

Lunedì mattina scesi a fatica le scale e mi versai un caffè, rinunciando ai pancake. Erano passate poco più di ventiquattr'ore da quando avevo visto Taylor, ma sapevo che col passare del tempo non mi sarei certo sentita meglio.

Nella sala da pranzo c'eravamo solo io, Chuck e Phaedra. Pete e Hector sbirciarono dal passavivande.

Phaedra e Chuck avevano entrambi un'aria preoccupata.

«Non ha ancora chiamato, eh?» chiese lui dandomi una pacca sulla spalla.

«Mi ha mandato un messaggio ieri sera tardi», risposi.

«E allora?» incalzò Phaedra. «Buone o cattive notizie?»

«Sta ancora riflettendo.»

«È colpa tua, maledizione!» esclamò lei. «Non era in cerca di una scappatoia. A me pare che non stesse nemmeno considerando l'idea.»

«Cara...» disse Chuck, con un vago tono di monito.

«Ha ragione», affermai. «Forse non la vuole, ma ne ha diritto.»

«Oh, bambina, è stato buono con te. Non si merita un trattamento simile.» Phaedra prese un fascio di menu e si allontanò, infuriata.

Lanciai uno sguardo imbarazzato a Chuck.

«Vuole solo il meglio per te. Detesta che tu ti complichi la vita. Allora, cosa diceva il messaggio?»

Presi il telefono e lo lessi ad alta voce: «Non riesco ancora a credere che tu mi abbia scaricato e abbia rovinato il nostro fine settimana per la remota possibilità che un giorno io decida di piantarti a causa di qualcosa che non dipende da te. Sinceramente, non ci avevo mai pensato, ma hai ragione: c'è la concreta eventualità che noi due non avremo mai dei figli. È una faccenda importante su cui devo riflettere, però non c'era bisogno che mi cacciassi via per costringermi a farlo».

Phaedra tornò, colpita da quanto aveva sentito. «È in gamba, lo stronzetto, devo riconoscerlo.»

«Che cosa significa?» domandai, esausta. Non ero riuscita a dormire granché con tutti quei pensieri conflittuali in testa.

«Fa quantomeno finta di essere obiettivo.»

Mi rabbuiai.

In quel momento arrivò Kirby e lasciammo cadere l'argomento. Lei tuttavia si accorse che qualcosa non andava e iniziò a torchiarmi in ogni momento libero.

Per fortuna il Bucksaw fu affollato per quasi tutto il giorno, e questo mi permise di sottrarmi alla raffica di domande di Kirby e alle occhiate disincantate di Phaedra. Quando, pulito l'ultimo tavolo, mi sedetti su uno sgabello a contare le mance, Kirby mi mandò fuori dai gangheri.

«Dimmi almeno chi dei due ha iniziato il litigio!» mi supplicò.

«No! Adesso basta con questo interrogatorio!» ribattei, brusca.

Phaedra incrociò le braccia. «Falyn, voglio che mi ascolti. Ci sono migliaia di coppie che hanno deciso di non avere figli. Guarda me e Chuck. Certo, abbiamo voi ragazze, ma siamo felici. Tu sei stata onesta con Taylor. Lui sa cosa lo aspetta. Non puoi costringerlo a fare ciò che tu ritieni giusto.»

Kirby mi guardò come se fossi un fantasma. «Oddio, Falyn, sei incinta?»

«Vado», dissi dirigendomi verso le scale.

Feci la doccia e mi infilai a letto. Taylor nel frattempo mi aveva mandato un altro messaggio. Nonostante mi sentissi male al pensiero di cosa poteva avere scritto, lo lessi comunque.

Secondo giorno. Non c'è bisogno che tu mi risponda. Vuoi che mi prenda del tempo per riflettere, e ho intenzione di accontentarti, perciò che io sia dannato se non farò le cose nel modo giusto. Mi costringi a ricominciare daccapo. Ho pensato a te tutto il fine settimana. Ieri è stato un vero schifo passare la domenica qui senza di te. Mi manchi, anche se sono incazzato, ma soprattutto mi chiedo come tu possa pensare che per me esista qualcosa che conta più di noi. I figli sono importanti, e sì, il nostro rapporto è solo agli inizi, ma se devo scegliere, scelgo te.

Aveva mantenuto la promessa di riflettere su quanto gli avevo detto e mi mandava un messaggio ogni sera.

Terzo giorno. È soltanto martedì. Mi sembra di impazzire, cazzo. Non c'è bisogno che tu risponda, ma mi manchi terribilmente. È difficile pensare ad altro, però io sono sempre lo stesso, i miei sentimenti non sono cambiati. È la settimana più lunga della mia vita e ho paura che alla fine mi manderai al diavolo. È così? Non rispondere. Andrò da Tommy un paio di giorni per schiarirmi le idee.

Il quarto giorno non scrisse. Restai a letto a tormentarmi, in preda alla nausea. Avvertivo un senso di oppressione al petto e non avevo la mente lucida. Non volevo perderlo, ma se non gli fossi bastata avrei dovuto lasciarlo andare. L'egoismo a poco a poco rovinava qualsiasi relazione.

Le lacrime presero a scendermi sulle tempie e a gocciolare sulla federa. Mi misi un braccio sulla fronte e chiusi gli occhi per scacciare la paura, che però non se ne andò, anzi, divenne più forte.

Guardai la sveglia: le 4.15. Proprio quando stavo per prendere il telefono dal comodino, udii una serie di *ding*. Lo afferrai immediatamente.

È il quinto giorno di questa cazzata e sssono a San Diego. Frsse hai ragione.

Forse tra cent'anni mi sentirò fregato senza una famiglia e rimpiangerò di non avere un figlio per giocare a pallone e forse vrrò dei nipotini e comunque non ti merito.

Forse sono solo sbronzo.

'Fanculo. 'Fanculo a tutto questo. Ti amo e finora ho fftto quello che era giusto e sono più lontano da te di quanto lo sia stato da cche ci siamo conosciuti. Nn è colpa mia.

Scrissi una decina di risposte diverse, ma sapevo che cercare di farlo ragionare, o di scusarmi, non sarebbe servito a molto adesso che era ubriaco e sconvolto; anzi, avrebbe anche potuto peggiorare la situazione. Posare il telefono fu la cosa più difficile che avessi fatto da sei anni a quella parte.

Per la seconda volta in pochi giorni mi maledissi. «Ti odio profondamente!» esclamai coprendomi il viso.

Qualche ora dopo mi costrinsi ad alzarmi dal letto. Mi lavai la faccia e i denti, mi vestii e scesi di sotto. Mentre raccoglievo i capelli in uno chignon disordinato, realizzai di non aver preso il grembiule e risalii.

Inevitabilmente, mi trascinai per tutta la mattina. Ero sfinita e stavo male all'idea che le mie buone intenzioni avessero reso entrambi così infelici. Però ormai il danno era fatto, e non mi sarei intromessa finché Taylor non avesse preso una decisione.

Terminata l'ora di punta della colazione, il telefono vibrò nella tasca del grembiule. Corsi dietro il banco per leggere il messaggio, certa che fosse suo.

Quinto giorno. Ti prego rispondi. Mi dispiace maledettamente per ieri sera... o forse era già stamattina. Sono seduto in aeroporto e ho appena sentito mio padre. Ha detto tante cose giuste di cui ti dovrei parlare. Stasera sarò a Eakins. Ti prego vieni a Saint Thomas. Dormirò per terra, se vuoi. Ho un mal di testa terribile e mi sento di merda ma, se solo fosse possibile, mi augurerei di stare peggio. Ho talmente tanta voglia di vederti e di stringerti fra le braccia che mi sembra di impazzire. Non riesco a pensare ad altro che a rivederti. No, non rispondere. Ho paura di quello che mi dirai. Solo, ti prego, vieni.

Sfiorai il telefono con l'indice chiedendomi quale istruzione seguire. Quel messaggio non fece che acuire i miei sensi di colpa.

Perché mai la mia decisione di agire per il meglio aveva trascinato entrambi in quell'incubo?

Nonostante si trattasse solo di una pausa di una settimana per riflettere sul futuro, eravamo tutti e due a pezzi.

19.

Quando scesi dall'aereo, l'aria era così densa che mi sembrò di avvertirne il peso, di soffocare, di fenderla con il corpo. Anche se indossavo un paio di pantaloncini e una camicetta leggera, sulla mia pelle si formò subito una patina di sudore.

Mi sistemai la borsa sulla spalla, sbarcai dalla scaletta anteriore e mi fermai sull'asfalto. Saint Thomas toglieva il fiato per ben altre ragioni oltre alla qualità dell'aria. Foreste lussureggianti si estendevano a vista d'occhio sullo sfondo delle montagne, e appena finiva il cemento iniziavano le palme.

Presi il telefono e mandai un messaggio a Taylor per avvertirlo che ero atterrata.

In risposta mi mandò un ♥, nient'altro.

Ci incamminammo in fila indiana verso il terminal e lì ci mescolammo agli altri viaggiatori in attesa dei bagagli. Notai un uomo vicino all'uscita che reggeva un cartello con scritto il mio nome.

Non mi era più capitato di vedere niente del genere da quando avevo lasciato i miei.

«Salve», dissi confusa. «Sono Falyn Fairchild.»

L'uomo sfoderò un bel sorriso mostrando una fila di denti bianchi che contrastavano con la pelle color ebano. «Sì! Venga con me! Ha solo una borsa?» chiese con un forte accento straniero allungando la mano per prenderla.

«Chi la manda?»

«Ehm», fece controllando una carta che aveva in mano, «Taylor Mad Dox.»

«Taylor Maddox?» lo corressi automaticamente, sorpresa.

Lo stupore tuttavia si tramutò quasi subito in sospetto. O Taylor stava cercando con ogni mezzo di riconquistarmi oppure aveva qualcosa da farsi perdonare.

Porsi la borsa all'autista, ingiungendomi in silenzio di non ricamarci sopra. Non essendo potuto venire a prendermi di persona, mi aveva solo procurato un passaggio per l'albergo perché voleva assicurarsi che arrivassi sana e salva.

L'auto aveva la guida a sinistra, perciò dovetti sforzarmi di non cedere al panico ogni volta che imboccavamo una strada a doppio senso, convinta che fossimo nella corsia sbagliata.

Dopo un percorso piuttosto tortuoso, arrivammo davanti al cancello del Ritz-Carlton. L'autista parcheggiò sotto la tettoia e balzò giù per aprirmi la portiera. Scesi e deglutii con forza. I giorni in cui alloggiavo in alberghi come il Ritz erano ormai lontanissimi.

I muri chiari, il tetto di tegole e le piante erano impeccabili. Ricambiai il sorriso e il saluto di un uomo intento a raccogliere noci di cocco da una palma.

L'autista mi porse il bagaglio e io aprii la borsetta.

«No, no. È già tutto pagato.»

Gli diedi una banconota da dieci dollari. «E la mancia?»

Fece di no con la mano, sorridendo. «Hanno pensato anche a quella, signora. Felice soggiorno.»

Si allontanò e io entrai, sopraffatta dalla sontuosità dell'atrio. Notai subito Taylor, seduto su una poltrona. Con i gomiti appoggiati alle cosce e le mani giunte dondolava nervosamente un ginocchio.

Prima che potessi fare un altro passo sollevò lo sguardo, e sul suo volto scorsi un susseguirsi di emozioni. Scattò in piedi, corse da me e mi abbracciò con tanta forza che per poco non persi l'equilibrio. Non mi ero mai sentita tanto amata e desiderata in vita mia.

«Grazie al cielo sei qui!» esclamò, profondamente sollevato. Continuò a stringermi con delicatezza sprofondando la faccia tra i miei capelli.

Quando infine mi lasciò andare, capii che i miei sospetti

erano ridicoli. Aveva un'espressione preoccupata e l'umidità non era l'unico motivo per cui stava sudando.

«Sei bellissima», disse.

«Grazie», replicai, cercando di nascondere la mia diffidenza.

«Dio, quanto mi sei mancata!» Mi abbracciò di nuovo e mi baciò sulla fronte indugiando con le labbra sulla mia pelle. Poi mi prese la borsa. «Siamo nell'edificio cinque, nell'attico con vista sull'oceano.» Sorrise, ma nei suoi occhi c'era un pizzico di tristezza.

«Nell'attico?»

«Ho scelto il meglio. Siamo nella stessa torre di Travis e Abby. La camera è incredibile. Non vedo l'ora di mostrartela.» Mi fece cenno di seguirlo all'esterno, dove ci stava aspettando una golf cart.

Ci sedemmo dietro e sobbalzammo quando l'autista diede gas. Taylor mi fissò, pieno di sollievo e di ammirazione. Mentre la golf cart sfrecciava veloce sulla stradina per un paio di minuti fino al nostro edificio, non parlò, anche se mi sembrò che volesse farlo.

L'uomo alla guida parcheggiò, prese il mio bagaglio e attraversò la strada per poi imboccare un vialetto lastricato di pietre. Oltrepassammo diverse porte, scostandoci quando coppiette o famiglie uscivano dalle loro stanze cariche di borse da spiaggia, teli e macchine fotografiche. Salimmo le scale e li seguii verso la camera che avrei diviso con Taylor.

L'idea mi innervosì. In realtà ci eravamo presi una pausa, malgrado le cose tra noi sembrassero andare a gonfie vele. Avremmo dovuto affrontare il discorso, e mi chiesi se Taylor volesse farlo subito o tenermi sulla corda per tutto il fine settimana.

Prese il mio bagaglio, diede la mancia all'autista e aprì la porta. Un profumo di fiori freschi mi riempì le narici mentre i miei sandali ticchettavano sul pavimento di piastrelle. Le lenzuola bianche e i colori tenui degli arredi conferivano un tocco sofisticato ma accogliente. Proprio di fronte a noi c'era un'ampia porta scorrevole di vetro con le tende tirate oltre la quale si apriva la splendida vista del mar dei Caraibi.

Lasciai cadere la borsa per terra. «Oddio!» esclamai precipitandomi istintivamente alla portafinestra.

Taylor arrivò prima di me e la aprì.

Non appena misi piede fuori, sentii gli uccellini cantare e vidi le fronde delle palme ondeggiare nella brezza che trasportava l'odore del mare fin sulla terrazza. La spiaggia privata del Ritz-Carlton era costellata di lettini, ombrelloni, catamarani e pedalò. A nemmeno duecento metri dai bagnanti era ormeggiata una meravigliosa barca a vela, con il nome ben in risalto dipinto con la vernice bianca: *Lady Lyndsey*.

«Credo di non aver mai visto niente di così bello», dissi scuotendo la testa, sgomenta.

«Io sì.»

Con la coda dell'occhio notai che mi stava osservando. Mi voltai verso di lui lasciando che cogliesse ogni particolare del mio viso.

«Sono così felice che tu sia qui! Per tanti giorni ho temuto che non saresti venuta.»

«Ma mi hai comprato tu il biglietto. Non avrei mai potuto darti buca.»

«Dopo l'altra sera...»

«Mi hai scritto quando eri sbronzo. Ci sono cose peggiori, come la tortura, per esempio.»

«È stata una lunga settimana. E ogni giorno che passava mi innamoravo un po' più di te. Non è solo un luogo comune», affermò, corrucciato.

«Il fatto che la lontananza rafforza l'amore?»

«Sì, la lontananza, ma anche la prospettiva di aver perso la donna che ami alla follia. Quando ero solo, e anche quando non lo ero, ho detto cose piuttosto sgradevoli su di te, Falyn. Le ritiro tutte.»

Mi chiesi che idea si fossero fatti di me i suoi colleghi e suo fratello. Potevo solo immaginare ciò che Taylor aveva detto in preda alla delusione.

«Non ti ho scaricato. Ci siamo presi una pausa perché tu riflettessi su una questione importante.»

«Allora... noi non... noi stiamo ancora insieme», disse parlando più che altro a sé stesso. Impallidì e si allontanò per sedersi su una poltroncina di vimini.

«Non sono stata chiara. E comunque era ingiusto e crudele. Mi sono comportata da stupida... Mi dispiace.»

Scosse la testa. «Non scusarti. Non ce n'è proprio ragione.»

Mi sedetti accanto a lui. «Ho fatto una grande stronzata, a prescindere dalle mie intenzioni. Sono solo fortunata che tu mi ami e che abbia dimostrato di essere più paziente di quanto sembrava.»

Taylor guardò per terra e mi sorrise. «Facciamo finta che lo scorso fine settimana non sia mai esistito. Venerdì... dissolvenza, e si riprende nel momento in cui ti ho vista nell'atrio, come in un film.» Dal momento che non replicai, aggiunse: «Ho riflettuto come mi avevi chiesto e non la penso diversamente dalla sera in cui me ne sono andato».

«Ne sei sicuro?»

Fece un respiro profondo. «Ora più che mai.»

«Allora forse la pausa ti ha fatto bene.»

«Questo non lo so», replicò spingendo via il tavolino che ci separava e accostando la sua poltrona alla mia. «Ma non ho dubbi su quello che tu significhi per me. Sei l'unica donna che desidero toccare.»

«Mi dispiace», ripetei, incapace di scrollarmi di dosso il senso di colpa. «Avrei dovuto ascoltarti. Avevi ragione sul fatto che stavo forzando le cose e, nonostante io non me ne rendessi conto, probabilmente cercavo di allontanarti. Non voglio perderti, anche se sono un'egoista.»

Mi avvicinai per baciarlo e sospirai quando mi abbracciò.

«In realtà l'egoista sono io, Falyn, e devo scusarmi. Voglio solo dimenticare tutto, okay? Possiamo farlo? Siamo insieme. È questo che conta.»

Mentre mi teneva tra le braccia, ogni cosa sembrò sistemarsi. Non ero mai stata così contenta di essermi sbagliata.

Dopo qualche istante però Taylor si scostò, cupo in volto. «Devo darmi una mossa. I ragazzi sono nella stanza di Shep a prepararsi», disse. Si alzò e mi condusse per mano in fondo alla camera.

Mi sedetti ai piedi del letto e lo guardai aprire l'armadio per prendere lo smoking nel sacchetto di plastica. Lo sollevò e si strinse nelle spalle. «America ha voluto che facessimo tutto in modo formale.»

«Non vedo l'ora che tu lo indossi.»

«In bagno ci sono asciugamani puliti se vuoi farti una doccia prima della cerimonia. Io l'ho già fatta, ma me ne servirebbe un'altra.»

«Perché non la fai con me?» suggerii inarcando un sopracciglio.

Lui mollò lo smoking e si buttò in ginocchio ai miei piedi. «Tra noi è tutto a posto, vero?»

Annuii.

Mi diede un bacio sulle labbra. Quando si allontanò, aveva un'aria delusa. «Vorrei averne il tempo! La cerimonia si tiene nel gazebo sulla spiaggia. Prendi le scale dietro l'angolo.»

«Ci vediamo fra novanta minuti», dissi salutandolo mentre usciva dalla stanza camminando a ritroso.

Non appena la porta si richiuse, mi sfilai i sandali, attraversai la stanza e misi piede sul freddo pavimento di marmo del bagno. Il silenzio mi indusse a riflettere sulla mia strana riconciliazione con Taylor e mi venne un groppo in gola. Colorado Springs era a migliaia di chilometri di distanza, eppure non riuscivo a liberarmi dal senso di colpa. Più che nel mio riflesso allo specchio lo avevo colto negli occhi di Taylor.

Ero felice di averlo rivisto e di sapere che mi voleva nonostante non potessi avere figli, però c'era ancora qualcosa che non andava. In testa mi frullavano tante domande. Forse lo avevo ferito in modo irreparabile e quello che gli avevo fatto lo aveva cambiato per sempre. O forse aveva cambiato tutti e due.

Mi tolsi la camicetta appiccicata alla pelle. L'aria era così densa che mi avvolse come un vestito.

Sotto la doccia cercai di non piangere e mi rimproverai

di cercare sempre una ragione per essere triste, perfino in un bagno lussuoso, sotto un getto ad alta pressione, non con i tubi vecchi come quello di casa mia. Poi mi dissi che, poiché avevo già la faccia bagnata ed ero sola, avrei potuto sfogarmi.

Così piansi per Olive, per i miei genitori e per come mi ero comportata con Taylor. Piansi per non essermi goduta la felicità che avevamo e perché sapevo che non sarei potuta tornare indietro. Ero la prima donna che amava, e non avevo idea di quanto gli fosse costato ammetterlo e dichiararmelo. Avevo distrutto la fiducia che riponeva in me, apparentemente senza motivo. Piansi perché ero arrabbiata e perché mi stavo disperando in un resort a cinque stelle su una splendida isola tropicale.

Esaurite le lacrime, mi lavai, mi sciacquai e chiusi il rubinetto. Il flusso d'acqua si interruppe all'istante, come un acquazzone caraibico.

Mi avvolsi nell'asciugamano bianco più morbido che avessi mai toccato, uscii dal box e pulii lo specchio appannato.

Rividi la mia sagoma indistinta, stavolta con gli occhi rossi e gonfi. «Merda.» Mi passai sul viso un asciugamano bagnato.

Non appena il rossore si attenuò, mi pettinai i capelli bagnati e li asciugai con il phon. La cerimonia sarebbe iniziata di lì a quarantacinque minuti. Avevo passato più tempo del previsto sotto la doccia.

Muovendomi rapidamente nella stanza, indossai l'abito lungo che mi aveva prestato Kirby. Il tessuto era leggero e vaporoso, la vita alta ingentiliva la scollatura a V. La caratteristica che più mi piaceva però erano i colori sfumati: dal crema al pesca, al porpora. Mi ricordavano un tramonto sulla spiaggia, perciò mi era parso subito la scelta giusta.

Mi raccolsi i capelli in uno chignon basso laterale e cercai di truccarmi in modo consono all'occasione. In quel genere di cose non ci sapevo proprio fare.

Taylor mi aveva detto di prendere le scale dietro l'angolo, ma non pensavo di dover scendere un centinaio di gradini. Sollevai la gonna sforzandomi di non fare troppo rumore con i tacchi sulla pietra liscia. Quando una piccola lucertola mi sfrecciò davanti ai piedi, strillai.

Un dipendente dell'albergo che stava salendo sogghignò. Per fortuna era l'unico testimone.

Arrivata al sentierino, scorsi un tendaggio di mussola che ondeggiava nella brezza dell'oceano e andai in quella direzione. Davanti al gazebo bianco erano state disposte alcune sedie dello stesso colore. Decine di rose di colori tenui ricoprivano i tiranti dei teli candidi che avvolgevano le colonne.

Jim era seduto da solo in prima fila, nel posto più vicino al corridoio. Avanzai goffamente affondando i sandali nella sabbia bianca. Quando lo raggiunsi, mi rivolse un'occhiata cordiale.

«Ce l'hai fatta», mi disse toccando la sedia vuota alla sua destra.

«Sì. Probabilmente è sorpreso, vero?»

«In realtà ci speravo.»

Sorrisi e mi scostai per studiare la sua espressione. Non lo conoscevo abbastanza bene da poter escludere che stesse facendo del sarcasmo. «È bello sentirglielo dire.»

«Ehi! Eccomi!» esclamò una ragazza incespicando davanti a noi prima di buttarsi sulla sedia al mio fianco. «Fiuuu!» Si gettò i lunghi riccioli scuri dietro le spalle nude. Indossava un top bianco senza maniche e una lunga gonna a fiori. Nonostante battesse con una certa frequenza le palpebre, notai i grandi occhi di un azzurro ghiaccio. Sembrava una top model ma si muoveva come un'adolescente troppo cresciuta.

«Bene!» rispose Jim sogghignando. «Mattinata impegnativa, Ellie?» le chiese.

«Come sempre. Ero nella stanza di Shep a scattare foto. Ciao», disse staccando una mano dalla costosa macchina fotografica per salutarmi. «Sono Ellison, l'amica di Tyler. La sua ragazza, se preferisci.»

«Oh.» Sussultai per la stretta vigorosa.

Un sorriso ironico attraversò il bel viso abbronzato. «Bacia bene, vero?»

Fui colta del tutto alla sprovvista dall'accenno all'errore / equivoco / gran casino accaduto diversi mesi prima al Cowboys. «È successo tanto tempo fa. Ed è stato un incidente.»

Jim rise fragorosamente, il ventre scosso dai sussulti. «Quei ragazzi... non so da chi abbiano preso. Da me no di certo.»

«Neanche dalla madre», osservò Ellison.

Mi irrigidii sentendola parlare della defunta moglie di Jim, Diane. Lui invece sorrise, lo sguardo luminoso, pieno di bei ricordi.

Si toccò la fede d'oro al dito. «Era una donna buona. Ma non avrebbe mai attirato la mia attenzione se lo fosse stata al cento per cento.»

«I ragazzi hanno preso di sicuro da te», affermò Ellison.

Mi chiesi da quanto lo conoscesse. Sembravano essere in confidenza, considerato il modo in cui lo stuzzicava, però Taylor non mi aveva mai accennato a lei.

Mi mise un braccio dietro la schiena e mi strinse avvicinando la guancia alla mia. «È così bello conoscere la metà dell'altra metà di Tyler.»

"Okay, probabilmente dà un po' troppa confidenza a tutti", pensai.

Un'altra donna si avvicinò dopo avere scattato alcune foto al gazebo con il telefono, ed Ellison si spostò lungo la fila di sedie per farle posto. «Vieni qui, Cami.»

«Oh, grazie.»

Ebbi la sensazione che dietro quella mossa ci fosse qualche secondo fine.

I capelli tagliati a rasoio ondeggiarono quando si sedette. Si sistemò il corpetto del vestito senza spalline e notai le braccia interamente coperte di tatuaggi, grandi e piccoli, semplici e complessi.

Mi rivolse un sorriso smagliante a cui risposi con un cenno del capo.

«Falyn», mi presentai.

«Camille.»

«Quale...» iniziai a dire accorgendomi troppo tardi che era una domanda sconveniente.

«Trenton.»
Ellison le sollevò la mano sinistra. «Si sono appena fidanzati! Te lo immagini?»
«Io non... non capisco», ammisi.
Jim scoppiò a ridere. «Vuol dire che l'idea di sposare un Maddox la spaventa a morte. Ed è giusto che si preoccupi, perché prima o poi cederà.»
«Secondo Tyler», precisò Ellison.
«Ma a chi la racconti!» la punzecchiò Camille.
Lei si limitò a scuotere la testa, sempre allegra.
Dopo qualche minuto arrivò una coppia più anziana con un'altra donna. Jimmy me li presentò come suo fratello Jack e la moglie Deana. La terza era Pam, la madre di America.
Sbirciai l'ora sul telefono. Mancavano solo dieci minuti all'inizio della cerimonia.
In quel mentre sopraggiunse una donna che teneva in mano una pochette e cercava disperatamente di apparire calma.
«Liis!» la salutò Camille, con una lieve nota di panico nella voce, e per reazione si allontanò da me.
«Cosa c'è?» chiese Ellison spostandosi sull'ultima sedia della fila. «Pensavo che...»
Appena si fu seduta, Camille parve rendersi conto di ciò che sarebbe accaduto.
Liis fissò inorridita il posto vuoto fra me e Camille, poi si sedette guardando davanti a sé.
Camille lanciò un'occhiata a Ellison e arrossì.
Liis era un vero schianto: i lucidi capelli neri creavano un meraviglioso contrasto con il vestito color porpora. Non era difficile capire con quale dei Maddox stesse perché Thomas le aveva dato un bacio sulla guancia prima di salire i gradini del gazebo.
«Ciao, Liis», disse Jim chinandosi in avanti.
Lei fece lo stesso e gli strinse la mano. Ellison li osservò con un sorriso affettuoso, Camille invece fece del suo meglio per ignorarli.
"Oh-oh. Che ci sarà mai sotto?"

Dagli altoparlanti laterali si diffuse una musica, e il pastore prese posto, seguito dagli uomini. I testimoni dello sposo si disposero in ordine di età, dal più giovane al più vecchio.

«Quello è Shepley?» domandai a Jim.

Lui annuì mentre li guardava come un padre orgoglioso. Erano una famiglia unita e stentavo a credere che avessero dei segreti.

Taylor stava benissimo in smoking, però mi fece uno strano effetto constatare che era identico a Tyler, la cui fidanzata più o meno ufficiale sedeva a due posti di distanza da me. Lui mi strizzò l'occhio, e ridemmo tutte quando gli altri fratelli fecero lo stesso alle rispettive ragazze.

All'arrivo del corteo nuziale mi rilassai e osservai Travis e Abby che rinnovavano i voti promettendo di amarsi. Fu una cerimonia splendida, spontanea e autentica. Nonostante fossero giovanissimi, si guardavano in un modo che mi commosse e mi fece male al cuore. Avevano tutta la vita davanti, e nel loro futuro ci sarebbero stati figli e nipoti. Per quanto ne sapessi, Taylor era l'unico Maddox che non avrebbe avuto quell'opportunità, eppure guardava Travis con un'espressione di genuina felicità. Di tanto in tanto, quando il fratello pronunciava parole come «sempre» e «per l'eternità», mi lanciava un'occhiata.

Meno di dieci minuti dopo, quando il pastore invitò Abby e Travis a baciarsi, esultammo tutti. Jim mi abbracciò ridendo e asciugandosi gli occhi.

Scattai una foto con il cellulare quando Travis prese tra le braccia la moglie suggellando la promessa con un bacio. Feci in modo di inquadrare anche Taylor, che li osservava sorridente.

Una ventata sollevò il velo di Abby quando Travis la fece piegare all'indietro, e il pastore in quel momento alzò le braccia.

«Vi dichiaro marito e moglie», annunciò cercando di sovrastare il rumore del vento, delle onde, degli applausi e degli allegri schiamazzi dei fratelli Maddox.

20.

Mentre Travis aiutava Abby a scendere i gradini del gazebo, udii solo grida di gioia. Gli sposi passarono di corsa davanti agli invitati esultanti e scomparvero oltre un sipario di cespugli e fronde di palma.

Il pastore scese dal pulpito. «Il signore e la signora Maddox vi invitano a raggiungerli al ristorante Sails per la cena e il ricevimento. Vi ringrazio a loro nome di essere qui in questo giorno davvero speciale.»

Quando con un gesto ci fece capire che eravamo liberi di andare, Jim si alzò invitando tutti a fare lo stesso. Gli uomini presero a gironzolare nei paraggi con le mani in tasca mentre le donne recuperavano le borse e si ritoccavano il mascara sbavato.

I fratelli si rilassarono avvicinandosi alla prima fila.

Sollevai il telefono per inquadrare Thomas e Liis. «Sorridete!»

Lui, che era alle sue spalle, la cinse con le braccia e le diede un bacio sulla guancia.

Scattata la foto, girai il telefono per mostrare loro il risultato. «È perfetta.»

Thomas strinse a sé la fidanzata. «Liis di certo lo è.»

«Oh, quanto sei dolce!» commentai.

Avvertii un colpetto sulla spalla e, quando vidi che era Taylor, lo abbracciai e sentii la stoffa pesante dello smoking sotto le dita. «Hai caldo?» chiesi.

«Sto bollendo.»

«Be', però sei incredibilmente sexy», sussurrai.

Mi rivolse uno sguardo ardente. «Sul serio?»

«Qua fuori non è poi così bello. Potremmo rientrare.»

Lui mi attirò a sé. «Sono un tipo flessibile. Laggiù c'è una spiaggia che fa al caso nostro.»

Jim batté le mani e se le fregò per ricordarci che non eravamo soli.

Nessuno però stava prestando attenzione alle nostre avance. Sembravano tutti distratti dalla tensione palpabile che si era creata tra Thomas, Liis, Trenton e Camille.

«Recuperate le vostre donne», esclamò Jim rivolgendosi ai figli. «Muoio di fame. Andiamo a mangiare.»

Prendendo per mano Liis, Thomas seguì il padre, Trenton e Camille.

«Cos'è questa storia?» chiesi a Taylor.

«Oh, Liis e Camille?»

Annuii.

Ellison mi si avvicinò. «Camilla è stata insieme a Thomas. Adesso tra lei e Liis c'è un po' di imbarazzo, ma presto le cose si sistemeranno.»

«Be', anche voi due avete baciato lo stesso ragazzo», osservò Tyler.

Ellison gli tirò un pugno scherzoso, anche se piuttosto forte a giudicare dal rumore dell'impatto.

«Oh!» esclamò Tyler, stupito, massaggiandosi il ventre.

Taylor scoppiò in una risata stridula. Mi prese per mano e insieme ci avviammo lentamente verso il Sails, nell'edificio adiacente al nostro. Sul patio, i gemelli si sedettero a un tavolo libero con il cartellino RISERVATO.

Pochi secondi dopo arrivò un cameriere a prendere le ordinazioni delle bevande.

«Un whisky», disse Taylor. «Liscio.»

«Abbiamo un buon Jameson di diciotto anni.»

«Ottimo.» Sorrideva, ma il tono di voce e le rughe attorno agli occhi erano indice di uno stato d'animo ben diverso.

Il cameriere mi guardò.

«Soltanto dell'acqua, grazie.»

«Sì, signora. Naturale o gassata?»

«Gassata», dissi. Almeno avrei potuto festeggiare insieme agli altri con le bollicine.

Liis e Thomas erano seduti di fronte a noi con Shepley, America e i genitori di lei. Due tavoli più in là Camille e Trenton, felici e innamorati, stavano chiacchierando amabilmente con Jim. Se c'era dell'imbarazzo tra le due coppie, il problema non sembrava toccarli; però le mie erano solo congetture.

Taylor si tolse la giacca e arrotolò le maniche della camicia bianca. Si chinò in avanti indicandomi il papillon, e io lo aiutai ad allentarlo e a slacciare il primo bottone del colletto.

«Come sono contento che tu sia qui!» Si protese per darmi un bacio a un angolo della bocca. «Sono stato sulle spine finché non mi hai mandato il messaggio.»

«Ti avevo detto che sarei venuta.»

Mi scrutò sfiorandomi il labbro inferiore con il pollice. «Voglio solo te, nient'altro, Falyn. Tu non sei semplicemente parte di ciò che desidero. Sei *tutto*. Il resto è un di più.»

Mi appoggiai allo schienale e cercai di non fissarlo. Quando si grattò la nuca contraendo il muscolo del braccio, dovetti accavallare le gambe per contrastare la fitta tra le cosce. Era trascorsa una settimana dall'ultima volta che avevo sentito la sua pelle a contatto con la mia, e il mio corpo me lo stava ricordando.

«Cosa c'è?» chiese con una risatina.

«Niente», risposi distogliendo lo sguardo e trattenendo un sorriso.

Arrivarono Abby e Travis. Lui le teneva una mano sollevata mentre lei nell'altra stringeva il bouquet. All'annuncio diffuso dall'altoparlante tutti al Sails applaudirono felici. Subito dopo si udirono le note di una ballata rock e Travis trascinò in pista la moglie. Abby era incantevole, con le eleganti ciocche color caramello che incorniciavano il viso scurito dal sole dei Caraibi. Il candore dell'abito metteva ancor più in risalto la pelle abbronzata.

Guardai le mie braccia, così tristemente pallide. In quell'istante decisi che avrei passato in spiaggia il tempo che mi restava.

Mangiammo, ballammo e ascoltammo i discorsi dei testimoni. Ridemmo, tutti bevvero, tranne la sottoscritta, poi gli uomini si appartarono per fumare i sigari comprati dal padre dello sposo.

Poco dopo le dieci i genitori di Shepley decisero di andare a letto. Jim li seguì quasi subito.

Ansioso di restare solo con la moglie, Travis la prese in braccio. Abby ci fece un cenno di saluto sventolando il bouquet mentre lui la portava via nella notte verso l'edificio cinque. Al pensiero di ritrovarmi da sola con Taylor nella nostra stanza fui sopraffatta dal desiderio ed ebbi la tentazione di trovare un pretesto per andare via. Quando però lo guardai e vidi che si stava divertendo con i suoi fratelli, mi sforzai di ignorare i messaggi che mi stava lanciando il mio corpo.

I successivi ad andarsene furono Thomas e Liis. Rimasero così i Maddox di mezzo e il loro cugino, insieme alle rispettive fidanzate.

Dalle casse provenne una musica ritmata. Taylor mi trascinò sulla pista da ballo improvvisata, una zona del patio da cui erano stati tolti i tavoli, e per l'ennesima volta quella sera mi fece volteggiare; poi però inciampò. Nonostante la quantità di alcol che aveva in corpo, ebbe i riflessi abbastanza pronti da afferrarmi e impedirmi di cadere. Fu lui a picchiare un fianco e una spalla sul pavimento.

«Oh!» gridarono i suoi fratelli accorrendo.

Shepley, Tyler e Trenton mi aiutarono a rialzarmi.

«Stai bene?» si informò Shepley.

«Sì», risposi guardando Taylor, che faticava a tirarsi su.

«Ti sei fatta male?» mi domandò lui.

«Non ho neanche sfiorato il pavimento. E tu? »

Scosse la testa, con lo sguardo vitreo. «Al momento non sento niente.»

«Eddai!» esclamò Tyler dandogli una forte pacca sulla spalla.

America alzò gli occhi al cielo e si girò verso di me. «Sicura di non volere altro oltre all'acqua frizzante? Guarda che lui è molto più avanti di te.»

«Lo vedo», replicai sorridendo mentre i suoi fratelli lo spintonavano a turno.

«Okay, okay, siamo tutti sbronzi», osservò Shepley. «Piantatela prima che qualcuno si incazzi e scoppi una rissa. Non voglio essere cacciato fuori da un hotel all'estero.»

«Questo è territorio statunitense», affermò Taylor barcollando. «Quindi siamo a posto.»

«Vedi?» disse Ellison indicandolo. «Non è troppo ubriaco. La festa può continuare.»

I ragazzi si avvicinarono alla ringhiera per fumare; America, Ellison e Camille invece mi raggiunsero al tavolo.

America appoggiò il braccio sullo schienale di una sedia. Aveva un'aria sfinita.

«Sei stata brava», commentò Camille.

«Hai organizzato tutto tu?» le chiesi.

«Fino all'ultimo dettaglio. Abby non ha mosso un dito. Se volevo essere la testimone al matrimonio da favola della mia migliore amica, dovevo occuparmene io, e così ho fatto.»

«Incredibile», dissi.

Un acquazzone costrinse i camerieri ad abbassare i teli laterali e a spostare i tavoli per tenere gli ospiti all'asciutto. I ragazzi tuttavia non si mossero, apparentemente lieti di restare sotto la pioggia tropicale.

Camille corse da Trenton. Quando lui la prese fra le braccia e la fece ruotare, strillò di gioia gettando indietro la testa e chiudendo gli occhi.

Un cameriere si avvicinò loro con un bicchiere d'acqua per spegnere le sigarette; poco dopo tornarono da noi con le camicie zuppe.

Taylor si sedette accanto a me e mi baciò la mano. «Sto cercando di comportarmi in modo educato, ma l'unica cosa a cui penso è di portarti in camera.»

«Li vedremo domani. È stata una giornata lunga. Penso che capiranno», replicai, senza riuscire a fingere di voler restare un secondo di più.

Lui si alzò tirandomi su. «Noi andiamo!» esclamò.

Ci incamminammo in modo non proprio rettilineo verso il sentiero che conduceva al nostro edificio. Le onde si frangevano sulla sabbia a meno di cinquanta metri, ma nel buio vedevo solo le luci brillare sulle colline al di là della baia.

Ben presto sentimmo delle voci sovrastare il fragore dell'oceano agitato.

«Ti comporti come se si potesse smettere di amare qualcuno con la stessa facilità con cui si preme un interruttore. Ne abbiamo già parlato un'infinità di volte. Io adesso voglio *te*. Io sto con *te*.»

Taylor si bloccò su due piedi e io gli sbattei contro.

«Scusami», mormorò, ma non parlò piano come avrebbe voluto. «Quello è Tommy.»

«Sssh», lo ammonii.

«...ti manca, vorresti stare con lei. E vuoi che riveda tutte le mie convinzioni per questo?» ribatté Liis.

«È una situazione assurda», disse Thomas.

Trasalii sentendomi in colpa ma molto solidale con entrambi. «Dai», bisbigliai. «Non dovremmo origliare.»

Taylor sollevò un dito.

«...ti sto punendo? Mi hai fatto credere per tutto il fine settimana che ti stavi innamorando di me!» strillò Liis.

«È così! Dannazione, Camille, come faccio a fartelo entrare in testa?»

«Oh, cazzo», fece Taylor. «Non va per niente bene.»

«Non l'ha appena chiamata Camille?» chiesi inorridita.

Annuì mentre ondeggiava per cercare di reggersi in piedi.

«Cazzo, scusami», disse Thomas in tono disperato.

«Possiamo andare, per favore?» implorai tirando Taylor per un braccio.

«Sono così... stupida», stava dicendo Liis. L'umiliazione nella sua voce riempì l'intera baia.

«Taylor», sibilai.

«Voglio accertarmi che mio fratello stia bene.»

Proprio in quel momento Thomas arrivò dalla spiaggia e vedendoci sobbalzò. Assunse subito un'aria severa.

«Ehi, amico. Stai bene?» si informò Taylor aggrappandosi a me.

Da infuriata l'espressione di Thomas divenne preoccupata. «Quanto hai bevuto?»

«Parecchio», dissi io.

«Non tanto», rispose simultaneamente Taylor.

Thomas mi guardò e si avvicinò al fratello. «Ricorda le mie parole: dormici sopra. Sai come ti riduce l'alcol.»

Con un gesto Taylor lo invitò a lasciar perdere, e Thomas gli diede una pacca sulla spalla.

«'Notte.» Guardandomi aggiunse: «Mettilo subito a letto. Niente doccia. Non spogliarlo nemmeno. Adesso ha solo bisogno di dormire».

Mi rabbuiai. Non era la prima volta che lo vedevo ubriaco. A Capodanno aveva bevuto talmente tanto da stordirsi. Aveva la sbronza triste e diventava estremamente loquace. Però a me piaceva. Era onesto e non si vergognava delle sue idee e dei suoi sentimenti. Non aveva filtri.

«Falyn?» disse Thomas in tono autoritario.

«Ho sentito», risposi, insofferente a quell'ordine. «Forza, Taylor, andiamo.»

Thomas ci superò e io lo condussi su per la lunga scala fino in camera. Si appoggiò a me per togliersi le scarpe e i calzini.

«Che schifo! Credo che li butterò. Sono così sudati che probabilmente pesano come piombo.»

«Sì», convenni. «È questa l'onestà che mi piace tanto.»

Mi fissò con un luccichio negli occhi, poi si affrettò a distogliere lo sguardo cercando di sbottonarsi la camicia.

«Lascia che ti aiuti», mi offrii.

Quando lo svestii, non mi prestò attenzione ma rimase a osservarmi mentre mi spogliavo a mia volta. Tuttavia non appena mi inginocchiai davanti a lui indietreggiò.

«Cosa succede?» chiesi posandomi le mani sulle cosce.

«Niente», rispose facendomi rialzare per condurmi verso il letto.

«Ha a che vedere con quello che ha detto Thomas?»

«No.»

Mi avvicinai per dargli un bacio, gli misi le mani sul fondoschiena e gli diedi una spintarella. Taylor cadde sul materasso.

Strisciai sopra di lui e sentii le sue mani stringermi i fianchi. Gemette quando gli succhiai il labbro, quindi avvertii la sua erezione.

«Oddio, la settimana scorsa non ho fatto che pensare a questo», ammise.

«E adesso no?» ribattei mettendomi a sedere.

«Mi avevi chiesto di riflettere sull'idea di non avere figli, e l'ho fatto.»

Mi premetti contro il suo petto e lo tempestai di baci dal mento fino al lobo dell'orecchio mordicchiandogli con delicatezza la pelle morbida prima di leccarla e scostarmi. Gemette ancora, mi afferrò il viso con entrambe le mani e avvicinò a forza la mia bocca alla sua. Quando mi sistemai sopra di lui, però, mi prese per i fianchi e mi allontanò.

«Baby», fece ansimando.

Attesi di sentire cosa voleva dirmi.

«Ti amo.»

«Anch'io ti amo», replicai chinandomi per baciarlo ancora.

Lui si mise a sedere tenendomi a distanza.

«Taylor, che diavolo succede?»

Fece un respiro, la mente annebbiata dal whisky. «Dovremmo dormire.»

«Cosa? Perché?» chiesi con voce più acuta.

«Perché ho bisogno di smaltire la sbronza. Non avrei dovuto bere tanto.»

Scossi la testa, confusa.

Taylor si grattò la nuca. «Io non... non voglio che tu mi lasci.»

Lo abbracciai. «Sono qui. Non vado da nessuna parte.»

«Promesso?»

Inclinai la testa.

«Promettimelo, Falyn. Promettimi che resterai.»

Scrollai le spalle, lievemente divertita. «E dove dovrei andare?»

Mi sfiorò il viso, guardandomi come se ne stesse studiando ogni curva e ogni linea. Sospirò e i suoi occhi si velarono. «Non lo sapevo. Credevo che tu... credevo che noi... Ero incazzato con te. Volevo solo dimenticare tutto per una notte.»

«Di quale notte stai parlando?» domandai dopo qualche istante di silenzio.

«Di quella che ho passato a San Diego.»

«Ti sei ubriacato?»

Iniziai a capire il motivo dell'inquietudine che avevo percepito in lui tutto il giorno, la sua angoscia e persino il senso di certi discorsi che aveva fatto. Socchiusi le labbra.

«Baby, te lo giuro, non sapevo che stavamo ancora insieme, anche se non è una scusa perché non avrei dovuto farlo comunque.»

«Che cosa?» Mi scostai da lui coprendomi con l'angolo della trapunta.

«Sono andato in un bar con Thomas. Ero fuori di me e ci ho dato dentro. Quando Thomas è uscito, io sono rimasto.»

«Ti sei portato a casa una ragazza.»

«Io... Il bar era di fronte all'appartamento di Thomas. Lei è venuta con me.»

«Quindi tuo fratello lo sa», affermai alzando gli occhi al cielo. «È ovvio. E non voleva che me lo dicessi.»

«Pensava che non mi avresti perdonato.»

«Aveva ragione.»

Taylor restò a bocca aperta e si avvicinò.

Balzai giù dal letto tirando la trapunta che lui aveva stretto fra le dita finché non la lasciò andare. «Ammetto di aver fatto una stronzata e non ho scuse. La mia è stata una pessima strategia per indurti a riflettere su quello in cui ti stavi imbarcando, ma tu...» Mi toccai la fronte. «Tu hai detto che lo avresti fatto. Che avresti pensato al nostro futuro, all'idea di stare con me nonostante io sia sterile. E sei andato a scopare? In che modo esattamente questo ti ha aiutato a prendere una decisione?»

Lui si alzò, indossò un paio di pantaloncini e fece un passo verso di me.

«Non toccarmi», lo ammonii puntandogli contro l'indice.

«Non odiarmi, ti prego. La settimana scorsa credevo di impazzire. Non posso soffrire così di nuovo, Falyn. Non ce la faccio, cazzo!» esclamò con un'espressione mortificata e la voce rotta.

Mi sedetti sul letto e fissai il vuoto davanti a me. «Be', neanch'io. E allora?»

«Neanche tu cosa?» chiese sedendosi accanto a me.

«Non posso restare con te adesso», risposi guardandolo. «E non è nemmeno giusto che tu me lo chieda.»

«Certo che non lo è, ma non me ne frega un cazzo. Non posso perderti di nuovo.»

«Thomas non voleva che tu me ne parlassi, ma non l'hai ascoltato. Perché?»

«Dovevo prima che noi...»

«Hai usato o no il preservativo?»

«Non me lo ricordo», ammise, pieno di vergogna.

Feci una smorfia di disgusto e mi asciugai una lacrima.

«Hai promesso di restare», mi rammentò.

«E tu avevi promesso di non tradirmi.»

«Sono un idiota. Mi sono comportato da stupido, lo ammetto, ma non ero andato a San Diego per tradirti. Anche se sono stato un grandissimo coglione e ho cercato di distrarmi con la prima che mi ha degnato di qualche attenzione, ti amo.»

«Ci siamo comportati da stupidi tutti e due.»

«Tu cercavi solo di fare la cosa giusta. All'inizio non lo avevo capito, ma avevi ragione. Per me sarebbe stato difficile lasciarti se avessi deciso che volevo dei figli.» Quando mi alzai, trasalì. «Che stai facendo?» domandò, in preda al panico.

«Mi vesto. Ormai il momento è passato.»

Andai in bagno trascinandomi dietro la trapunta. Mi lavai il viso e i denti, sollevata all'idea che me lo avesse confessato prima di fare l'amore. Avrebbe dovuto sottoporsi a qualche analisi per accertare di non aver contratto malattie a trasmissione sessuale. Proprio quando mi ero illusa che il peggio fosse passato la situazione si complicava.

Mentre mi asciugavo la faccia sgorgarono le lacrime. Soffocai i singhiozzi premendo sulla bocca la spugna morbida e mi resi conto che tutto ciò che Taylor aveva detto e fatto di recente acquisiva finalmente un senso, compreso il messaggio che mi aveva mandato da sbronzo.

Tornai con addosso una delle sue magliette, stringendo la trapunta. Seduto sul letto, lui si teneva la testa fra le mani.

«Resterò», dissi. «Abbiamo parecchi problemi da risolvere, ma non illuderti che io ti consoli. Questo devi scordartelo.»

«Posso abbracciarti?» chiese.

«No», risposi stendendomi e dandogli la schiena.

Non riuscii a addormentarmi. Sentivo ogni sospiro e ogni movimento che faceva. Quando il condizionatore entrò in funzione, mi misi a fissare il soffitto. Avevo passato abbastanza notti con Taylor da capire dal ritmo del suo respiro che nemmeno lui stava dormendo, però ci limitammo a restare sdraiati l'uno accanto all'altra, senza parlare, senza toccarci, sentendoci entrambi tormentati.

21.

Mi sembrava di essermi appena assopita quando gli uccellini fuori iniziarono a cantare. Taylor respirava profondamente, segno che stava ancora dormendo.

Sgattaiolai giù dal letto, indossai un bikini, un copricostume e un cappello. Afferrai gli occhiali da sole e il telefono e uscii.

«Ehilà!» esclamò Travis. «Vai in spiaggia?»

Annuii. «E tu?»

Scosse la testa. «Voglio passare da Thomas e Liis prima che partano. Hanno un volo presto.»

«Ah, okay. Be', magari ci si vede più tardi.»

«Sì. Falyn?» disse prima che potessi fare un altro passo. «Taylor con te è davvero felice. Non solo me lo ha confidato l'altra sera, ma glielo si legge in faccia. Non lasciare che qualche cazzata vi separi.»

Mi sentii male. «Lo sanno *tutti*?»

«Che cosa?»

«Niente. Congratulazioni», replicai superandolo e sforzandomi di non correre giù per le scale.

Fui la prima ad arrivare in spiaggia. La fila di sdraio in riva al mare era completamente libera, perciò ne scelsi una centrale e mi rilassai.

Dieci minuti dopo arrivò un'altra coppia. Il cielo a poco a poco da scuro divenne blu e poi azzurro. Il panorama si accese di colori.

Chiusi gli occhi e ascoltai le onde e gli uccellini per scacciare le preoccupazioni. Inspirai l'aria densa e salata fallendo miseramente nel tentativo di concentrarmi sulla bellezza che mi circondava. Continuavo a immaginare le mani di Taylor su quella californiana, lo vedevo abbracciarla e toccarla, come aveva fatto con me tante volte, e pensavo a quanto dovesse essersi divertita perché in quello lui era molto, molto bravo.

Il cellulare vibrò. Guardai il display e sbloccai lo schermo quando vidi che si trattava di un messaggio di Taylor.

Sei tu quella in spiaggia?

Mi girai e lo individuai subito sul balcone.

Sì.

Okay. Ti lascio in pace. Volevo solo essere sicuro che stessi bene.

Non ce n'è bisogno.

Di cosa non c'è bisogno?

Che mi lasci in pace.

Tre minuti dopo me lo ritrovai accanto alla sdraio, con addosso il costume da bagno e gli occhiali da sole sulla testa. Aveva il fiatone quando si sedette.

«Abbiamo tanto di cui discutere», esordii.

Annuì. «So che scusarmi non basta. Le parole non possono rimettere a posto le cose, ma farò di tutto per trovare il modo di farmi perdonare.»

Guardai davanti a me, lieta che la falda del cappello mi nascondesse al suo sguardo. «Hai ragione. Però non sei il solo ad aver combinato un casino, questo lo riconosco.»

Abbassò la testa e posò la fronte sulla mano. «È un sollievo che tu reagisca in modo tanto equilibrato, però devo ammettere che il tuo atteggiamento zen un po' mi inquieta», disse osservandomi.

«Non c'è niente di zen in me. Mi sento ferita, arrabbiata

e tradita. Il nostro aereo parte alle tre, e fino ad allora staremo con la tua famiglia. Se do fuori di matto con te ora, non risolverò niente.»

Mi studiò per un istante. «E allora? Mi scaricherai appena torneremo a casa?»

«Non lo so.»

Sospirò. «Mi dispiace di averti ferita. Mi dispiace di averti tradita e fatta infuriare. Se mi darai un'altra possibilità, ti prometto che non accadrà *mai* più.»

«Ti credo.»

Si alzò dalla sdraio per sedersi sulla sabbia accanto a me, intrecciò le dita alle mie e mi baciò le nocche.

Dopo mezz'ora trascorsa in silenzio arrivarono Trenton e Camille, seguiti a breve distanza da Travis, solo. Non aprì bocca e si piazzò su una sdraio un po' in disparte a fissare l'oceano.

«Oh-oh», fece Trenton avvicinandosi al fratello.

Taylor mi strinse la mano e li raggiunse. Chiacchierarono a bassa voce, poi restarono in silenzio a scrutare lo stesso punto nell'acqua.

«Stamattina mi sono imbattuta in Travis», dissi a Camille.

«Davvero? E dove?» mi chiese.

«Stava andando da Thomas. Pensi che c'entri qualcosa con tutto questo?»

«Thomas?» Tacque mentre rifletteva. «No, non credo.»

Dal suo tono capii che stava mentendo. Essendo stata insieme a Thomas, era al corrente di parecchie cose, compreso ciò che era accaduto in quella stanza.

D'un tratto Travis se ne andò e Taylor tornò a sedersi accanto a me.

«Sta bene?» gli chiesi.

«Non lo so. Non ha voluto parlarne», rispose, preoccupato.

Notando che Camille fingeva di non ascoltare, dissi proprio quello che volevo farle sentire. «Per essere una famiglia apparentemente così unita, avete tutti un bel po' di segreti.»

«Pare di sì», ammise Taylor, afflitto.

«Tu sembri l'unico in grado di dire la verità.» Mi pentii subito di quell'affermazione.

Taylor si sbagliava. Il mio atteggiamento non era affatto zen. Sebbene non mi fossi mai ritenuta capace di aggredire e sferrare colpi bassi, ora lo stavo facendo.

Camille si voltò verso di me, furibonda. «Amare qualcuno non significa spiattellare tutto quello che sai.»

«Dipende dalle circostanze, non pensi?» replicai, incapace di controllare la rabbia.

Lei aprì la bocca per ribattere ma la richiuse di colpo. Strinse i denti concentrandosi sullo stesso punto nell'oceano che i ragazzi avevano fissato poco prima. Non sembrava avercela con me in particolare; pareva più frustrata per il segreto di cui era a conoscenza.

«Tu sai perché Travis sta male», proseguii, «ma non lo hai detto a Trenton perché è coinvolto Thomas.»

Quando Taylor la guardò per avere una conferma, lei mi fissò supplicandomi di smettere.

Feci una smorfia. «Scusami. Non ce l'ho con te.» Sospirando aggiunsi: «Tutti abbiamo dei segreti, Cami. Dobbiamo solo stare attenti a non ferire chi amiamo per proteggerli».

Mi fissò per qualche istante, poi riportò gli occhi sull'oceano. Erano pieni di lacrime.

«Che diavolo succede?» domandò Taylor spostando lo sguardo da me a lei.

«Probabilmente adesso dovremmo fare colazione e preparare i bagagli. Bisogna essere in aeroporto a... mezzogiorno?» mi informai.

«Sì», rispose lui, preoccupato per Camille. Si alzò e mi tese la mano.

La presi e lo seguii al Bleuwater, il ristorante principale del resort.

Taylor mangiò in silenzio la sua omelette, perso nei suoi pensieri.

«Chi era?» gli chiesi.

Lui smise di masticare.

«Non dirmelo», mi affrettai ad aggiungere arricciando il naso.

«Non era te.»

«No», replicai e strinsi i denti.

Attese con pazienza che io dessi sfogo alla rabbia. Sapeva bene quanto me cosa lo aspettava.

«Quattro giorni!» sibilai.

Fissò il piatto.

«Di' qualcosa», lo incalzai.

«Non ci sono giustificazioni. Ho combinato un casino.»

«Avevamo parlato di una settimana. Non sei riuscito a tenerlo nei pantaloni nemmeno per sette maledetti giorni.»

Fece un cenno d'assenso.

«E non annuire, cazzo. Smettila di startene lì a subire.»

Mi guardò. «Cosa vuoi che dica? Sono seduto qui, terrorizzato all'idea che tu mi dia un calcio nel sedere, e non c'è niente che io possa fare per impedirtelo, perché sappiamo tutti e due che me lo merito, Falyn. Perciò continuerò a tenere la testa bassa.»

«E a questo come dovrei reagire?»

Aprì la bocca per parlare, poi la richiuse.

Infuriata, mi appoggiai allo schienale. Era penoso vedere il rimorso e l'angoscia nei suoi occhi. Stava male. Sapeva di avere sbagliato e si era pentito, ma mi faceva incazzare anche questo, perché comportandosi così non mi permetteva di sfogare la rabbia senza sentirmi in colpa.

Mi coprii la faccia, con lo stomaco in subbuglio.

«Pago il conto?» mi domandò, affranto.

Riuscii solo ad annuire.

«Dannazione», mormorò. «Era tutto così bello. Come è potuto finire così?»

Tornammo in camera, preparammo i bagagli e scendemmo alla reception a fare il check out. L'atrio ferveva di attività: la gente andava e veniva, i dipendenti erano impegnati a servire gli ospiti.

«Fuori dovrebbe esserci un'auto che ci aspetta», disse Taylor all'impiegata.

«Certo. È tutto a posto. Spero che il soggiorno al Ritz-

Carlton sia stato di vostro gradimento e che torniate presto a farci visita.»

«Grazie.»

Taylor portò giù i bagagli e salutò l'autista, lo stesso che era venuto a prendermi all'arrivo. Per gran parte del viaggio guardò fuori dal finestrino e una volta arrivati all'aeroporto disse solo lo stretto necessario.

«Abbiamo due ore di anticipo», lo informai guardando l'orologio.

Taylor si sedette accanto a me al gate, comportandosi come se fossi un'estranea. Stavano imbarcando un volo per New York. Eravamo arrivati tanto presto che il nostro non compariva ancora sul tabellone sopra il banco.

Controllai più volte l'ora domandandomi se fosse preoccupato per i suoi o per me, oppure per entrambi, e se dovessi parlargli o lasciarlo solo con i suoi pensieri.

Quando alle nostre spalle un bambino scoppiò a piangere, come spesso mi accadeva avvertii una fitta al petto. Eravamo circondati da famiglie, da madri esasperate e da padri che facevano del loro meglio per distrarre i figli stanchi e annoiati.

Taylor avrebbe mai guardato un bambino con lo stesso desiderio con cui lo facevo io? Forse non ne avrebbe avuto ragione, considerato il nostro inizio tempestoso. Quel fine settimana a Saint Thomas poteva essere l'inizio della fine.

«Taylor.»

Lui si scostò un dito dalla bocca e sputò un frammento d'unghia. «Mi dispiace. Non sto cercando di ignorarti. È solo che ho tanti pensieri per la testa.»

«Vuoi parlare di Travis?»

«No, voglio parlare di noi. Stai aspettando di arrivare a casa per sganciare la bomba?» Mi guardò, terrorizzato. «È così?»

«Hai scopato con un'altra perché eri arrabbiato con me e, peggio ancora, non ti ricordi se hai usato il preservativo. Non so come reagire al riguardo. Non ho idea di come mi sentirò più tardi, domani o la settimana prossima. È una di quelle situazioni in cui dovremo improvvisare», risposi a bassa voce.

Lui guardò per terra dondolando il ginocchio.

«C'è qualcos'altro di cui vuoi parlare?» gli domandai.

«Direi che questo basta e avanza.»

Frustrata, allungai il collo. «Sputa il rospo.»

«Sono d'accordo sul discorso dei segreti. A me non piacciono.»

«Ho visto Travis stamattina. Stava bene.»

«Prima della spiaggia?» fece, perplesso.

«Sì. Quando sono uscita dalla stanza, stava andando da Thomas.»

Taylor rifletté e scosse la testa. «Maledizione, dev'essere successo qualcosa tra i miei fratelli. Qualcosa di grosso. E di brutto.»

«Credo che Camille sappia di cosa si tratta.»

Taylor socchiuse gli occhi. «Ha tenuto nascosto a lungo a Trenton di essere stata con Thomas. Ho sempre pensato che ci fosse un motivo fondato. Voglio dire... la conosciamo tutti. Trenton era innamorato di lei da anni. Nessuno sapeva che Thomas la frequentasse, perciò immaginavo che lei non volesse parlarne per evitare storie. Adesso si scopre che c'è di mezzo Travis, e questo non ha senso.»

«In spiaggia Travis pareva distrutto. Cosa può averlo ridotto in quello stato?»

«Il rischio di perdere Abby, solo quello. Del resto non gli frega un accidente. 'Fanculo... pensi che c'entri nostro padre? Forse è malato», disse scuotendo la testa.

«Non avrebbe senso che Thomas lo dicesse solo a lui, no?»

Rifletté a lungo, poi sospirò. «Non lo so. Non voglio più pensarci. È una faccenda che mi spaventa e mi fa incazzare. Camille non dovrebbe essere al corrente di questioni di famiglia che sia io sia Trenton ignoriamo. È tutto un gran casino.»

«Pensaci, invece, così ti distrai», ribattei.

«Da noi due?»

Annuii.

Incurvò le spalle e si chinò in avanti massaggiandosi le tempie. «Basta, ti prego.»

Non riuscivo più a sopportare di vederlo soffrire. «Io ti amo. Mi hai detto che non è una frase che pronunci a cuor leggero, e lo stesso vale per me. Detesto quello che hai fatto, ma non vado certo fiera del mio comportamento.»

«Promettimi solo che proverai a perdonarmi.»

«Taylor...»

«Non me ne frega un cazzo. Dobbiamo sistemare questa faccenda.»

«Non ho intenzione di sganciare nessuna bomba. Abbiamo parecchio di cui discutere. Se finiremo per sbattere contro un muro, te ne accorgerai per tempo.»

«Ma io me ne sono già accorto.»

«Non è vero», replicai, esasperata.

«Tu non capisci», sibilò avvicinandosi e irrigidendo la mascella. «Non ho mai avuto tanta paura come quando sono tornato a Estes da casa tua. Non mi sono mai sentito così perso come quel giorno nel corridoio davanti alla porta di Thomas, in attesa che lui tornasse. Credevo che sarei stato meglio al suo arrivo, ma non è andata così. Speravo che mio fratello potesse dirmi qualcosa che mi aiutasse a capire i miei sentimenti e le mie angosce, invece non è successo. E da allora la situazione non ha fatto che peggiorare, Falyn. Solo quando ti ho vista in quell'atrio ho capito cosa stavo provando.»

Aspettai che proseguisse. La tristezza nei suoi occhi mi indusse a distogliere lo sguardo.

«Era dolore, Falyn. Non avevo più sofferto così da quando ero bambino. Conosco bene la disperazione legata a una perdita. Per quanto tu ami una persona, non puoi riaverla accanto. Per quanto tu urli, beva o preghi... il vuoto resta. Ti divora finché non smetti di supplicare che tutto finisca e cominci ad accettare la realtà.»

Ansimai, traumatizzata.

«Non sto dicendo che non merito di essere lasciato, però sappi che farò qualsiasi cosa se solo mi darai la possibilità di dimostrarti quanto valgo. A Eakins Thomas mi ha detto che andare a letto con qualcuno non serve ad attutire il dolore. Ho fatto un errore che mi servirà da lezione.»

Ascoltai le sue parole e le analizzai mentalmente. «Ci sono delle condizioni», affermai d'impulso.

«Spara», rispose senza indugio.

«Devi fare le analisi.»

«Ci ho già pensato.»

«Mi serve tempo. Non posso fingere che non sia successo niente.»

«È comprensibile.»

«Dovrai sopportare eventuali attacchi di gelosia e mostrarti paziente se qualche volta tenderò a dimenticare che sono stata io la causa di tutto questo e che la colpa è principalmente mia.»

Taylor disse, scandendo ogni parola: «Non è colpa tua. Abbiamo combinato tutti e due un casino e ne siamo pentiti».

«Questa al momento è l'unica cosa su cui non ho alcun dubbio», replicai.

«Non è vero. Sai anche che ci amiamo, ed è la ragione per cui sono certo che la situazione migliorerà.»

Vedendomi annuire si appoggiò allo schienale, malgrado non sembrasse molto più rilassato di poco prima. O non credeva a ciò che aveva appena detto o pensava che non ci credessi io. Intrecciò le dita alle mie e, in un silenzio imbarazzato, aspettammo che chiamassero il nostro volo.

22.

«Non posso.»

Lo sentii pronunciare quelle parole, ma dopo tredici settimane di fatiche per arrivare a perdonarci non riuscivo a crederci. Ero seduta nella sua stanza d'albergo a Colorado Springs. La moquette e le tende beige si intonavano con il colore della mia faccia.

Taylor, seduto sul letto con la testa fra le mani, indossava solo un asciugamano bianco legato attorno alla vita ed era ancora bagnato dopo la doccia.

«Sei arrivato due giorni fa», dissi.

Annuì.

«Hai intenzione di mollare adesso?» gli chiesi.

Mi rivolse uno sguardo frustrato. In quel momento capii di averlo perso. Desiderio, rimorso e pazienza si erano esauriti.

Mi alzai incrociando le braccia al petto. «E tutti quei discorsi sul fatto che la situazione sarebbe migliorata? Che la nostra storia avrebbe funzionato? Che ci saremmo perdonati e amati?»

Non rispose.

«Tu mi ami», affermai.

«Più di quanto riesca a esprimere a parole.»

«Allora non capisco!» ribattei. Il mio tono di voce ci stupì entrambi. Avevo gli occhi pieni di lacrime. «Mi sono impegnata. Ho passato ore, interi fine settimana a tentare di sistemare le cose, a elaborare il fatto che tu abbia messo le mani... e il resto... su un'altra donna. Faccio del mio meglio per ignorare le immagini che mi tormentano ogni volta che siamo a letto insieme. E adesso vuoi piantarmi? No.» Scossi la testa e mi resi conto che stavo camminando avanti e indietro, incapace di fermarmi. «Non puoi semplicemente dirmi che è finita. Non lo è.»

«Non l'ho detto», replicò divertito. «Ma questo... questo è bello. Mi piace.»

Mi fermai al centro della stanza e lo guardai, diffidente. «Allora di cosa parli?»

«Non ho più affrontato il discorso dei miei continui viaggi perché... be', avevamo questioni più importanti a cui pensare e avevo paura.» Si alzò e mi prese per le spalle. «Ma lo voglio ancora, quello di cui avevamo discusso. Non posso continuare a starti lontano. Voglio almeno che viviamo nella stessa città.»

A quel punto mi buttai sul letto. «Credevo che volessi chiudere.»

Taylor si inginocchiò davanti a me. «Cazzo, no. Dopo tutte le settimane passate a rodermi e a cercare di farmi perdonare?»

Lo scrutai, dubbiosa. «A roderti?»

Lui giunse le mani dietro la mia schiena e sorrise. «Non ho detto che non mi sia piaciuto.»

Mi diede un bacio dolce e affettuoso sulla guancia, e io mi avvicinai alle sue labbra ridacchiando.

In quell'istante squillò il telefono della stanza. Dopo un attimo di perplessità, Taylor si alzò per rispondere. «Pronto? Sì, sono io. Chi?» Quando capì chi era, sbiancò in volto. «Io... ehm... scendo subito», disse e riagganciò.

«Tutto bene?» mi informai.

«L'impiegato della reception ha detto che c'è una donna che mi aspetta giù. Alyssa Davies.»

Scrollai le spalle non riconoscendo il nome.

«È la donna che... quella di San Diego.»

«È *qui*?» feci alzandomi.

«Direi di sì», mi rispose grattandosi la nuca.

«Perché?»

«Non lo so, baby.»

«Hai fatto le analisi», affermai cercando di non lasciar trapelare il panico che mi stava montando nel petto.

«Sì... No, non può essere per quello. Lo escludo.»

Avevo il batticuore, sentivo la testa pulsare e mi tremavano le dita.

Sul volto di Taylor la preoccupazione lasciò il posto a un sorriso un po' tirato che gli addolcì l'espressione. «Dai, scopriamolo insieme.»

Presi la mano che mi aveva teso e, afferrata la borsetta, lo seguii in corridoio. Scesi al pianterreno, raggiungemmo la sala comune. Taylor non mi lasciò la mano quando si fermò a osservare una bella donna che occupava un tavolo contro il muro.

Mi trascinò con sé e si sedette facendomi posto sulla panca. Mi sistemai al suo fianco e guardai l'ultima persona che mi sarei mai aspettata di incontrare faccia a faccia.

«So che sei stupito di vedermi», esordì. «Mi scuso per non avere chiamato prima.» Mi lanciò un'occhiata, batté le palpebre e abbassò lo sguardo sulle proprie mani giunte sul piano del tavolo. «Ma c'è qualcosa che devo dirti di persona.»

Taylor mi strinse le dita ma non capii se lo avesse fatto consapevolmente.

«Lei è...» Alyssa si interruppe.

«La mia ragazza, Falyn. Sa chi sei e cos'è successo.»

«Be', questo non lo sa», replicò Alyssa inarcando un sopracciglio. Prese un foglio di carta che sembrava essere stato appallottolato più volte e lo avvicinò a Taylor facendolo scorrere sul tavolo. Lui lo aprì, lo lesse, poi lo posò davanti a sé. Attesi studiando il suo profilo. Aveva lo sguardo vacuo ed era talmente immobile che pareva trattenere il respiro.

Mi ero fatta alcune idee sul contenuto di quel foglio, ma speravo di sbagliarmi

«Incinta?» disse infine lui deglutendo.

La notizia mi lasciò senza fiato, con lo sguardo appannato.

Alyssa sospirò. «Domani entrerò nella quindicesima settimana. L'appuntamento per l'interruzione di gravidanza è fissato per giovedì.»

«Vuoi... vuoi che venga con te?» le chiese Taylor.

Lei scoppiò a ridere, con noncuranza. «No. Non ho intenzione di presentarmi.»

«Allora...» proseguì Taylor, «hai deciso di tenerlo.»

«No.»

Mi sfregai la fronte e abbassai lo sguardo sforzandomi di non mettermi a urlare. Non poteva succedere a noi, a quel bambino.

«Lo vuoi dare via?» domandò Taylor.

«Dipende», rispose Alyssa rimettendo il foglio in borsa. Il suo comportamento glaciale mi faceva impazzire. «Non sono in grado di crescerlo. E tu?»

«Mi stai chiedendo se voglio tenerlo?»

Lei giunse di nuovo le mani. «Partorirò il 7 dicembre. Subito dopo inizierà il processo per un caso piuttosto importante che ho seguito. Sono pronta a metterlo al mondo, a rinunciare a ogni diritto e a darlo in adozione.»

"È bella, sicura di sé, porta in grembo il figlio di Taylor ed è anche un avvocato. In che altro può essere migliore di me?" riflettei. «Basta», intervenni. «Devi riflettere su quello che fai.»

«Scusami, rispetto il fatto che tu sia qui per Taylor, ma non ho chiesto il tuo parere», ribatté guardandomi in cagnesco.

«Capisco, ma mi sono trovata nella tua situazione. Non è una transazione d'affari. È un bambino.»

«Tu hai...»

«Rinunciato a un figlio, sì. È una decisione che ti segna per sempre. Devi essere certa che sia davvero ciò che vuoi prima di prenderla.»

Alyssa batté le palpebre e finalmente ci vide entrambi. Dopo un attimo guardò Taylor. «Pensaci. Se anche tu vorrai rinunciare ai tuoi diritti, avvierò il processo di adozione. Mi hanno raccomandato alcune agenzie di San Diego.»

«Se lo terrai», intervenni, «so che Taylor ti aiuterà.»

Lui annuì. Sembrava su un altro pianeta.

«Non mi serve l'aiuto di nessuno», affermò lei, «ma apprezzo l'offerta.»

A quel punto mi alzai.

«Dove vai?» mi chiese Taylor trattenendomi.

«A casa.»

«Dammi... solo un secondo. Ti accompagno.»

«No, devi restare. Avete tanto da dirvi», replicai, e le parole quasi mi si bloccarono in gola. Quando fece per alzarsi, gli toccai la spalla. «Questa decisione non mi riguarda, Taylor. Ed è importante.»

Mi fissò facendo dei respiri profondi. «Cosa significa che non ti riguarda?»

«Significa che è una tua scelta.»

«Ricorda quello che mi hai detto dieci minuti fa», osservò agitandosi sulla panca.

«Me lo ricordo. Mi ricordo tante cose. Resta. Se non lo farai, te ne pentirai.» Posai sul tavolo il telefono che mi aveva dato e li lasciai.

«Falyn!»

Lo ignorai.

Uscita dalla sala, attraversai l'atrio e incrociai Dalton.

«Ehi, Falyn, te ne vai?» si informò.

Gli sorrisi educatamente, varcai la porta e mi diressi verso il centro. Sapevo che mi aspettava una bella camminata, ma a ogni passo facevo più fatica mentre tentavo di soffocare i singhiozzi.

A ogni modo non avrei pianto. Avevo detto tante volte, sia a me stessa sia a Taylor, che ci eravamo incontrati per una ragione. Pensavo che fosse per poter chiudere con il mio passato, ma le storie tristi non hanno mai un lieto fine, e non mi sfuggiva l'ironia della situazione. Avevo rinunciato alla mia bambina ed ero diventata sterile. Taylor sarebbe rimasto con me in ogni caso ma ora, per una serie di eventi che io stessa avevo messo in moto, avrebbe avuto un figlio suo.

I lampioni tremolavano nella luce del crepuscolo. Le stelle cominciavano ad apparire nel cielo scuro e avevo ancora un bel pezzo di strada da fare. Le auto mi sfrecciavano accanto, alcune cariche di bambini, altre con lo stereo al massimo volume o suonando il clacson. Continuai a camminare, diventando a poco a poco più consapevole del significato della gravidanza di Alyssa.

Faceva già caldo e non pioveva da settimane. I prati erano ancora verdi ma l'erba iniziava a seccare e a causa degli incendi che scoppiavano di tanto in tanto la squadra di Taylor si trovava in zona.

Per arrivare in centro ci voleva più tempo di quanto pensassi, inoltre ero fuori forma. Una Mercedes G-Wagon accostò al marciapiede e il vetro oscurato del passeggero si abbassò. Al volante c'era Blaire. Era sola. Ripresi a camminare, ma mi suonò.

«Falyn? Dove stai andando, tesoro?»

«Risparmia le smancerie. Qui non c'è nessuno che può sentirti», ribattei con un sospiro.

«A casa?»

«Sì.»

«Lascia che ti accompagni. Non dobbiamo per forza parlare.»

Guardai la strada e poi di nuovo Blaire. «Nemmeno una parola?»

Scosse la testa.

Non volevo salire su quel SUV, però mi facevano già male i piedi e l'unica cosa che desideravo era infilarmi a letto a piangere. Aprii la portiera ed entrai.

Blaire ripartì con un sorriso trionfale sul volto.

Dopo neanche mezzo chilometro fece un sospiro. «Tuo padre non si è sentito bene. Credo che questa campagna lo stia logorando.»

Non replicai.

A quel punto strinse le labbra. «L'auto è ancora in garage. Tuo padre ogni tanto fa un giro per verificare che sia tutto a posto. Cambia anche l'olio. Vorremmo che la riavessi.»

«No.»

«È pericoloso girare a piedi da soli con il buio.»

«Esco di rado», ribattei.

«Ma nell'eventualità che tu lo faccia...»

«Avevi detto che non avremmo dovuto parlare.»

Blaire parcheggiò in uno dei tanti posti liberi davanti al Bucksaw. «Devi tornare a casa, Falyn... o almeno permetterci di cercarti un appartamento e lasciare che tuo padre ti trovi un lavoro decente.»

«Perché?»

«Lo sai perché», disse brusca.

«Si tratta sempre di salvare le apparenze, vero? Di me non vi potrebbe importare di meno.»

«Non è vero. Mi turba che tu viva lassù in mezzo alla sporcizia», replicò guardando il piano sopra il locale.

«Ma non vedi che fine ha fatto la nostra famiglia a forza di voler salvare le apparenze? Tuo marito sta male. Tua figlia non vuole avere niente a che spartire con te. E poi a che scopo?»

«Perché è importante!» sibilò. I suoi capelli ondeggiarono quando mosse la testa.

«Per te. È importante solo per te. Io non sono obbligata a fare una vita che mi ripugna in modo che tu possa conservare la tua reputazione.»

«Cos'ha che non va il nostro modo di vivere? È perché voglio che tu studi e che stia in una casa decente?»

«Quando parli così, sembra tutto meraviglioso. Ma non puoi omettere gli aspetti scabrosi. Non puoi cancellare una gravidanza. Non puoi fingere che tua figlia non faccia la cameriera e non voglia diventare medico. La nostra non è la famiglia ideale. È ora di smetterla con questa commedia.»

Blaire inspirò dal naso. «Sei sempre stata molto egoista. Non so perché stasera mi aspettassi un comportamento diverso.»

«Non farti rivedere», le dissi prima di scendere dall'auto.

«Falyn!»

Mi chinai quando il finestrino del passeggero si abbassò.

«Questo è l'ultimo schiaffo che ci dai. Se tuo padre perde la campagna per causa tua, da noi non avrai più nessun aiuto.»

«Non mi aspettavo niente del genere.»

La ringraziai per il passaggio e mi allontanai ignorando le sue grida.

Quando aprii la porta a vetro, ormai era notte e mi sentivo fisicamente, emotivamente e mentalmente sfinita.

I fari della G-Wagon illuminarono il locale mentre Blaire faceva retromarcia per poi scomparire. La sala tornò buia e io ero sola. Mi sedetti sulle piastrelle bianche e arancioni, mi stesi sul fianco e mi rannicchiai. Piansi finché non sprofondai nel sonno.

Sussultai sentendo un colpetto sulla spalla. Alla seconda ditata aprii gli occhi e alzai la mano per evitarne una terza. Dopo aver messo a fuoco la figura che avevo davanti riconobbi Pete. Aveva un'aria preoccupata.

Mi sfregai la faccia e mi misi a sedere. «Che ore sono?» chiesi senza aspettarmi una risposta.

Girai il sottile cinturino di cuoio per vedere il quadrante dell'orologio. Erano le cinque di sabato mattina. Chuck e Phaedra sarebbero arrivati da un momento all'altro.

«Merda!» esclamai tirandomi subito su.

Prima che potessi raggiungere le scale, Pete mi afferrò per un polso.

«Sto bene», dissi rilassandomi e coprendogli la mano con la mia.

Lui però non mollò.

«È tutto a posto, sul serio.»

Pete allora si portò il pollice alle labbra e sollevò il mignolo.

«No. Non ho bevuto. Sai la ragazza con cui Taylor è stato a San Diego? Be', è incinta.»

Aggrottò talmente la fronte che le sopracciglia quasi gli sfiorarono l'attaccatura dei capelli. Non appena mi lasciò andare corsi su per le scale facendo i gradini a due a due.

Mi infilai sotto la doccia per cercare di scacciare i ricordi della sera precedente.

Non ero mai stata così contenta di lavorare il sabato. Sarebbe stata una giornata frenetica: quel fine settimana c'era un festival. Niente di meglio di una folla di clienti impazienti e affamati per distrarsi. Non avendo più il telefono, l'unico modo in cui Taylor poteva contattarmi era presentandosi al Bucksaw, e sapevo che quel giorno e il successivo faceva il secondo turno.

Ero in preda a sentimenti conflittuali. Un attimo mi sforzavo di non scoppiare a piangere e il seguente dovevo lottare per controllare la rabbia. Mi preoccupava saperlo a chilometri di distanza in mezzo ai boschi in fiamme e con tanti pensieri per la testa. Lasciarlo da solo a parlare con Alyssa non era stato d'aiuto. Mi sentivo responsabile del casino in cui ci trovavamo, anche se Taylor aveva peggiorato la situazione. Il suo lavoro tuttavia non sarebbe cambiato, e tantomeno i nostri problemi. Era ora che mi tirassi indietro una volta per tutte. Uno di noi doveva farlo.

Scesi le scale raccogliendomi in uno chignon i capelli ancora umidi e udii la voce di Phaedra. Spinsi la porta a vento e mi sedetti al mio solito posto al banco della cucina, di fronte al tavolo centrale di preparazione.

Hector stava lavando le verdure, muto e con la testa china. Pete pelava le patate. Mentre lavorava, mi faceva delle smorfie.

«Che diavolo succede?» domandò Phaedra.

Chuck, alle sue spalle, non pareva minimamente intenzionato a intervenire. Feci per parlare, ma lei sollevò una mano per fermarmi.

«E non dirmi che non è niente di grave e che hai solo passato una brutta notte, perché se fosse vero non avresti dormito raggomitolata sul pavimento.»

Richiusi di colpo la bocca. Phaedra era un tipo capace di incutere timore, ma con me non si era mai infuriata fino a quel punto.

«Dai, spara», ordinò.

«Quando ho detto a Taylor che era meglio prendersi una pausa, è andato a San Diego a trovare il fratello ed è stato... con un'altra. Me lo ha confessato a Saint Thomas. Ne abbiamo parlato a fondo.»

«E?» mi incalzò, senza fare una piega.

Inspirai bruscamente sentendo un groppo in gola. «Ieri sera quella donna è venuta in albergo. È incinta.»

Trattennero tutti il fiato.

Mi asciugai in fretta le lacrime che mi rigavano le guance.
«E vuole tenerlo?» domandò Chuck.
Annuii.
Phaedra si spostò cercando di mantenere un atteggiamento severo. «Taylor cos'ha da dire?»
«Non mi sono fermata a lungo.»
Lei prese un mazzo di chiavi e me le lanciò. Le afferrai riconoscendo il portachiavi.
«C'è anche la questione della macchina: i tuoi te l'hanno portata. Devi spostarla. È nel parcheggio riservato ai clienti.»
«Cosa?»
«Le ho detto che non la volevi», spiegò Chuck.
Guardai il mazzo che tenevo in mano. «La mia auto è qui? L'hanno appena portata?»
«Oh cielo, ragazza, ma mi ascolti o no?» esclamò Phaedra.
«Dove dovrei... parcheggiarla?»
Mi indicò la strada. «Dove la mette di solito Kirby. Be', datti una mossa.»
«Perché sei arrabbiata?» chiesi asciugandomi la guancia con il polso.
«Non sono arrabbiata, maledizione! Sono preoccupata. Adesso fila. Devo preparare le torte.» Si girò di scatto e si asciugò a propria volta gli occhi mentre spariva nel retro.
«Vuoi che te la sposti?» si offrì Chuck.
«No, me ne occupo io», risposi.
«Falyn», replicò lui con voce dolce. «Il fatto che Pete ti abbia trovata per terra è preoccupante. Avremmo voluto che ce ne parlassi.»
«È appena successo. Non ho avuto tempo di parlare con nessuno.»
«Avresti potuto chiamare.»
«Ho restituito il telefono a Taylor.»
«Gliel'hai dato di persona?»
Annuii.
«Allora sa che è finita.»
Strinsi le chiavi nel palmo finché si conficcarono nella pelle. «Ha cose ben più importanti a cui pensare adesso.»
Mi diressi verso la porta, ma Chuck mi chiamò.

Mi fermai senza voltarmi.

«Dovresti lasciare che sia lui a decidere quali sono le sue priorità.»

«So di contare molto per Taylor», replicai. «Ma se scegliesse me, non potrei più vivere con me stessa.»

23.

Il sabato e la domenica sera dopo il lavoro, anziché aspettare che Taylor venisse al Bucksaw, feci un giro in macchina. Tenni il piede sull'acceleratore finché non mi sentii sfinita, cercando di perdermi e di ritrovarmi.

Lunedì mi dissi che lui non si sarebbe fatto vedere mentre ero di turno, invece alle undici e trenta arrivò con la sua squadra.

Kirby li accompagnò prontamente a un tavolo in fondo al locale e Phaedra prese le ordinazioni. Io cercai in ogni modo di ignorarli, ma Dalton trovò comunque il modo di salutarmi.

Risposi educatamente e con la coda dell'occhio notai che Taylor mi stava fissando. Aspettava che lo guardassi, ma tirai dritto.

«Falyn! L'ordine è pronto!» esclamò Chuck.

Scattai più veloce del solito quando udii la sua voce. Sul passavivande però non c'erano piatti, perciò capii che mi stava concedendo un minuto per riprendermi. Oltrepassai la porta a vento e mi appoggiai al banco.

«Stai bene, piccola?» si informò Chuck.

Scossi la testa, feci un respiro profondo e tornai in sala. Se avessi tentennato sulla mia decisione di troncare con lui o gli avessi lanciato qualche segnale di debolezza, Taylor non mi avrebbe dato tregua finché non avessi capitolato. A giudicare dal modo in cui si era comportato dopo Saint Thomas, non mi avrebbe lasciata in pace.

Tuttavia non fece scenate. Mangiò, pagò e se ne andò con i colleghi.

Verso l'una del giorno successivo conclusi che non lo avrei più rivisto, invece tornò per pranzo, stavolta con Trex. Di nuovo li servì Phaedra.

Quando passai accanto al loro tavolo, tentò di trattenermi. «Falyn, per l'amor del cielo!»

Sentendo il tono disperato della sua voce fui sul punto di cedere, ma poi lo ignorai e lui non aggiunse altro. Nonostante solo i clienti più vicini avessero assistito all'accaduto, Phaedra si incupì.

«Falyn, tesoro», mi disse. «Questa storia deve finire.»

Annuii e andai in cucina, certa che gli avrebbe parlato. Quando tornò da me, le lanciai una breve occhiata vergognandomi all'idea che dovesse occuparsi lei dei miei problemi.

«Gli ho detto che può venire a patto che prometta di non fare scenate. Ha acconsentito a non infastidirti.»

Feci un cenno d'assenso stringendomi le braccia attorno al corpo.

«Devo chiedergli di non tornare più? Detesto essere crudele con quel povero ragazzo. Sembra un gattino smarrito.»

«Credo che la prenderebbe piuttosto male. In fondo è solo per l'estate, giusto? Quando rientrerà a Estes Park, non avrà motivo di venire, e da qui all'anno prossimo si sarà gettato tutto quanto alle spalle.»

Lei mi diede una pacca sul braccio. «Non lo so, bambina. Da quello che vedo, mi sembra che nessuno dei due ci riuscirà tanto facilmente.» Fece una smorfia prima di aggiungere: «Sei sicura di sapertela cavare? È un bel pasticcio e sarebbe un po' più facile sistemarlo insieme».

Scossi la testa e mi ricomposi prima di lasciare la cucina e andare a servire ai tavoli come se non avessi il cuore a pezzi.

Quella sera mi stesi a letto ripromettendomi di cancellare dalla mente ogni ricordo di Taylor: il modo in cui mi stringeva, il calore delle sue labbra sulle mie, la dolcezza della sua voce quando mi aveva detto di amarmi.

Meglio dimenticare che tormentarmi per averlo perso.

Ogni volta che entrava nel locale mi dicevo che a poco a

poco sarebbe diventato più facile vederlo, ma mentivo a me stessa.

Proprio come aveva detto Taylor, dovevo accettare che il dolore del distacco facesse parte delle mie giornate. Non potevo sprecare né tempo né lacrime pensando a lui. La sua vita aveva preso una direzione diversa da quella che avevamo imboccato insieme. Se non mi avesse permesso di dimenticarlo, avrei imparato a convivere con quel dolore.

Maggio finì e arrivò giugno.

Mentre il cielo diventava sempre più caliginoso, i servizi televisivi facevano il giro del mondo. Nella nostra regione imperversavano gli incendi: da dieci anni a quella parte i vigili del fuoco e le squadre specializzate non avevano mai dovuto affrontare tanti focolai. Ciò nonostante Taylor non saltava mai un pranzo; a volte arrivava tardi, alle due o alle tre, e spesso entrava affannato, coperto di fuliggine e di sudore.

A metà luglio Chuck e Phaedra considerarono l'eventualità di bandirlo dal ristorante, ma non avevano motivi validi per farlo. Non creava problemi, ordinava da mangiare, pagava, lasciava mance generose ed era educato. Non mi avvicinava e non cercava di parlarmi.

Si faceva semplicemente vedere e aspettava con pazienza che cedessi.

Una sera che il Bucksaw era chiuso da mezz'ora e io e Kirby avevamo appena finito le pulizie, Phaedra affrontò l'argomento.

«Non puoi cacciarlo soltanto perché ama Falyn», protestò Kirby.

«Ma non è normale», ribatté lei. «E non è sano per nessuno dei due. Avrà un figlio. Deve prepararsi all'idea.»

Ero d'accordo.

«È un bravo ragazzo, Phaedra», intervenne Chuck. «Lei gli manca. Finita la stagione tornerà a Estes, il bambino nascerà in dicembre e a quel punto avrà parecchio da fare.»

«Siete crudeli», commentò Kirby, imbronciata.

«Kirby», la ammonì Phaedra.

«Sono sempre stata onesta con lui. Non voglio avere niente a che fare con un'adozione», affermai.

«Ma si tratta di suo figlio!» esclamò Kirby.

«Tu non capisci», sbottai.

«No, hai ragione, non capisco», ammise, «perché è una cosa senza senso.»

«Anche se è suo figlio, un'adozione implica dei rischi che psicologicamente non sono in grado di accettare. La madre potrebbe sempre cambiare idea e chiedere l'affidamento congiunto o esclusivo, Kirby, per poi portare il bambino in California. Non sono disposta a perdere un altro figlio.»

Lei tacque per qualche istante. «Cosa vuol dire... un altro figlio?»

Mi coprii la faccia.

Phaedra mi mise le mani sulle spalle. «Falyn ha avuto una figlia finite le superiori. L'ha data in adozione.»

Kirby mi fissò a lungo. «Mi dispiace tanto.» Superato lo shock, tornò ad assumere un'aria schifata. «Mi dispiace davvero. Però lui era disposto a rinunciare a una famiglia per te, e tu ora non prendi neanche in considerazione l'idea di dargliene una? Sei convinta di agire per il suo bene, ma in realtà ti pari il culo. Hai paura.»

«Kirby!» tuonò Phaedra. «Basta!»

Lei balzò giù dallo sgabello in cerca di qualcosa da pulire. Alzò il volume del piccolo televisore appeso in alto nell'angolo e lo guardò a braccia conserte.

«Falyn?» disse fissando lo schermo.

«Lasciala perdere, Kirby», intervenne Chuck.

«Falyn?» insistette lei afferrando il telecomando e alzando il volume al massimo.

Inorriditi, vedemmo un'inviata a duecento metri da una distesa d'erba alta e di alberi in fiamme mentre la scritta SQUADRA ANTINCENDIO PRESUMIBILMENTE DISPERSA scorreva sotto le immagini.

«Esatto, Phil. La squadra di Estes Park giunta nella zona di Colorado Springs per aiutare a domare l'incendio non è rientrata e non ha fatto rapporto.»

Mi precipitai sotto il televisore, accanto a Kirby. In quell'istante tutto quello che mi ero ripromessa di dimenticare riaffiorò: la sensazione della sua pelle contro la mia, la fossetta che aveva sul mento, la sua risata, la sicurezza che provavo tra le sue braccia, la tristezza nel suo sguardo quando avevo lasciato l'albergo.

«Cassandra, si ha idea di dove sia la squadra?» chiese il conduttore.

«L'ultimo contatto con la squadra di Estes Park risale alle sei di oggi pomeriggio, più o meno alla stessa ora in cui i due focolai principali si sono uniti.»

Afferrai le chiavi e corsi alla macchina. Appena la cintura di sicurezza scattò, girai la chiave e diedi gas.

Meno di dieci minuti dopo vidi l'hotel di Taylor stagliarsi davanti a me. Parcheggiai e corsi dentro. Individuai subito Ellison in mezzo a un gruppo di vigili del fuoco e a una squadra specializzata. Stava guardando il grande schermo piatto con la mano sulla bocca.

«Ellie!» gridai.

Si precipitò ad abbracciarmi con tanta veemenza che quasi mi fece cadere. Mi strinse forte tirando su con il naso.

«L'ho appena saputo. Ci sono notizie?» domandai, cercando di non cedere al panico.

Lei mi lasciò andare e scosse la testa asciugandosi il naso con un fazzolettino. «Nessuna. Siamo arrivati poco dopo le sette. Tyler ha guidato come un matto. È là fuori con le squadre di ricerca.»

«Sono sicura che stanno bene», dissi abbracciandola di nuovo.

«Devono.» Mi scostò sfoderando un sorriso coraggioso. «Ho saputo del bambino. Il primo nipotino Maddox. Jim è in estasi.»

Mi sentii male.

«Oh no. Tu... non sei più incinta?»

Le rivolsi un'occhiata confusa e inorridita, che lei ricambiò.

«Hai ragione», aggiunse subito. «Non è questo il momento. Andiamo a sederci. Trex riceve aggiornamenti ogni mezz'ora dai suoi.»

«Dai suoi?»

Ellison si strinse nelle spalle. «Non lo so. Li ha chiamati così.»

Ci sedemmo sul divano nell'atrio, circondate da vigili del fuoco, membri delle squadre antincendio boschivo e funzionari. Con il passare delle ore la folla tuttavia si diradò.

Sentivo le palpebre pesanti e ogni volta che le battevo mi riusciva più difficile riaprirle. L'addetta alla reception ci portò due caffè e un piatto di ciambelle, ma né io né Ellison toccammo cibo.

Trex alla fine ci raggiunse e si sedette sulla poltrona accanto al divano.

«Notizie?» si informò lei.

Lui scosse la testa, chiaramente demoralizzato.

«E la squadra di ricerca?» chiesi io.

«Niente, mi dispiace. I miei uomini comunicano solo eventuali avvistamenti e nell'ultima ora non ce ne sono stati. Gli elicotteri stanno sorvolando la zona con i riflettori, ma il fumo ostruisce la visuale.» Lanciò un'occhiata all'impiegata della reception. «Li richiamerò tra dieci minuti. Vi farò sapere appena avrò novità.»

Ellison annuì e un istante dopo fissò l'ingresso.

Taylor stava entrando, con il viso ricoperto di terra e di fuliggine. Si tolse il casco azzurro e io mi alzai, gli occhi pieni di lacrime.

Mi inclinai in avanti mentre ogni muscolo del mio corpo semiparalizzato si tendeva per correre da lui.

Ellison balzò in piedi e mi superò gettandogli le braccia al collo.

Era Tyler, non Taylor. Solo un'altra volta nella mia vita avevo provato un dolore così devastante: quando mi avevano strappato dalle braccia Olive.

Tyler strinse Ellison e scosse la testa, con il viso rigato di lacrime.

«No», mormorai. «No!»

Un attimo dopo corse da me. «La squadra di Taylor è rimasta isolata quando i due focolai si sono uniti. È possibile che abbiano trovato riparo in una grotta ma... le temperature sono... le prospettive non sono buone, Falyn. Ho fatto un tentativo. Mi hanno tirato fuori. Mi dispiace.»

Mi strinse e io lasciai cadere le braccia lungo i fianchi.

Non piansi, non provai dolore né altre emozioni. Niente di niente.

Poi sentii le ginocchia cedere ed emisi un gemito.

Il mattino dopo Ellison dormiva sulle ginocchia di Tyler mentre lui beveva la quarta tazza di caffè. Era rimasto incollato al televisore, come me.

Nuove squadre scesero da basso, pronte per la seconda missione di ricerca e recupero. I colleghi di Tyler erano saliti per concedersi qualche ora di sonno.

Trex stava in piedi davanti al banco con la donna che per tutta la notte ci aveva portato il caffè. I suoi compagni erano rientrati da due ore e si aspettava che facesse giorno per riprendere le ricerche aeree.

Quando mi alzai, Tyler mi seguì con lo sguardo.

«Vado al lavoro», dissi. «Non posso più rimanere seduta qui. Devo tenermi occupata.»

Lui si grattò la nuca proprio come faceva Taylor quando era agitato o nervoso. «Ti chiamo appena so qualcosa.»

«Esci di nuovo?» chiesi.

«Dubito che me lo permetteranno. Credo di aver preso a pugni un paio di persone prima che mi portassero via.»

«Si tratta di tuo fratello. Capiranno.»

Aveva lo sguardo appannato, il labbro tremante. Gettò indietro la testa ed Ellison gli toccò la spalla mormorandogli parole di conforto.

Raggiunsi il parcheggio muovendomi al rallentatore.

Guidai fino al Bucksaw in uno stato catatonico. Non pensavo, non piangevo, facevo tutto in automatico: respiravo, frenavo, svoltavo.

Il mio posto era occupato, perciò lasciai l'auto da un'altra parte, ma quando misi piede nel locale mi ero già scordata dove.

Attraversai la sala con addosso gli stessi abiti del giorno prima, il grembiule ancora legato in vita.

«Oddio!» esclamò Phaedra accorrendo e cingendomi con un braccio per accompagnarmi in cucina. «Notizie?»

Kirby uscì a precipizio dalla porta a vento e nel vedermi si mise una mano sulla bocca. Chuck, Hector e Pete si bloccarono e mi fissarono.

«Nessuna. Hanno costretto Tyler a... Hanno interrotto le ricerche poco dopo mezzanotte. Escono di nuovo stamattina.»

«Falyn, hai dormito un po'?» mi chiese Kirby.

Feci un cenno di diniego.

«Kirby, ho delle pillole in borsa. Portale di sopra. Coraggio, bambina, hai bisogno di riposare», disse Phaedra.

Mi liberai dalla sua presa. «Non posso. Devo lavorare. Ho bisogno di tenermi occupata.»

«Tesoro, non sei in condizioni di servire ai tavoli», obiettò Chuck.

«Allora oggi io e Kirby faremo cambio», replicai, guardandola implorante.

Lei attese l'approvazione di Phaedra.

«Falyn...» iniziò a dire lei.

«Ti prego!» gridai chiudendo gli occhi. «Per favore, lasciami lavorare. Non posso andare di sopra e stendermi su quel letto da sola sapendo che lui è là fuori da qualche parte.»

Chuck fece un cenno alla moglie, e lei chinò la testa.

«D'accordo. Kirby, oggi tu servirai ai tavoli. Ti darò una mano.»

Lei andò subito in sala. Io mi misi alla sua postazione, sparecchiai e lavai il pavimento tra un'ondata di clienti e l'altra.

A un certo punto arrivò una famiglia: il padre dalle braccia tatuate, la madre senza tatuaggi, due bambine e un maschietto, tutti e tre sotto i sei anni. Il più piccolo, forse di sei mesi, dormiva in una fascia porta bebè. Soffocai l'improvvisa emozione che provai vedendolo.

Li feci accomodare al tavolo in fondo, dove Taylor si era seduto negli ultimi due mesi, e porsi loro il menu. «Stamattina vi servirà Kirby. Buon appetito.»

Quando riconobbi l'uomo davanti alla postazione della direttrice di sala, mi bloccai su due piedi. Era Taylor. Ricoperto da uno spesso strato di fango, indossava ancora l'attrezzatura, zaino e casco compresi. Le rughe attorno agli occhi erano l'unica porzione di pelle pulita.

Mi portai una mano alla bocca soffocando un singhiozzo.

Lui fece un passo e si tolse il casco. «Mi hanno detto che hai aspettato tutta la notte all'hotel.»

Non riuscii a rispondere. Sapevo che se avessi aperto bocca mi sarei messa a urlare.

«È vero?» chiese, con lo sguardo appannato, armeggiando con il casco.

Tutti in sala stavano fissando quell'uomo sudicio che puzzava di bruciato. Poi guardarono me.

Appena annuii, le gambe mi cedettero e caddi in ginocchio, ancora con la mano sulle labbra tremanti.

Anche Taylor si inginocchiò.

Mi sfiorò le guance, e io lo abbracciai attirandolo a me, aggrappandomi ai suoi vestiti come se qualcuno potesse portarmelo via da un momento all'altro. Non appena mi lasciai andare i miei singhiozzi riempirono il locale.

Taylor mi sostenne lasciando che lo stringessi con forza. Il giaccone e lo zaino ci ostacolavano, ma non aveva importanza.

«Baby», mormorò guardandomi. Mi pulì il viso, che probabilmente si era sporcato di cenere a contatto con la sua pelle e i suoi abiti. «Sto bene. Sono qui.»

«Tyler lo sa?»

«Sì. È stato lui a dirmi che hai passato la notte in albergo. Chi avrebbe mai detto che diventa un bambinone del cazzo quando si tratta di me?» Sorrise per sdrammatizzare.

«Dov'eri?» chiesi tremando in modo incontrollabile.

«Al riparo, in attesa che ci passasse sopra. Abbiamo sfruttato i rifugi antincendio. E stamattina siamo usciti.»

Lo abbracciai di nuovo e premetti la bocca sulla sua, incurante del fatto che fosse nera di fuliggine. Lui ricambiò e nel locale si levò un sospiro di sollievo e di commozione collettivo.

Quando infine lo lasciai andare, gli occhi gli brillavano. «Dannazione, ragazza. Se avessi saputo che dovevo rischiare la pelle per attirare la tua attenzione, mi sarei buttato nel fuoco mesi fa.»

«Non dirlo nemmeno», replicai, la vista offuscata dalle lacrime. «Dove sono Dalton e Zeke? Stanno bene?»

Sorrise mostrando i denti candidi sul volto scuro. «Se la sono cavata tutti quanti. Sono in albergo. Io sono venuto dritto qui.»

Chuck e Phaedra si avvicinarono, sollevati e felici di vederlo.

«Portalo di sopra, Falyn. Quando si sarà ripulito, gli daremo la colazione. Sono sicura che sta morendo di fame», disse lei.

Taylor si alzò trascinandomi con sé. «Sì, signora», rispose conducendomi verso le scale.

Lo seguii, ancora sotto shock.

Non appena mettemmo piede nell'appartamento chiusi la porta e mi ci appoggiai contro. Non mi sembrava vero. Per tutta la notte lo avevo creduto morto. Non avevo fatto che pensare di averlo perso per sempre. Adesso era a un metro da me, e anche se la situazione non era cambiata tutto mi appariva diverso.

«Mi puoi dare un sacco dell'immondizia? Uno grosso», mi disse, fermo sulle piastrelle dell'ingresso.

Andai all'armadietto sotto il lavandino e presi un grosso sacco nero dalla confezione di cartone. Lo srotolai e glielo porsi.

Lui vi gettò dentro lo zaino, che cadde per terra con un tonfo. Si tolse il giaccone giallo e si chinò per slacciarsi gli scarponi, mettendo poi tutto nel sacco.

Quando ebbe finito, lo chiuse. «Non voglio che casa tua puzzi di fumo.»

«Non mi importa.»

«Invece dovrebbe: l'odore impiega un po' ad andarsene.

Ed è difficile togliere la fuliggine dalla moquette, credimi», replicò con un bel sorriso. In boxer, uscì a metterlo in corridoio. «Vado a farmi una doccia.»

Sorrisi notando che era sporco solo dal collo in su.

Entrò in bagno e sentii scorrere l'acqua. Mi tappai la bocca per soffocare un singhiozzo inaspettato. Taylor stava bene. Era vivo e ora si trovava nella stanza accanto. Pensai a ciò che aveva detto Kirby riguardo ai sacrifici che lui era disposto a fare e alla mia vigliaccheria.

Bussai alla porta aperta e vidi il vapore uscire dalla tenda. Lo specchio si stava appannando. Tutto era di nuovo indistinto.

«Taylor?»

«Aspetta», rispose. «So cos'hai intenzione di dire. Mi rendo conto che quanto è successo ieri sera non cambia niente. Ma è servito ad attirare la tua attenzione, cazzo. Voglio parlare.»

«Di cosa?»

Chiuse il rubinetto. Appena scostò la tenda, presi un asciugamano pulito e glielo porsi. Si asciugò il viso, si tamponò il petto e le braccia e se lo avvolse attorno alla vita. «Non fare così. Noi ci amiamo. Questo non è cambiato.»

«Com'è possibile che tu mi ami ancora? Non sono più degna di essere amata», ribattei in tono esasperato.

«È così e basta, non sto a farmi domande. Però non puoi più costringermi a prendere decisioni che non condivido.»

Lo avevo ferito due volte. Chiunque altro mi avrebbe voltato le spalle; lui invece mi amava ancora. «Hai perfettamente ragione. Quando dicevo di non avere paura di te, mentivo. Ho provato a non innamorarmi, ma a essere sinceri non mi sono sforzata troppo. Da che stiamo insieme, ogni volta che cerco di fare la cosa giusta sbaglio. Ti ferisco, proprio come temevo.»

Si avvicinò, intrecciò le dita alle mie, mi sfiorò la guancia con le labbra e mi sussurrò all'orecchio: «Nessuno sarebbe stato preparato a questo genere di sviluppo, perciò non ti biasimo. Non voglio le tue scuse. Ti chiedo solo di smetterla con le stronzate, Prof. Anche se sei intelligente, a volte io lo sono di più».

Lo guardai abbozzando un sorriso.

«Abbiamo un figlio in arrivo», affermò.

«*Hai,* non abbiamo.»

«No, questo è il nostro bambino. Hai detto fin dall'inizio che tutto è andato esattamente come doveva. Adesso non puoi rimangiartelo. O è destino o non lo è.»

«E se lei cambiasse idea?»

«In tal caso ci adatteremo. Non lasceremo che questo ci distrugga.»

Gli occhi mi si riempirono di lacrime. «Ho paura. Mi stai chiedendo tanto.»

«Io non sto chiedendo.» Mi attirò a sé e mi baciò strizzando gli occhi, come se stesse soffrendo. Poi, tenendo il mio viso tra le mani, mi fissò. «Te ne sei andata due volte, Falyn. Tra un paio di mesi tornerò a Estes. A dicembre diventerò papà. Sono terrorizzato, cazzo, ma il mio amore per te è più forte della paura.»

Anche dopo mesi di lontananza stare tra le sue braccia mi parve del tutto naturale. Non potevo spezzargli di nuovo il cuore, a costo di soffrire io stessa. Non sapevo più quale fosse la cosa giusta da fare, sapevo solo di amarlo e che lui mi ricambiava. E questo mi ripagava di tutto il dolore che c'era stato e di quello che sarebbe venuto.

«Okay, mi sta bene.»

Taylor si scostò per scrutarmi attentamente. «Di cosa stai parlando?»

«Di Estes Park, del bambino... di tutto quanto.»

Sulle sue labbra comparve un timido sorriso. «Quando?»

«Quando rientrerai, verrò con te.»

«Falyn...»

«Sì?»

«Devo crederti?»

«Te lo prometto.»

«C'è una condizione.»

Sospirai, aspettando di sentire quale fosse. «Okay, spara.»

«Sposami.»

Restai a bocca aperta, senza fiato.

Lui si chinò, mi sfiorò il mento con il pollice e inclinò la testa. «Di' di sì», mormorò vicino alle mie labbra.

«Non è il momento di prendere decisioni del genere. Abbiamo appena vissuto un'esperienza traumatica. Ti credevo morto.»

«C'è mancato poco», ammise succhiandomi il labbro.

Trattenni il respiro. «Q-quando?» balbettai.

«Perché aspettare?» rispose con voce bassa e dolce. Mi tempestò il collo di baci mentre mi slacciava il grembiule, che poi lasciò cadere a terra. Mi spinse contro la porta e posò le mani sulla parete scrostata ai lati della mia testa. «Mi ami?»

«Sì.»

«Vedi? Non è difficile. Di' solo di sì. Di' che mi sposerai.»

Deglutii a fatica. «Non posso.»

24.

Tastai in cerca della maniglia, la abbassai e mi chinai per passargli sotto il braccio. Scappai in soggiorno e incrociai le braccia al petto.

Taylor uscì dal bagno e si fermò accanto al banco della cucina. «Non puoi?»

Feci un cenno di diniego e strinsi le labbra.

«Adesso o in assoluto?» domandò, impaziente di avere risposta.

«Pretendi troppo. Ti do un dito e ti prendi il braccio.»

A quel punto si rilassò leggermente e scoppiò a ridere. «Okay, hai ragione.»

«Se scappassi, mi inseguiresti.»

La sua espressione divenne seria. «Io non ti mollo. Fintanto che mi amerai continuerò a combattere.»

«Be', in questo siamo bravi», replicai.

«Non sapevo di volerlo finché non l'ho detto. Ma adesso lo desidero», affermò avvicinandosi.

«Parli del matrimonio?»

Annuì.

«Mi hai sentita?»

Scrollò le spalle. «Chi se ne frega della logistica, di quello che dicono i tuoi manuali di psicologia o dei fatti di ieri notte! Io ti amo, cazzo, e voglio che diventi mia moglie e porti il mio cognome.»

Abbozzai un sorriso. «È un bel cognome.»

«Falyn Maddox», disse pronunciando ogni sillaba con amore e ammirazione.

«Non suona molto bene», osservai, corrucciata.

Si avvicinò lentamente e mi cinse con le braccia. «Non mi era mai passato per la testa di chiedere la mano di una ragazza, ma di certo non avrei immaginato di doverla supplicare.» Rifletté per un istante e si inginocchiò.

«Oh no, alzati, ti prego.»

«Falyn Fairchild, sei una donna caparbia, non accetti le imposizioni e mi hai spezzato il cuore. Due volte.»

«La tua è una proposta terribile», osservai.

«Tutto ciò che è successo da quando ci siamo conosciuti ha condotto a questo momento. Prima di te ho amato solo una donna, e non ce ne sarà un'altra dopo.»

«A meno che non arrivi una bambina», obiettai.

Lui sbiancò e si alzò. «Pensi che potrebbe essere una femmina?»

«C'è il cinquanta per cento di probabilità.»

Si grattò la nuca, si allontanò e poco dopo tornò da me. «Non posso avere una figlia. Finirei per uccidere qualcuno.»

«Hai ragione. Hai bisogno di me... se non altro per fornirti un alibi», dissi sogghignando.

«Mi sentirei molto meglio se ufficializzassimo la nostra unione.»

«Io non vado da nessuna parte.»

«Questo lo hai già detto», replicò con una smorfia.

Sospirai. Quelle parole erano state un pugno nello stomaco. «A quanto pare nessuno dei due è bravo a mantenere le promesse.»

«Ce n'è una che manterrò.»

Mi avvicinai e gli presi dolcemente il viso tra le mani. «Chiedimelo di nuovo.»

«Cosa?» fece battendo le palpebre.

«Chiedimelo di nuovo.»

Gli si appannò lo sguardo mentre prendeva le mie mani tra le sue. «Vuoi sposarmi?»

«Sì.»

«Sì?» esclamò, raggiante.

Mi si buttò addosso tempestandomi di baci il viso, poi le labbra. Quando alla fine mi lasciò, scosse incredulo la testa. «Dici sul serio? Mi sposerai?»

Annuii.

Si grattò la nuca. «La giornata più brutta della mia vita è diventata la più bella.»

«Finora», precisai.

Mi baciò di nuovo. Stavolta mi prese in braccio e mi portò in camera chiudendo la porta.

Passammo il resto della giornata a letto a fare l'amore e a pianificare il nostro futuro. Pensavo che sarei andata nel panico o che avrei rimpianto la mia decisione, ma non fu così. Ero stata lontana da lui e poi avevo creduto di averlo perso per sempre. Il dolore aveva il potere di rendere tutto molto chiaro, e le preoccupazioni che un tempo mi assillavano ora sembravano insignificanti.

Poco prima di cena il suo cellulare vibrò. Taylor scese dal letto per controllare i messaggi. «Maledizione. Mi hanno chiamato.»

«Come, adesso? Dopo quello che è capitato?» dissi mettendo il broncio.

Si strinse nelle spalle. «È il mio lavoro, baby.» Recuperò il sacco nero in corridoio e indossò gli abiti sporchi. «Vieni con me.»

«In albergo?»

«C'è Ellie. Puoi restare con lei. Hanno chiamato anche la squadra di Tyler. Voglio che tu sia là al mio ritorno.»

Mi avvicinai all'armadio, mi infilai un paio di jeans, una maglietta e i sandali.

Taylor sembrava felice mentre mi guardava raccogliermi i capelli.

«Aspetta...» dissi correndo in bagno a prendere lo spazzolino.

Ci precipitammo di sotto e salutai Phaedra prima di seguirlo al furgone.

Corse un po' troppo per raggiungere l'albergo e davanti all'ingresso mi diede la chiave elettronica della camera. «Il tuo telefono è nella tasca della valigia. Stanza due zero uno.»

«La stessa in cui alloggiavi quando ci siamo conosciuti.»

Mi diede un bacetto sulle labbra e scesi.

«Sta' attento», dissi prima di chiudere la portiera. «Mi raccomando.»

In quel momento Tyler uscì di corsa con lo zaino in mano. Baciò Ellison sulla guancia e salì sul furgone del fratello.

Taylor gli tirò un pugno sul braccio. «Mi sposo, brutto stronzo!»

Tyler mi guardò sconvolto e un istante dopo sfoderò un largo sorriso.

Quando confermai con un cenno, Ellison mi abbracciò.

«Allora andiamo a spegnere questo incendio. Non facciamo aspettare la tua fidanzata!» esclamò Tyler dandogli una pacca sulla spalla.

Ci salutarono e si allontanarono sgommando.

«Oh, quei Maddox!» commentò Ellison scuotendo la testa e abbracciandomi di nuovo. «Davvero gli hai detto di sì?»

«Sono pazza?»

«Come un cavallo. Perché pensi che si siano innamorati di noi?»

Guardai la strada, anche se i gemelli erano ormai scomparsi da tempo.

«È proprio per questo che funzionerà», affermai. «Non c'è amore senza un pizzico di follia.»

Feci a pezzi il tovagliolino mentre, seduta al banco, aspettavo che Phaedra mi portasse una fetta della sua famosa cheesecake.

Sorrisi sentendo il brusio sommesso che per tanto tempo mi aveva fatta sentire al sicuro. Il Bucksaw sarebbe sempre stato casa mia.

«Hannah! L'ordinazione è pronta!» gridò Chuck. Quando incrociò il mio sguardo, strizzò l'occhio. «Come ti senti?»

«Stanca ma felice», risposi.

Il campanello trillò e quando mi voltai vidi Taylor con nostro figlio appoggiato al fianco e un porta bebè in spalla.

Phaedra mi posò rapidamente davanti il piatto e lo raggiunse. «Ecco i bimbi! Venite dalla nonna!» esclamò allargando le braccia per prendere Hollis.

Quindi tornò da me, e Taylor la seguì. Non appena mise per terra il porta bebè, un pianto riempì la sala.

«Pensi ancora che portarli in albergo sia stata una buona idea?» chiesi, perplessa.

Lui mi diede un bacio sulla guancia. «I ragazzi non l'avevano ancora vista, e ho pensato che così avresti potuto fare due chiacchiere in santa pace.» Si chinò, scostò la coperta e sganciò la cintura di sicurezza. Strofinò il naso sulla piccola prima di porgermela.

«È stato bello, sì. Grazie», dissi accostando la guancia a quella morbida di Hadley. Le canticchiai una ninnananna finché non si tranquillizzò.

«Devo confessarti una cosa», disse Taylor. «Quando eravamo là, le ho tolto la fascia.»

Rimasi a bocca aperta, fingendomi offesa. «Ma era così bella!»

«È ridicolo, baby. I ragazzi se ne fregano della fascia, soprattutto se è più grande della sua testa.»

Le avevo messo un paio di leggings pied-de-poule bianchi e neri, una maglietta fucsia e calzini che sembravano un paio di scarpine. Certo, la fascia era un'esagerazione, ma non avevamo molte occasioni di vestirla bene. Di solito mi premeva soprattutto che stesse comoda.

Chuck uscì e prese in braccio Hadley. «Mi sono appena lavato le mani.»

Phaedra pizzicò il braccio a Hollis. «Ma dai da mangiare a questo povero bimbo?» scherzò. Lo baciò sulla guancia e lo cullò un po'. «È un gigante!»

Hollis strofinò il naso sulla sua maglietta, poi si sfregò gli occhi con la manina grassoccia.

«Hai sonno, piccolino?» domandai.

Si allungò verso di me e gli diedi dei colpetti affettuosi sulla schiena mentre posava la testa sulla mia spalla. Era uguale a suo padre, con le stesse ciglia lunghe e gli occhi nocciola dallo sguardo intenso.

Taylor aveva presenziato a ogni visita medica ed ecografia a cui Alyssa gli aveva dato il permesso di assistere e fra un turno e l'altro alla stazione di Estes Park, dove aveva assunto la sua nuova mansione, aveva letto un sacco di libri sui neonati e sul rapporto genitori e figli. Quando eravamo entrati nella nursery e l'infermiera gli aveva messo in braccio il piccolo, era stato amore a prima vista per entrambi.

Quattro mesi dopo la nascita di Hollis, avevamo portato a casa Hadley. I miracoli accadono: lei era nostra.

«Eccola!» esclamò Kirby e sorrise nel vedere la bambina in braccio a Chuck. «I capelli gli si sono scuriti, eh?» osservò avvicinandosi a Hollis per accarezzargli la schiena.

«È in tutto e per tutto un Maddox», dissi baciandolo sulla nuca.

«Che Dio ci aiuti!» scherzò Phaedra.

Il campanello della porta trillò di nuovo ed entrò Gunnar, tutto sorridente.

«Ehi», fece chinandosi per dare un'occhiata a Hollis. «Com'è cresciuto! Quanto ha adesso?» chiese a Taylor.

Lui gonfiò il petto, orgoglioso. «Sei mesi. Diventerà una bestia.»

«Eccome», convenne Gunnar avvicinandosi a Chuck. «Oh, ma è adorabile! E che bella fascia!»

«Vedi?» dissi a Taylor mostrandogli la lingua. Presi la forchetta per tagliare un pezzo di torta. «Oddio, quanto mi mancano i tuoi piatti, Phaedra.»

«Quando vuoi, sono sempre qui.»

Hadley si mise a strillare e Chuck la cullò un po' prima di passarla a Taylor. Lei socchiuse gli occhi. Tremava tutta mentre piangeva.

«Oddio!» esclamò Taylor prendendo il ciuccio.

La piccola lo succhiò per qualche istante, dopodiché riprese a gridare.

«Credo che abbia fame, baby. Facciamo cambio.»

Presi Hadley e con l'altro braccio gli passai Hollis, che si era già addormentato. Taylor mi diede il copripoppata e io me lo infilai dalla testa.

Chuck e Gunnar distolsero subito lo sguardo.

Mentre Taylor cullava Hollis, Hadley si calmò.

Phaedra scosse la testa. «Santo cielo. È come avere due gemelli.»

«Più o meno», ammise Taylor. «Però non cambierei proprio nulla.»

Mi fece l'occhiolino, e gli sorrisi.

Avevamo tutti e due le occhiaie, e quando Taylor faceva il turno di notte e i bambini si svegliavano contemporaneamente era davvero dura, però ormai ci avevamo preso la mano.

Taylor era stato un fidanzato meraviglioso, ma come padre rasentava la perfezione.

«Allora, quando vi sposate?» chiese Kirby.

«Non appena riuscirò a entrare nell'abito taglia quaranta che ho comprato», risposi.

Risero tutti, tranne Taylor.

«Sai», disse, «pensavo che non potessi essere più bella di

quando eri incinta, invece mi sbagliavo. Mi innamoro di te ogni volta che ti vedo con i nostri figli in braccio.»

«Sta' calmo», lo esortò Chuck, «o ti ritroverai con un terzo figlio in arrivo.»

Phaedra, Kirby e Gunnar scoppiarono a ridere.

«Prima il matrimonio», replicò lui. «Poi chi lo sa?»

«Siamo stati fortunati», affermai.

«Parecchio», ammise. Mi diede un bacio sulla fronte e guardò gli altri. «Ci sposiamo a Eakins in ottobre. Oltre ai familiari ci sono alcune persone che vorremmo invitare.»

«Per esempio?» domandò Phaedra.

«Shane, Liza e... Olive», risposi.

Phaedra e Chuck si scambiarono un'occhiata. «Allora li contatterai?»

«Ho intenzione di scrivere loro una lettera per spiegare un paio di cose.»

Phaedra assunse un'espressione preoccupata. «Se credi che sia la decisione giusta...»

«Sono sicuro che andrà tutto bene, tesoro», disse Chuck con un sorriso.

Kirby ci lasciò per andare a controllare i tavoli, e io finii la torta con una mano sola, destreggiandomi con abilità.

Dopo aver fatto fare il ruttino a Hadley, Phaedra la mise nel porta bebè.

«Dovete andare via così presto?» domandò, sconsolata.

«Torneremo», le promisi abbracciandola.

Presi Hollis addormentato da Taylor, e lei gli diede un bacio sulla manina.

Taylor afferrò il porta bebè e abbracciò Chuck.

«Va' piano», si raccomandò lui.

Li salutammo e, dopo aver sistemato i bambini nei seggiolini, salimmo davanti.

Taylor avviò il furgone e mi strinse la mano. «Quante cose sono cambiate da quando sono entrato per la prima volta in quel caffè!»

«È il minimo che si possa dire.»

Accostò la mia mano alle labbra prima di posarla sul cruscotto. «Una sola decisione ha determinato tutto questo. Se non ti avessi conosciuta, non avrei nessuno dei miei figli. Devo a te qualunque cosa conti nella mia vita.» Con la sinistra innestò la marcia.

Sempre tenendoci per mano, ci allontanammo dal luogo in cui ci eravamo conosciuti per dirigerci verso quello in cui avevamo creato la nostra famiglia.

Come in ogni libro, ringrazio mio marito per l'amore e il sostegno che mi ha sempre dimostrato durante la carriera. Jeff mi aiuta così tanto che a volte scherzando dico che in copertina dovrebbe esserci anche il suo nome, perché senza di lui non ci sarebbero nemmeno i miei romanzi. La sua presenza per me è fondamentale quanto la creatività e l'etica professionale per portare a termine il lavoro. Non solo Jeff si occupa di tutto in modo che io possa dedicarmi a scrivere, ma è merito suo se so parlare d'amore e se ho capito che gli uomini hanno un lato dolce, comprensivo e gentile. E che possono essere pazienti e inclini al perdono.

Nella nostra famiglia ci sono altre tre persone affettuose e pazienti: i miei figli. È difficile avere una mamma che lavora a casa. Bisogna essere estremamente tolleranti e rispettosi, e loro in questo sono incredibili. Grazie, piccoli.

Grazie a due lettrici che considero ormai come sorelle: Deanna e Selena. Siete state le prime ad affrontare un viaggio di più di un'ora per farvi autografare il mio libro, e questo prima che il grande pubblico mi conoscesse! Sono felice del profondo affetto che ci lega e faccio tesoro della nostra amicizia. Vi voglio un bene dell'anima.

Danielle, Jessica e Kelli: il vostro aiuto è molto prezioso. Non vi ringrazierò mai abbastanza per il sostegno che mi date. Non solo chiamate a raccolta le truppe nel vostro tempo libero, ma lo fate senza aspettarvi nulla in cambio. Apprezzo la vostra amicizia e la vostra devozione.

MacPack! Siete fantastici, tutti quanti. Sono strabiliata dalla vostra dedizione, per la quale vi sarò eternamente grata. Non potete immaginare quanto spesso rallegriate le mie giornate.

Megan Davis: non mi hai mai mollata. Sei sempre disponibile, pronta ad ascoltarmi o a darmi una mano in ogni circostanza. Sei un'amica straordinaria. Senza di te l'evento di Las Vegas non sarebbe stato possibile. Non dimenticherò mai la tua gentilezza. Grazie.

Teresa Mummert: se non sono impazzita, lo devo a te. Credo che tu sia l'unica persona al mondo capace di strapparmi sempre una risata e di farmi apprezzare tanto una conversazione telefonica. Ti considero una delle mie migliori amiche. Sono davvero felice che mi sopporti.

Finito di stampare nel mese di maggio 2018
da Grafica Veneta s.p.a., Trebaseleghe (PD)